Rafael Seligmann
Rubinsteins Versteigerung

aufbau taschenbuch

Rafael Seligmann, 1947 in Tel Aviv als Sohn deutschjüdischer Einwanderer geboren, kehrte 1957 mit den Eltern in deren Heimat zurück. Nach der Handwerkerlehre und dem Abitur auf dem zweiten Bildungsweg studierte er Geschichte und Politologie in München und Tel Aviv. Er schreibt Essays und Kolumnen für »Spiegel«, »Cicero«, »Atlantic Times«, »Frankfurter Zeitung«, »BZ«, »Rheinische Post«, »taz«. In seinen deutsch-jüdischen Gegenwartsromanen »Die jiddische Mamme«, »Der Musterjude«, »Der Milchmann« und in Sachbüchern setzt sich Seligmann humorvoll-realistisch mit dem deutsch-jüdischen Verhältnis auseinander. Rafael Seligmann lebt als Schriftsteller und Journalist in Berlin und Tel Aviv. 2010 ist bei aufbau seine Autobiographie »Deutschland wird dir gefallen« erschienen.

Rubinstein, »ein sympathischer Schlappschwanz mit genauer Beobachtungsgabe«, als deutscher Jude hin und her gerissen zwischen Israel und München, Traum und Wirklichkeit, jiddischer »Mamme« und nichtjüdischen Mädchen, lehnt sich auf gegen seine bornierten Eltern und Vorurteile, denen er »im Naziland« begegnet. Das autobiographische Erstlingswerk von Rafael Seligmann überrascht bis heute durch Realismus, Ironie und bösen Witz.

Rafael Seligmann

RUBINSTEINS VERSTEIGERUNG

Roman

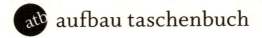 aufbau taschenbuch

MIX
Papier aus ver-
antwortungsvollen
Quellen
FSC® C083411

ISBN 978-3-7466-2724-3

Aufbau Taschenbuch ist eine Marke der Aufbau Verlag GmbH & Co. KG

1. Auflage 2011
© Aufbau Verlag GmbH & Co. KG, Berlin 2011
© Rafael Seligmann 1997
Umschlaggestaltung capa, Anke Fesel
unter Verwendung eines Fotos von Bob Hennig/bobsairport
Satz Dörlemann Satz, Lemförde
Druck und Binden CPI – Clausen & Bosse, Leck
Printed in Germany

www.aufbau-verlag.de

Für Esel

*Mit 18 unter den Traubaldachin,
denn wer mit 18 noch unverheiratet ist,
wird den ganzen Tag nur an Sünde denken.*

                                              Talmud

RUBINSTEINS VERSTEIGERUNG

»Guten Tag. Mein Name ist Taucher. Einige von Ihnen kennen mich bereits. Ich werde bis auf Weiteres Herrn Faden im Deutschunterricht vertreten.«

Und ob ich dich kenne!

»Meine Herren, das Klassenzimmer ist mir zu militärisch-exakt geordnet. Wir wollen hier aber nicht exerzieren, sondern diskutieren und voneinander lernen.« Sie sieht uns direkt an – auch mich. »Ich möchte Sie daher bitten, einen Halbkreis zu bilden.«

Einige Typen schieben missmutig ihre Bänke auseinander.

»Nur nicht so schüchtern. Diskussion ist nur auf gleicher Ebene möglich. Hier sollen keine Lehren ex cathedra verkündet werden. Ich möchte deshalb, dass auch mein Pult in den Halbkreis integriert wird. Bislang zieht sich lediglich ein dünner Heiligenschein um meinen Platz.« Mit kurzen, schnellen Schritten geht sie auf die erstbeste freie Bank zu, greift sie sich samt dazugehörigem Sessel und schiebt alles direkt an ihr Pult. »Also, wer setzt sich neben mich?« Sie lächelt.

Warum nicht ich? Meine Schläfen pochen. Was macht mich an dieser Frau verrückt? Sie sieht nicht mal besonders gut aus. Relativ groß, kleiner Busen, breiter Hintern, lange, muskulöse Beine. Ihr Gesicht ist mir anfangs kaum aufgefallen, lediglich die vollen blassrosa Lippen und die hohen Backenknochen. Vor etwa einem halben Jahr aber hat sie mich auf dem Gang irgendeine Belanglosigkeit gefragt, sie hat mich dabei so warm angesehen. Ich habe Herzklopfen bekommen. Daran hat sich bis heute nichts geändert. Und jetzt soll ich die Frau fast täglich sehen.

Trau dich! »Ich.« Ein Rabe wäre stolz auf mein Gekrächze.

»Na also! Setzen Sie sich gleich nach vorn, Rubinstein.«

Ich packe die Mappe, bewege mich auf ihr Pult zu. Sogar ein Grinsen gelingt mir.

Kaum sitze ich, weicht die Hitze in meinem Kopf einer wohligen Wärme. Hinter mir wird gerückt und geschoben. Sie ist jetzt meine Nachbarin! Ihre Füße stecken in flachen Riemchensandalen. Die Zehennägel sind blassrosa lackiert. Sieht richtig nackt aus.

Plötzlich steht sie auf, geht auf meinen Platz zu, stellt sich neben mich. Gelassen greifen ihre warmen, festen Finger nach meiner Linken, langsam, aber bestimmt zieht sie meine Hand hoch. Mir schießt das Blut ins Gesicht. Ehe ich oder ein anderer auf diese Handlung reagieren können, doziert Hilde Taucher mit ruhiger Stimme: »Ja, Leute, Mut zum nonkonformistischen Handeln wird gelegentlich belohnt, wie Sie sehen.«

Mit einem Schlag löst sich die allgemeine Lähmung. Der Lärm schwillt wogenartig an. Schreien, Pfeifen, Trampeln. Dazwischen Rufe: »Ich auch!« »Umsetzen!« »Partnertausch!«

Sachte lässt sie meine Hand sinken und meint mit ruhiger Stimme: »Tut mir leid, meine Herren, Sie haben den historischen Moment verpasst.«

Ich bin berauscht. Konfuse Empfindungen und Gedankenfetzen schießen mir durch den Schädel. »Leute, ihr werdet euch wundern. Wenn jemand wirklich so scharf darauf ist, neben unserer Pädagogin zu sitzen und ihr Händchen zu halten, bitte, ich tausche gern«, schreie ich. In diesem Moment bin ich erstmals unumstrittener Star der 13b. Was hat mich dazu gemacht? Egal! Ich muss am Ball bleiben! Ich muss!

»Ich!« »Ich!« »Ich!« »Nein, ich!«, kreischt es aus der Klasse.

»Hört mal zu, Jungens«, kommt es heiser aus mir heraus. »Bei diesem Andrang muss ich König Salomo spielen. Hiermit versteigere ich meinen Platz.«

Woher diese Idee?

»Fünf Mark!«, brüllt Schön.

»Zehn!«, schreit Kleiner.

»Zwanzig!«

»Fünfundzwanzig!«

»Fünfundzwanzig zum Ersten, zum Zweiten …«, antworte ich schrill.

»Vierzig!«

»Fünfzig!«

»Fünfzig Mark und zwölf Pfennig!«, ruft Klassenkomiker Bergmann.

»Schluss jetzt, ihr Schlappis! Hundert Mark!«, beendet Kraxmayer in bestimmtem Ton die Auktion. Ohne besondere Eile fischt er den blauen Geldschein aus seiner Brieftasche, nimmt seine Mappe und marschiert mit weit ausholenden Schritten auf mich zu. Er drückt die Banknote in meine Hand, die ihm mechanisch entgegenkommt. Ich muss mich zwingen, aufzustehen und den Platz freizumachen.

Stille.

»Da schau her! Kaum reicht ihm eine deutsche Frau die Hand, schon versteigert der Rubinstein sie meistbietend. Jetzt verstehe ich, wie ihr zu eurem Geld kommt«, tönt Franz Bauriedls gedehnte Stimme in meinem Rücken.

Du musst wieder handeln, sofort! Sonst bist du deine Rolle als Held der Klasse unwiderruflich los. Du musst dem Bauriedl eine scheuern! Er ist zwar einen halben Kopf größer als du, aber er wird nicht zurückschlagen – kann es in dieser Situation einfach nicht. Mir fehlt dennoch der Mut. Meine nervöse Energie ist in den vergangenen Minuten restlos verbrannt. Ich habe Angst. Du musst handeln! Ich kann nicht, habe einfach keine Kraft, den Bauriedl zu schlagen.

Was soll ich nur tun, verdammt noch mal?

»Ich werde das Geld spenden – für einen guten Zweck«, meine Stimme überschlägt sich. Du elender Feigling!

»Dem Synagogenrat wohl?«, erkundigt sich Bauriedl.

»Jetzt ist es aber genug, Herrschaften«, ruft die Taucher bestimmt.

Augenblicklich wird es still.

Ich habe verloren! Immer noch halte ich Kraxmayers Hunderter in der Hand. Tränen schießen mir in die Augen. Raus! Nur raus hier! Sonst sehen die mich noch flennen. Ich laufe los. Werfe die Tür zu. Renne zur Toilette, stürze in die erste Kabine, schlage meinen Kopf gegen die Holzwand. Weine, weine. Scheißdeutsche!

UMSONST IM PUFF

Ich kann nicht ewig im Klo bleiben. Bald ist Pause. Die Kerle dürfen mich nicht heulen sehen. Also weg! Aber wohin? Hör erst mal auf zu flennen und denke. Zurück in die Klasse geht nicht. Dann sehen sie, dass ich geweint habe, und lachen. Ich reiße einen langen Streifen von der Papierrolle, rotze rein. Du musst raus aus dem Laden!

Ich renne aus dem Schulgebäude, überquere die Lerchenfeldstraße, schwinge mich über die Stahlbarriere in den Englischen Garten. Drüben haben sie jetzt Pause. Wenn ich jetzt einfach zurückgehe und tue, als ob nichts geschehen wäre? »Es hat wohl nichts mehr zu verschachern gegeben, Rubinstein?«

Ich kann doch nicht den ganzen Tag im Englischen Garten verbringen. Nach Hause? »Weshalb kommst du schon jetzt?« Bloß das nicht! Lass mal ruhig überlegen, Reb Jid. Zunächst, was tu ich mit dem Geld? Rotes Kreuz? Tierschutzverein oder der übrige Käse? Vielleicht wirklich der jüdischen Gemeinde spenden? Ach was – die haben genug. Einfach einsacken ist auch blöd. Ich hab's: Ich geh in den Puff. Du spinnst! Wieso? Von Sex habe ich noch keine Ahnung. Ich war zwar schon 'n paarmal mit Itzi und Heini im Puff, aber natürlich hat keiner von uns gewagt, mit einer Hure mitzugehen. Außerdem ist es ganz schön teuer. Genau, das ist es! Der Kraxä lädt mich ja ein – ohne es selbst zu wissen.

Der Gedanke, mit einer Frau zu schlafen, erregt mich. Verdammt noch mal, ich geh jetzt in den Puff!

Eine halbe Stunde später stehe ich vor dem »Imexhaus«.

Während der Fahrt mit der Trambahn jagte mein Puls immer rascher. Noch kannst du umkehren, Rubinstein. Schon wieder die Hosen voll? Man kann doch nicht ewig davonlaufen.

Ich stoße die Glastür auf. Tatsächlich! Sogar am Montagvormittag ist hier was los.

Die Schwarzhaarige in der Strumpfhose kann sich sehen lassen. Sie schaut mich an, lächelt. »Schatzi, kummst mit?«

»Wie viel?«

»Dreißig mit Gummi.«

Gar nicht so teuer. Da würden mir siebzig Mark übrigbleiben. Ich gehe weiter, die abgetretene Holztreppe hoch.

Im ersten Stock stehen zwei Frauen. Die Blonde ist ziemlich fett, außerdem hat sie die vierzig schon lange hinter sich. Die Perückentante daneben ist vielleicht zehn Jahre jünger. Weiter! In der nächsten Etage stehen drei Frauen. Zwei in schwarzen Strumpfhosen, eine im Minirock. Die sieht ganz nett aus. Ein bisschen rundlich, graublaue, ruhige Augen, kaum geschminkt. Sie dürfte so alt sein wie ich.

»Wie viel kostet's?«

»Dreißig Mark, weil du es bist.«

»Gut.«

Jetzt kann ich nicht mehr zurück. Ich muss mit.

»Komm da eini«, sagt sie lächelnd. Sie geht mir voraus, zum Gang. Ich schaue auf ihre nackten Beine. Einige Schritte, dann öffnet sie die Zimmertür. Der Raum ist eng, düster. Ich sehe eine grau bezogene Couch, einen kleinen Tisch mit leuchtender Nachttischlampe, einen roten, alten Polstersessel, in der Ecke ein winziges Waschbecken.

»Schatzi, magst es zu dritt?«

»Was kostet das?«
»Sechzig.«
»Nein.«
»Oder was zum Trinken?«
»Nein.«
»Guat. Dann gib mir bittschön gleich das Geld.«
Ich reiche ihr den Hundertmarkschein.
»Magst du's vielleicht französisch?«
»Nein.«
»Großzügig bist du fei net.«
»Wissen Sie, das Geld gehört mir nicht ganz.«
»Geh, kumm, das kannst einer anderen erzählen.« Sie steckt die Banknote in eine kleine schwarze Lacktasche, holt zwei Scheine hervor. »Hier, hast deine siebzig Markl.« Danach kramt sie aus derselben Tasche ein Kondom hervor, setzt sich auf die Couch und schlägt den Rock hoch. Darunter ist sie nackt! Ich habe noch nie eine nackte Frau gesehen. Und dieses Weib reißt einfach den Rock hoch – ohne mit der Wimper zu zucken.

»Geh her. Ziag di aus. Net das Hemad, nur die Hosen.«
Ich gehorche ihr. Lege Hose und Unterhose auf den Sessel und setze mich zu ihr auf die Couch. Meine Hände und Füße sind eiskalt. In meinen Ellbogen und Kniekehlen spüre ich stechenden Schmerz.

Da greifen ihre kurzen, fleischigen Finger schon nach meinem Schmock. Reiben und reißen, dass es mir wehtut. Ob ich ihr sagen soll, dass ich noch nie bei einer Frau war?

Nein! Jetzt bloß kein Mitleid schinden!
»Da tut sich fei nix.«
Stimmt, überhaupt nichts. Ich hau einfach ab. Nein!

Verdammt noch mal, nicht schon wieder davonlaufen! »Ja, was soll ich tun?« Typisch Jonathan Rubinstein.

»Wir können es französisch machen, Schatzi.« Sie lächelt.

»Gut.«

»Ja, aber dann musst an Zwanziger draufzahlen.«

Ich gebe ihr den Schein. Sie steht auf, der Rock bedeckt wieder ihren Unterleib, steckt die Banknote in die Tasche. Dann setzt sie sich wieder aufs Bett, schlägt erneut den Rock hoch, packt meinen Schmock und reibt ihn mit kurzen, ruckartigen Bewegungen.

»Du, da tut sich nix.«

»Kann man da nichts machen?«

»Ja freilich. Aber das kostet no an Fuffziger.«

Bist du vollständig verrückt geworden? Seit das Weib ihren Rock hochgerissen hat, ist der letzte Funken Geilheit in dir erloschen. Du hast nicht den geringsten Spaß an der Sache, nur noch Angst und Ekel. Du weißt, dass es dieser Hure nur darum geht, dir dein ganzes Geld abzunehmen, und du machst auch noch mit oder tust zumindest so, um dich vor ihr nicht total zu blamieren.

Ich gebe ihr den Schein.

Jetzt bin ich meinen Gewinn vollständig los.

Sie steckt das Geld wieder in ihre Tasche und beugt sich über meinen Schoß. Wieder ein schmerzhaftes Ziehen und Zerren.

»Du, Schatzi, da tut sich beim besten Willen nix.«

»Es ist schon gut.«

»Wie'st moanst.« Sie ist aufgestanden, reicht mir ein Papiertaschentuch. »Den Pariser wirfst bitte in den Eimer.«

Ich tue wie geheißen, schlüpfe danach rasch in meine Kleider. Sie hat sich unterdessen die Hände gewaschen und geht mit raschen Schritten voraus, zurück in den Gang.

»Servus, Schatzi.«

Ich antworte nicht. Stürze die Treppen hinunter.

Du ekelhaftes Schwein! Du Versager!

Auf der Hohenzollernstraße ist es drückend heiß. Ich habe einen üblen Geschmack im Mund. Laufe Richtung Leopoldstraße. Reiß dich zusammen! Du gehst jetzt zu Fuß nach Hause, sonst schnappst du noch über!

Der fast zweistündige Marsch durch den Englischen Garten und danach entlang der Isar hat mich ruhiger werden lassen. Vor unserer Wohnung in der Ländstraße zögere ich kurz, dann öffne ich die schwere Haustür und steige die stumpfe Holztreppe hoch. Ich stecke den Schlüssel ins Schloss unserer Wohnungstür.

ESELEI

»Schalom, Esel.«

»Wieso kommst du erst jetzt?«

»Das geht dich einen Dreck an.«

»So sprichst du mit deiner Mutter?«

»Genau so! Wie oft soll ich dir noch sagen, dass es allein meine Sache ist, ob und wann ich nach Hause komme.«

»Aber ich muss doch wissen, wann ich das Essen aufwärmen soll.«

»Sobald ich es dir befehle!«

»Sag mal, bist du heute vollkommen übergeschnappt?

Was erlaubst du dir eigentlich?« Sie hat ihren Platz hinter dem Küchentisch verlassen und baut sich in ihrer vollen Größe von Einmeterfünfzig vor mir im Flur auf. »Hast du kein bisschen Achtung vor deinen Eltern? Fühlst du nicht einen Funken Dankbarkeit für Friedrich und mich? Seit deiner Geburt haben wir alles für dich getan.«

»Soll ich euch noch dafür danken, dass ihr mich aus Israel in dieses Nazi-Land gebracht habt?«

»Es gibt auch andere Menschen hier. Außerdem sind in ein paar Jahren alle Nazis tot.«

»Ihr auch!«

Für einen Moment weiten sich ihre hellbraunen Augen. Aber Esel fängt sich sofort. »Du hast ganz vergessen, wie es uns in Israel ergangen ist, Jonathan. Ich war krank, Friedrich hatte keine Arbeit. Womit hätten wir dich ernähren sollen?«

»Verstehe! Jetzt bin ich wieder der Schuldige! Um mich vor dem Hungertod zu retten, musstet ihr nach Deutschland kommen. Nur merkwürdig, dass in Israel bis heute kein Mensch verhungert ist – was man von den Juden in den deutschen KZs nicht behaupten kann.«

»Das ist vorbei!« Sie schreit.

»Nichts ist vorbei! Die alten Nazis leben noch und erziehen ihre Kinder zu neuen Nazi-Schweinen.«

»Du hast wieder Ärger in der Schule gehabt!«

»Einen Scheiß habe ich gehabt«, brülle ich.

»Ich verstehe dich nicht. Wieso hast du immer Ärger damit? Der Aaron Blau und der Herrschi Bierstamm leben doch auch hier und sind zufrieden.«

»Du meinst wohl Arthur und Heinz? Diese feigen

Hunde trauen sich doch nicht mal, ihre jüdischen Namen zu tragen. Pass auf, demnächst werden sie sich Adolf und Horst nennen, damit nur ja niemand auf die Idee kommt, dass sie keine Arier sind. Aber es nützt ihnen alles nichts! Glaube ja nicht, dass sie weniger gehänselt werden als ich. Später werden sie sich bestimmt ihre krummen Nasen gerade operieren lassen. Vielleicht hilft ihnen das.«

»Du redest wie ein Asozialer.«

»Bin ich auch. Als Jude gehöre ich nicht zu dieser Gesellschaft.«

»Und außerdem sprichst du wie ein Nazi. Als ob alle Juden krumme Nasen hätten! Schau doch deinen Vater an. Der ist blond und blauäugig.«

»Und hat auch einen Gutteil germanischer Blödheit in sich.«

»Gott, du Gerechter, wie sprichst du über deinen Vater?«

»Wie er es verdient! Die meisten Jidn machen hier wenigstens ordentlich Geld. Auch die Blaus und die Bierstamms. Aber unser Friedrich rackert sich für die paar Kröten täglich zehn Stunden im Lager von ›Silberfaden & Ehrlichmann‹ ab. So einen tollen Posten hätte er auch in Israel ergattern können. Allerdings wäre er dort nie zu einem eigenen Auto gekommen, nicht mal zu dem vom Führer persönlich so geliebten Volkswagen. Aber sogar davon hat er nichts. Denn Friedrich kann nicht mal richtig Auto fahren. Hat immer eine feuerrote Birne, wenn er hinter dem Steuer sitzt, der Zwerg.«

»Gott im Himmel, wie redest du über deinen eigenen Vater? Hast du dir schon mal klargemacht, dass dich dieser ›Zwerg‹ seit über zwanzig Jahren ernährt? Dass er täglich schuftet, damit du zu essen hast, dich kleiden kannst und ein Dach über dem Kopf hast?«

»Die Platte kenne ich auswendig. Ich schulde euch ewigen Dank. Einen Scheiß schulde ich euch, wenn du es genau wissen willst. Dass Eltern ihre Kinder ernähren, ist selbstverständlich. Auch eure Eltern haben euch ernährt.«

»Aber wir waren dankbar.«

»Jetzt ist es aber genug! Wenn du nicht sofort deinen Rand hältst, werde ich bösartig.«

»Das möchte ich mal erleben.« Ihre Augen blitzen.

»Kannst du sofort! Ich warne dich, Esel. Wenn ich noch ein Wort von dir höre, dann explodiere ich.«

»Dann explodier doch! Meinst du, dass ich vor dir Angst habe?«

»Ist mir egal, ich gehe ins Wasser.« Ich schiebe sie zur Seite und gehe ins Bad.

»Aber das Essen wird doch kalt.«

Ich verriegele die Tür, lasse Wasser in die Wanne laufen, während ich mich ausziehe. Das Gebrüll hat mir gut getan. Und jetzt ein heißes Bad. Ich muss den ganzen Dreck abwaschen, den aus der Klasse und den aus dem Puff.

Ich steige in die Wanne. Das heiße Bad beruhigt mich. Ich lasse durch die Brause erneut Wasser ein.

»Warum duschst du in der Wanne? Du überschwemmst das ganze Bad.«

»Wenn du jetzt nicht sofort deinen Mund hältst, komme ich so, wie ich bin, raus und werfe dich mitsamt deinen Klamotten in die Wanne.«

Ich steige schwer aus dem Wasser.

»Spritz nicht alles voll!«

»Ich spritze, so viel ich Lust habe.« Und womit ich Lust habe.

»Dann musst du aber auch gefälligst das Bad putzen.«

»Dich werde ich verputzen, wenn du nicht bald ruhig bist.«

»Wie sprichst du mit deiner Mutter?«

»Na warte!« Ich reiße die Badezimmertür auf und stürze wassertriefend auf Esel zu.

»Bist du meschugge, du wirst dich noch erkälten. Trockne dich sofort ab.«

»Ganz im Gegenteil. Ich werde auch dich nass machen.«

»Gewalt geschrien! Mein Sohn ist nebbich vollkommen meschugge geworden.«

Immerhin, sie flieht in ihre Küche. Ich stapfe in mein Zimmer, werfe mich aufs Bett und ziehe mir die Bettdecke über die Ohren. Nach einer Weile fühle ich eine angenehme Wärme in Armen und Beinen.

Weshalb habe ich mich vom Bauriedl so fertigmachen lassen?

Weshalb passiert mir das immer wieder?

Weil ich eine Mimose und Heulsuse bin. Aber damit ist jetzt Schluss. Statt Tränen und verletzter Gefühle gibt es jetzt nur noch kalten Hass – auf die Deutschen!

So, jetzt bin ich genug rumgelegen. Ich ziehe mich rasch an, stürme aus dem Zimmer.

»Wohin gehst du? Du kannst mit den nassen Haaren nicht hinaus. Du wirst dich noch erkälten.«

»Wenn schon, dann darfst du mich pflegen.« Ich werfe die Wohnungstür zu.

KLASSENBANN

Irgendwann musst du ja doch hinein. Wenn du hier im Gang rumstehst, sieht dich sowieso jeder, der ins Klassenzimmer geht. Dann wissen sie alle, dass du dich wieder nicht reintraust. Was soll denn dieses ständige Davonlaufen? Was können mir die Typen überhaupt tun? Nichts!

Ich öffne die Tür. Die meisten sind schon da. Sobald sie mich sehen, verstummen sie. Bedrückende Stille umgibt mich. Ich gehe zu Kraxäs altem Platz, werfe die Mappe aufs Pult und lasse mich in den Holzsessel fallen. Ich kann mir gut ausmalen, was gestern nach meiner Flucht geschehen ist. Gewiss hat sich die Taucher bemüßigt gefühlt, die »Verwerflichkeit des Antisemitismus« zu erläutern. Wann werden sie und ihre wohlmeinenden Kollegen endlich begreifen, dass sie mit diesen albernen Erklärungen so gut wie immer das genaue Gegenteil erreichen?

Die üblichen Aufklärereien zur Judenfrage sind so ausgeleiert, dass kein Mensch mehr auf sie hört. Richtig schlimm wird es für mich, wenn im Geschichtsunterricht »die Endlösung« mit deutscher Gründlichkeit »durchgenommen« wird. Viele schämen sich, allen ist die ganze Angelegenheit peinlich, außer mir – wie es scheint. Keiner von ihnen weiß, dass ich mich dabei immer frage, hättest du als Deutscher wirklich anders gehandelt? Weißt du sicher, ob nicht auch du in die Partei oder gar in die SS eingetreten wärst?

Davon haben die Kerle natürlich keine Ahnung. Im Gegenteil, sie halten mich für arrogant, weil ich nicht mit ihnen darüber diskutiere. Aber was soll ich antworten, wenn ich zum zwanzigsten Mal gefragt werde, ob es nicht doch »nur vier Millionen« waren, die »daran glauben mussten«?

Oder ob »die ganze Vergasung nicht ein jüdischer Schwindel ist, um Geld aus Deutschland zu holen«? Werden uns die Deutschen je ihr schlechtes Gewissen verzeihen?

In der Pause wird das Gefühl des Ausgestoßenseins spürbarer. Sogar Klaus Winterer, mit dem ich meist quatsche, wendet sich ab. Mein Hass, der mir noch gestern Abend Kraft gab, hat sich in Schwäche verwandelt. In meinen Ellbogen und in den Kniekehlen spüre ich ein Kribbeln. Wenn mich doch einer von diesen Kerlen wenigstens ansehen würde. Nichts. Als ob ich nicht existieren würde. Dabei stehe ich keine fünf Schritte von ihnen entfernt im Hof.

Plötzlich ruft Wolfgang Pauls mit heller Stimme: »Hot oaner vun eich fuffzig Pfennig?«

Unwillkürlich greife ich in meine Hosentasche, fische die Münze heraus und werfe sie ihm zu. Du Idiot! Hast du es wirklich nötig, dich bei der erstschlechten Gelegenheit bei ihnen anzubiedern?

Tatsächlich greift sich Pauls das Geldstück im Reflex. Mit einem Mal aber wird ihm bewusst, dass es von mir kam. Sein Mund und die Augen weiten sich verblüfft. Im Nu fängt er sich, presst die Lippen aufeinander, während sich seine Augenbrauen zusammenziehen. Mit einer knappen Bewegung schleudert er mir die Münze vor die Füße.

Eine bessere Gelegenheit, dich bloßzustellen, konntest du ihm nicht liefern. Jeder in der Klasse weiß, wie peinlich ihm unsere frühere Freundschaft ist, seit er sich bei den Nationaldemokraten und anderen Neonazi-Cliquen herumtreibt. Der »Nationalsozialist« Wolfgang Pauls, jahrelang unzertrennlicher Freund des Judenjungen Rubinstein! Kein Wunder, dass Wolfgangs »politisches Wirken« bislang von allen in der Klasse belächelt wurde. Und du Trottel gibst ihm jetzt die Gelegenheit, den Bruch mit seiner »verjudeten« Vergangenheit vor allen zu demonstrieren. Nicht mal ein Wort verloren – nur stumme Verachtung gezeigt.

Sind die Antisemiten selbst arme Schweine, wie mein Freund Peter ständig behauptet? Oder sind mir Typen wie Franz Bauriedl oder Wolfgang Pauls wirklich überlegen? Auf jeden Fall gelingt es ihnen, mir wehzutun, wann immer sie Lust dazu haben. Und warum? Weil sie in diesem Land zu Hause sind und wir, trotz allem Gerede, Fremde.

ZIONISMUS

»Jonny, du kommst zu früh. Wir haben noch Vorstandssitzung. Du gehst am besten noch eine Weile spazieren.« Arale Blau wirkt ungehalten.

»Allmählich reicht es mir aber, Arthur. Ich bin genauso Mitglied der ›Jüdischen Gruppe Sinai‹ wie du. Wer gibt dir überhaupt das Recht, mich rauszuschmeißen?«

»Aber Jonathan, niemand will dich rausschmeißen. Du bist einfach viel zu früh gekommen, über eine Viertelstunde. Und wir sind eben noch mitten in der Vorstandssitzung, das ist alles.« Arale lächelt verschmitzt, überlegen.

Reiz mich nur, du Schwein. »Ihr habt eine Vorstandssitzung, na und? Mich würde auch interessieren, was ihr beratet.«

Sein Lächeln wird breiter. »Das glaube ich dir gern, Jonny. Aber du weißt ja, Vorstandssitzungen sind nicht öffentlich – leider.«

»Weshalb?«

»Weil wir Entscheidungen treffen müssen, und das schafft man mit zwanzig Leuten nie.«

Wenn du nicht aufhörst zu grinsen, hau ich dir eine in die Fresse. »So ist das also! Ihr trefft die Entscheidungen, und das gemeine Volk darf Ja und Amen sagen.«

»Nicht ganz. Sagen wir lieber, wir bereiten die Entscheidungen vor.«

»Sagen wir lieber, du kannst mich am Arsch lecken«, brülle ich.

»Jetzt wirst du aber ordinär, Rubinstein.«

»Ordinär seid ihr! Ihr bildet euch wohl ein, dass es ewig so weitergeht. Ihr entscheidet, und wir machen. Ihr gebt unser Geld aus, und wir blechen. Was macht ihr beispielsweise mit unserem Geld? Wir zahlen es, und ihr reißt es euch unter den Nagel.«

Sein Lächeln ist verschwunden. »Jetzt ist es aber genug, Jonny! Wenn du das nicht auf der Stelle zurücknimmst, klebe ich dir eine.«

In Arales Rücken am Ende des Ganges erscheint die röhrenförmige Gestalt Itzchak Polzigs. Mit dem tänzelnden Schritt des ehemaligen Jeschiwa*-Studenten nähert

---

* Jüdische Religionshochschule.

sich unser vierzigjähriger Mentor. »Was ist denn los hier? Weshalb brüllt ihr so herum?«

»Nichts weiter, Herr Polzig.« Arales Miene schwankt zwischen Beflissenheit und gerechtem Zorn. »Jonny wollte mit Gewalt an der Vorstandssitzung teilnehmen. Und als ich ihm sagte, dass er das nicht darf, weil er nicht im Vorstand ist, ist er ausfallend und beleidigend geworden.«

Polzig hält einen Moment inne. Seine introvertierten Augen hinter den dicken Brillengläsern fixieren einen imaginären Punkt hinter mir. Dann spricht er mit wohlklingender Baritonstimme: »Streitet euch nicht. Vertragt euch wieder, schließlich seid ihr Freunde. Jonathan, du weißt genau, dass du nicht an den Vorstandssitzungen teilnehmen kannst, weil du nicht in den Vorstand gewählt wurdest. Also musst du draußen bleiben. Und du, Aaron, wirst im Vorstand gebraucht. Komm mit, wir wollen unsere Sitzung beenden.« Er macht kehrt und tänzelt wieder in die Wohnung, gefolgt von seinem Adlatus.

Das werdet ihr mir büßen, ihr zionistischen Trockenschwimmer! Besonders du, Itzig Polzig. Lässt mich vor der Tür stehen wie einen jüdischen Kurzwarenhausierer. Deiner Sinai werde ich den Garaus machen.

Aber wie, verdammt noch mal? Wenn ich einfach rumtobe, lassen mich die Kerle ins Leere laufen, wie soeben. Was kann ich sonst tun?

Als Erstes geh mal rein, sonst stehst du tatsächlich draußen, wie Polzig und Konsorten es gern hätten. Ich stoße die Tür auf. Rechts liegt der Betsaal, den die Schwabinger Juden an Feiertagen benutzen. Ihm gegenüber der kleine Büroraum, in dem gegenwärtig die Elite der religiösen jüdischen Jugend Münchens berät. Daneben unser »Tagungszimmer«. Hier halten sich an Feiertagen die jüdischen Frauen zum Quatschen auf, während die Männer beten oder zumindest so tun als ob.

Arale Blau hat sofort angefangen zu toben, als ich ihm vorgeworfen habe, dass sie unser Geld verprassen. Also muss was an der Sache sein. Wir zahlen zwei Mark Mitgliedsbeitrag im Monat. Macht pro Mann etwa 25 Mark im Jahr, mal 20, gibt rund 500 Eier. Von diesem Geld hört und sieht man nicht das Geringste. Eli Zeitvogel hat mir erzählt, dass die Kerle sich öfters zum Fressen treffen – jetzt weiß ich endlich auch, auf wessen Kosten! Na wartet, diese Suppe werde ich euch gründlich versalzen.

Mittlerweile tröpfelt die Bande ins Zimmer. Auch Peter und Carlo sind schon da. Ich steuere auf sie los. »Ich habe endgültig die Schnauze voll von Polzig, Arale und den übrigen Wichsern.«

»Was ist denn passiert?« Carlos dunkle Bärenaugen weiten sich.

»Heute wollten mich Polzig und Arale aussperren, nur weil ich es gewagt habe, nach dem Verbleib unserer Mitgliedsbeiträge zu fragen.«

»Und?« Peter lächelt.

»Und! Und! Und!« Ich muss mich beherrschen, um nicht erneut zu brüllen. »Ich habe diese Methoden endgültig satt.«

»Ich auch. Aber was willst du tun?«

»Neuwahlen! Sofort!«

»Und was soll das bringen, wenn ich fragen darf? Du

weißt genauso gut wie ich, dass jeder im Vorstand mindestens einen Freund hat, der ihn wählt, plus er selber, plus einige Idioten. Das heißt, die Kerle haben auf ewige Zeiten eine Mehrheit, selbst wenn jede Woche gewählt würde.«

»Hatten, mein Lieber, hatten«, rufe ich erregt. »Glaubst du im Ernst, dass noch ein Mensch diese Bande wählt, wenn bekannt wird, dass sie jahrelang unsere Mitgliedsbeiträge unterschlagen und verfressen haben?«

»Wie hast du denn das rausbekommen?«, fragt Carlo.

»Ganz einfach, mein Sohn, durch Nachdenken. Hast du dir schon mal überlegt, was mit unseren Mitgliedsbeiträgen, insgesamt 500 Mark jährlich, geschieht?«

»Nein.«

»Eben! Darauf bauen die Kerle, verfressen, versaufen und verhuren unser Geld.«

»Nicht schlecht, Reb Jid«, lässt sich Peter vernehmen. »Und?«

»Wir müssen heute eine Grundsatzdiskussion erzwingen. Dabei auf die Geldfrage zu sprechen kommen, das wird diese Ganoven vollkommen isolieren, und dann müssen wir sofort Neuwahlen erzwingen.«

»Aber wir sollen heute doch über die Einwanderung nach Israel diskutieren«, wirft Carlo ein.

»Sollen schon, aber wollen nicht. Wir funktionieren die ›Sinai‹ heute einfach um. Statt Einwanderung ins Gelobte Land, an die eh niemand mehr glaubt, die Frage nach dem lieben Geld«, meine Stimme ist hell.

»Aber wie wollt ihr das anstellen?«

»Lasst uns nur machen. Ich habe da eine ganz bestimmte Idee«, Peter lächelt in sich hinein.

Mittlerweile ist Polzig, dicht gefolgt von seiner Brut, Arale, Miri Katz, Fanny Friedländer und Henry Nelkenbaum, im Tagungsraum eingezogen. Polzig nimmt Platz, sammelt sich kurz und ruft gegen den abschwellenden Lärm: »Meine lieben Freunde, es ist schon Viertel nach acht. Wir müssen anfangen, denn wir haben heute ein großes Programm vor uns.« Er räuspert sich mehrmals: »Meine lieben Freunde, heute haben wir vielleicht die wichtigste Sitzung im Jahr. Es geht, wie ihr sicher alle wisst, um die Aliya*, die Einwanderung nach Israel. Viele von euch haben bereits mehr als die Hälfte des Studiums hinter sich, und so wird es Zeit, langsam die Aliya zu planen.«

»Herr Polzig, gestatten Sie mir die Frage, wieso langsam und nicht sofort?«

»Weil Israel Fachleute braucht, die beim Aufbau des Landes helfen, und keine Studenten, die nur den Steuerzahler Geld kosten.«

»Aha, eine neue Wiedergutmachungsvariante: Ausbildungshilfe.«

»Rubinstein, unterbrich mich nicht!«

»Ich muss, Herr Polzig! Denn Sie predigen hier einen Zionismus mit beschränkter Haftung. Werdet erst mal was, damit ihr Israel etwas geben könnt. Zuerst Abitur, dann Studium, dann ein wenig Berufspraxis, denn man will ja nicht mit leeren Händen ins Gelobte Land kommen und, wie Sie sagten, ›dem israelischen Steuerzahler zur Last fallen‹. Inzwischen ist man um die vierzig, hat meistens schon Familie und Geschäft. Glauben Sie im Ernst, dass dann

---

* Aliya (hebräisch) = Aufstieg.

noch jemand nach Israel gehen wird? Schauen Sie sich doch unsere Eltern an.«

Ehe er einen Ton herausbringt, setze ich meine Predigt fort. »Die Art von Zionismus, die Sie und Ihre Konsorten predigen, Herr Polzig, ist in Wahrheit eine Perversion des Zionismus. Durch ihren Vorbereitungszionismus nehmen Sie den Juden hier ihr schlechtes Gewissen, in Deutschland statt in Israel zu leben.

Zionismus heißt Einwanderung nach Israel, ohne Wenn und Aber, ohne Vorbereitungen und Schmorbereitungen. Vor allem ohne Berufszionisten, die, statt die Einwanderung nach Israel zu fördern, von Israel in die Diaspora gehen, es sich dort gutgehen lassen und eine Einwanderung nach Israel mit ihrem Gerede systematisch verhindern.« Alle sitzen erstarrt. Bislang hatte keiner von uns gewagt, offen Polzigs Autorität in Frage zu stellen, nun habe ich ihn als Heuchler und Schmarotzer angeprangert. Polzigs Gesicht ist bleich, die großen Hände schließen und öffnen sich unablässig. Er bewegt seinen Mund, ohne dass ein Ton hörbar wird. Schließlich gurgelt er: »Respektloser Flegel ...«

»Einen Moment, mit Beschimpfungen kommen wir hier nicht weiter«, Peter gibt sich wenig Mühe, sein Grinsen zu unterdrücken. »Mir scheint, dass einiges dran ist an dem, was Jonathan vorgebracht hat. Niemand wird beispielsweise bestreiten wollen, dass unsere Eltern nicht daran denken, nach Israel auszuwandern, obgleich sie seit über zwanzig Jahren von zionistischer Propaganda berieselt werden. Es ist daher verständlich, wenn man nach effektiveren Wegen sucht. Der Plan, sofort zu handeln, erscheint mir zumindest einen Versuch wert. Ich schlage deshalb als erste Maßnahme vor, dass die ›Sinai‹ sogleich 500 Mark für Israel spendet.«

»Ich finde Peters Idee klasse und bin dafür, dass wir schon morgen das Geld nach Israel an die zionistische Organisation schicken«, trompetet Carlo.

»Das ist kein schlechter Vorschlag. Fragt also bis zum nächsten Mal eure Eltern, ob sie einverstanden sind, denn jeder müsste dann über zwanzig Mark spenden.« Polzig hat sich sichtlich erholt, seine Stimme ist fest, das Gesicht hat wieder Farbe bekommen, nur seine Augen schweifen noch ziellos durchs Zimmer.

»Es besteht überhaupt kein Grund zu einer Spendensammlung, Herr Polzig. Seit eineinhalb Jahren zahlen wir monatlich zwei Mark Mitgliedsbeitrag, das sind jährlich circa 500 Mark. Ausgaben haben wir keine, also müssten in der Gruppenkasse 700 Mark sein, davon sollten wir unverzüglich 500 Mark nach Israel überweisen.«

»Ich werde den Vorstand bitten, darüber in seiner nächsten Sitzung zu entscheiden.«

»Was hat das mit dem Vorstand zu tun? Das Geld gehört uns allen!«

»Rubinstein, ich verbitte mir deine Disziplinlosigkeit! Du lässt niemanden ausreden, beschimpfst jeden und meinst, alle müssen machen, was du verlangst. Du kannst der Gruppe nicht deinen Willen aufzwingen. Du hast einen Vorschlag gemacht. Gut, ich bin dafür, dass die dazu Befugten darüber beraten und entscheiden. Du allein kannst nicht über das Geld der Gruppe entscheiden.«

»Verzeihung, Herr Polzig, ich meine, ehe wir den Vorschlag einer sofortigen zionistischen Handlung im Vorstand erörtern, sollten wir zunächst seine Voraussetzungen prüfen. Haben wir tatsächlich 700 Mark in der Gruppenkasse, wie Jonathan behauptet, oder sind es weniger, so dass wir überhaupt nicht in der Lage sind, 500 Mark nach Israel zu überweisen. Kurz gesagt, wie hoch ist der gegenwärtige Kassenstand?« Peter trieft geradezu vor Verantwortungsbewusstsein.

»Ich werde auch diese Frage in der nächsten Vorstandssitzung erörtern lassen.«

»Nichts werden Sie in der Vorstandssitzung erörtern lassen! Auf der Stelle will ich wissen, wie viel Geld wir in der Kasse haben«, schreie ich.

»Wenn du noch einmal in diesem Ton mit mir sprichst, werde ich dich aus der ›Sinai‹ ausschließen«, brüllt Polzig zurück.

»Verzeihung, aber mit Drohungen und Beleidigungen kommen wir hier wirklich nicht weiter. Ich habe lediglich nach dem Kassenstand gefragt. Und eine derart simple Frage sollte sich doch ohne Vorstandssitzung beantworten lassen«, meint Peter ungerührt.

»Genau, auch ich möchte wissen, wie viel Geld wir in der Kasse haben«, ruft Carlo.

Die übrigen Typen werden allmählich ebenfalls unruhig, beginnen mit ihren Nachbarn zu reden.

»Wie viel Geld haben wir, Henry?«, fragt Polzig schließlich.

»Ich müsste erst in meinen Unterlagen nachsehen«, antwortet Henry Nelkenbaum.

»Es geht hier nicht um Heller und Pfennig, haben wir 500 Mark oder nicht?«

»Das kann ich ohne Unterlagen nicht sagen. Bis zum nächsten Mal könnte ich versuchen, einen Kassensturz zu machen.«

»Du sollst keine Kasse stürzen, du sollst sagen, wie viel Geld wir haben. Ohne Wenn und Aber. Ohne faule Ausreden, Unterlagen und Unterschlagen, und zwar sofort!«

»Du bist kein Polizist, Rubinstein, du hast niemanden zu verhören!« Polzig wird rot.

»Herr Polzig, es geht hier nicht um ein Verhör, wir wollen lediglich wissen, ob wir genügend Geld in der Kasse haben oder nicht. Und ich meine, ein Schatzmeister sollte tatsächlich in der Lage sein, eine derart einfache Frage ohne Umstände aus dem Stegreif zu beantworten.« Weshalb hat Peter keine Mühe, ruhig zu bleiben, während ich fast durchdrehe?

»Henry, sag endlich, wie viel Geld wir haben, sonst passiert was«, tobt Carlo.

»Ich weiß nicht genau.« Nelkenbaum sitzt steil aufgerichtet auf der Vorderkante seines Sessels.

»Dann sag es ungenau, aber sofort!«

»Liebe Freunde, so geht es nicht weiter. Wir wollen heute Abend über die Einwanderung nach Israel diskutieren und keine Kassenberichte hören.«

»Nicht wir, Sie! Sie wollen nur diskutieren. Wir wollen endlich konkrete Maßnahmen ergreifen. Als ersten Schritt wollen wir 500 Mark spenden. Dazu müssen wir wissen, ob wir auch genügend Geld in der Kasse haben.«

»Rubinstein!«

»Herr Polzig, tun Sie mir den Gefallen und versuchen Sie nicht dauernd abzulenken, indem Sie mir mit Rausschmiss drohen. Damit bewirken Sie auch keine Aliya nach Israel. Wir wollen handeln! Fallen Sie uns nicht dauernd in den Arm, sondern helfen Sie uns. Sorgen Sie dafür, dass wir endlich wissen, wie viel Geld in der Kasse ist.«

»Henry, vielleicht versuchst du uns zu sagen, wie viel Geld wir in der Kasse haben.« Warum denn nicht gleich, Itzig?

»Wir haben keine 500 Mark in der Kasse.«

»Wie viel denn?«

»Das geht dich einen Dreck an, Jonathan. Ich bin dir keine Rechenschaft schuldig.«

»Du täuschst dich, lieber Henry, das sind die Gelder der gesamten Gruppe, nicht dein Privateigentum.«

»Wie viel Geld haben wir denn jetzt in der Kasse? Ich möchte das auch gern wissen.« Mary Heilmann ergreift die Gelegenheit, sich an ihrem Ehemaligen zu rächen.

»Könnten wir erfahren, wie viel Geld wir in der Kasse haben?« Auch Moritz Kleiner will auf der richtigen Seite stehen.

»Ich kann es nicht genau sagen, etwa 150 bis 200 Mark.«

»Wir haben in den letzten 18 Monaten 700 Mark Mitgliedsbeiträge gezahlt. Wohin sind 500 Mark verschwunden?«

»Jetzt ist aber Schluss, Rubinstein! Wir wollen heute Abend keinen Kassenbericht hören, sondern über Zionismus reden.« Polzigs Kopf wird noch röter.

»Genau das wollen wir eben nicht! Wir wollen Zionismus praktizieren, zumindest damit anfangen. Ein erster Schritt dazu ist Ehrlichkeit. Ich möchte endlich wissen, was eigentlich mit unserem Geld geschieht, und damit bin ich hier im Raum bestimmt nicht der Einzige«, schreie ich.

»Der Meinung bin ich allerdings auch«, schau einer an, Ruthi Seelig hat auch schon erkannt, wer heute Abend der Stärkere ist.

»Seid endlich ruhig! Entweder sprechen wir heute über Einwanderung nach Israel, oder ich breche unser Treffen ab.«

»Sie können brechen, so viel Sie wollen. Ich stelle hiermit den Antrag, dass der Schatzmeister auf der Stelle gezwungen wird, Auskunft über den Verbleib unserer Mitgliedsbeiträge zu geben.«

»Das werde ich nicht zulassen! Hier wird niemand zu etwas gezwungen, schon gar nicht von einem Flegel wie dir, Rubinstein.«

»So kommen wir nicht weiter. Da der Kassenwart nicht willens oder in der Lage ist, Auskunft zu erteilen, beantrage ich Neuwahlen. Auf diese Weise ist der Vorstand verpflichtet, bis zur nächsten Sitzung einen Kassenbericht vorzulegen«, meint Peter ruhig.

»Ich möchte diesen Antrag unterstützen!« Dumm ist er nicht, der Aaron Blau. Hat die ganze Zeit die Klappe gehalten und abgewartet. Jetzt, da praktisch alles entschieden ist, versucht er, sich auf die Seite der neuen Mehrheit zu schlagen. Soll's Henry allein ausbaden. Aber so einfach kommst du mir nicht davon, Arthur. Du hast genauso mitgefressen wie die anderen. Du hast mich immer fühlen lassen, dass du im Vorstand sitzt und ich nicht. »Wer gegen Wahlen am nächsten Dienstag ist, soll die Hand heben.«

»Das liegt nicht in deiner Kompetenz, Rubinstein. Um

bösartigen Unterstellungen das Wasser abzugraben, bin ich dafür, dass wir in der nächsten Sitzung Wahlen machen. Ich bitte diejenigen, die auch meiner Meinung sind, ihren Finger zu heben.« Gib dir keine Mühe, Polzig. Du hast verloren. Mich lasst ihr nicht mehr vor der Tür stehen.

Nur Henry Nelkenbaum hat den Mut, seine Pfote nicht zu heben. »Außer einer Enthaltung sind alle für Wahlen am nächsten Dienstag. Ich bitte euch, vollzählig zu erscheinen. Ich möchte jetzt die Sitzung beenden. Gute Nacht und Schalom.«

War das der Mühe wert, weil du zwei Minuten vor der Tür gestanden hast? Ja, denn irgendwann musste das Fass überlaufen. Diese Heuchelei und die dauernden Demütigungen Polzigs und seiner Lakaien konnte ich nicht länger ertragen. Vor allem – hier kann ich's den Burschen heimzahlen. In der Schule dagegen bin ich allein.

MÖRDER

»Du bekommst den Wagen nicht.«

»Weshalb nicht, wenn man fragen darf?«

»Weil deine Mutter der Ansicht ist, dass du wie ein Wahnsinniger fährst, und ich der gleichen Meinung bin.«

»Natürlich! Esel, die nicht einmal Rad, geschweige denn Auto fahren kann, ist der Meinung, dass ich wie ein Wahnsinniger Auto fahre, und du bist sofort ihrer Ansicht, du Schlappschwanz.«

»Wie sprichst du mit deinem Vater?«

»Wie es mir passt, alte Intrigantin.«

»Lass deine Mutter zufrieden!«

»›Lass deine Mutter zufrieden‹, ›wie sprichst du mit deinem Vater?‹. Kann denn keiner von euch für sich selbst sprechen?«

»Schau dir deinen Sohn an, Friedrich! Nicht genug, dass er uns beleidigt. Er möchte uns auch noch gegeneinanderhetzen.«

»Hund und Katze muss man nicht erst gegeneinanderhetzen. Aber euer Gezeter geht mich nichts an. Ich will nur das Auto – das ist alles.«

»Als Belohnung – weil du deine Eltern beleidigst?«

»Belohnung, Schmelohnung. Ich bin doch kein Zirkusaffe, der nach jeder Vorstellung zur Belohnung eine Banane bekommt. Heute ist Schabbes-Abend, die Sinai-Bande trifft sich, Friedrich sitzt müßig zu Hause, das Auto steht ungenützt vor der Tür, ich kann es gebrauchen. Wo liegt das Problem?«

»Du bist das Problem. Du fährst nicht wie ein Mensch.«

»Sondern?«

»Wie ein Verrückter!«

»Jetzt ist es aber genug! Was soll ich denn tun? Hier herumsitzen?«

»Du kannst zu Fuß gehen oder mit der Straßenbahn fahren, wie Arale Blau. Sein Vater gibt ihm auch nicht den Wagen.«

»Weil der Alte den Wagen selbst braucht, um seine Freundin zu besuchen. Das verstehe ich. Unser Friedrich würde so was nie wagen. Gebt mir jetzt den Wagen, verflucht noch mal!«

»Du wirst das Auto nicht kriegen, solange du wie ein

Verrückter Auto fährst. Und schon gar nicht, wenn du dich unanständig benimmst und brüllst.«

»Seid ihr schwachsinnig? Wie soll ich wie ein ›Normaler‹ fahren, wenn ich den Wagen nicht bekomme? Und wie soll ich mich ›anständig‹ benehmen, wenn ich dauernd provoziert werde? Wenn ihr darauf wartet, dass ich ›bitte, bitte‹ mache, könnt ihr lange warten. Ich will jetzt das Auto, verdammt noch mal. Sonst sitze ich den ganzen Abend in der Bude und lass euch nicht in die Röhre glotzen.«

»Jetzt kriegst du den Wagen erst recht nicht! Wir lassen uns doch nicht von dir erpressen. Benimm dich wie ein Mensch. Lerne, tu was, arbeite. Du bist jetzt 21, gehst immer noch zur Schule und lässt dich von deinen Eltern aushalten. Schau deine Freunde an! Die meisten sind schon fast mit ihrem Studium fertig. Andere helfen ihren Eltern im Geschäft, nur unser Herr Jonny sitzt rum und stellt auch noch Ansprüche! Leiste erst was!«

»Darf man fragen, was du geleistet hast, Friedrich? Du bist der größte Versager weit und breit. Als Einziger in der Familie warst du unfähig, dich in Israel einzuordnen, und musstest zurück nach Germanien. Den Deutschen kannst du erzählen, dass es dich wieder in deine alte Heimat zurückgezogen hat. Tatsächlich aber hast du in Israel schlicht und einfach versagt. Und was tut Friedrich Rubinstein nach seinem Abstieg* nach Deutschland? Hilft seinen Glaubensgenossen, ein Vermögen zu erwerben, anstatt selber Geld zu machen. Du bist ein Lohnsklave geblieben, während die anderen Jidn im Geld baden. Nicht

---

* Auswanderung aus Israel wird im Hebräischen ›Abstieg‹ genannt.

genug damit, verschleppt der Kerl auch noch mich ins Naziland.«

»Du hast immer genug zu essen gehabt.«

»Verdammter Lügner. Du weißt ganz genau, dass ich durch die einseitige Ernährung nach unserer Ankunft in Deutschland eine Mangelerkrankung bekommen habe, die mich ein Leben lang zum Krüppel stempelt.«

»Friedrich, der Junge ist nicht normal. Wegen einer leichten Rachitis ist man doch kein Krüppel.«

»Halt bloß dein Maul, du Giftmischerin! Eine leichte Rachitis. Weshalb habt ihr denn keine ›leichte Rachitis‹? Warum habt ihr mich in dieses Scheißland gebracht, mich zum Krüppel gemacht?«

»Wenn du nach Israel gehen willst, tu es doch! Keiner hält dich hier zurück. Aber hör endlich auf, deine Eltern zu beleidigen.«

»Friedrich, erzähl keinen solchen Unsinn. Was soll der Junge in Israel tun? Zum Militär gehen und sich totschießen lassen?«

»Hört, hört, die ›stolze Jüdin‹! Wisst ihr, was ihr seid? Der Abschaum der Menschheit! Versager, Feiglinge, Duckmäuser! Nur bei mir seid ihr groß. Besonders Fred, du alter Schlappschwanz. Du bist sogar zu blöd, mich loszuwerden! Lieber jagt Esel dich zum Teufel, statt auf ihren einzigen Sohn auch nur einen Tag lang zu verzichten.«

»Hör nicht auf ihn, Friedrich.«

»Wieso? Er hat doch recht.«

»Jawohl, du Schlappschwanz – ich habe recht. Du bist ein Nichts und ein Niemand. Nicht einmal in der eigenen Familie, bei der eigenen Frau zählst du etwas.«

»Halt dein Maul, du Lump!« Fred ist aufgesprungen. Mit wuchtigen Schritten stampft er auf mich zu. Er ist kleiner, aber erheblich stärker als ich. Sein mächtiger Brustkorb und die kräftigen Armmuskeln verraten den ehemaligen Sportler.

Fred kommt näher. Ich habe Angst. Unwillkürlich kneife ich die Augen zu, stoße ihn mit einer Reflexbewegung zurück. Er prallt gegen die Kommode, schreit auf, stürzt sich sofort wieder auf mich. Ich reiße die Fäuste vors Gesicht, als er zuschlägt. Da spüre ich seinen Unterarmknochen an meiner Faust. Fred schreit vor Schmerz auf, taumelt zurück, hält seinen getroffenen Arm. Tränen schießen ihm in die Augen.

»Lump, Lump, du verkommener Lump«, schluchzt er. Bald heult er hemmungslos wie ein Kind.

Esel hat das Gerangel stumm verfolgt. Nun schreit sie gellend: »Hilfe! Hilfe! Ein Mörder!«

Ich renne in den Flur, reiße die Wohnungstür auf, stürze ins dunkle Treppenhaus. Während ich die Stufen hinunterrase, wird die Beleuchtung angeschaltet. »Was ist denn hier passiert?«, ruft ein Nachbar. Bloß raus hier! Ich stoße die Haustür auf, stehe auf der Straße. Meine Beine sind weich, die Hände zittern. Ich verfluchter Idiot. Ich Lump. Ja, ich bin wirklich ein Lump. Fred hat recht. Wegen dieses verdammten Autos schlage ich den eigenen Vater. Wie ein Nazi habe ich den Schwächeren fertiggemacht.

Objektiv sind meine Alten wirklich Ärsche. Fred ein Schlappschwanz, Esel eine Intrigantin. Aber sie haben in den »Tausend Jahren« zu viel mitgemacht – sie werden sich nie mehr ändern. Sie können es nicht, selbst wenn sie wollten. Durch die Schlägerei hast du alles nur noch schlimmer gemacht.

Das wird Esel noch monatelang auskosten. Zuerst hat sie den Krach eingefädelt. Jetzt wird sie auf meinen Schuldgefühlen herumreiten.

Warum ist er bloß auf mich losgegangen? Ich wollte ihm doch nichts tun. Hatte einfach Angst. Du bist ein verdammter Feigling! Was wäre dir schon passiert? Selbst wenn er dir eine gepatzt hätte? Dann wäre er im Unrecht, nicht du. Alles aus verdammter Angst.

Was tu ich jetzt? Einfach so zur Sinai-Party gehen? Ich bin doch nicht mal angezogen. Nach oben kann ich aber auch nicht. Warum eigentlich nicht? Aus Angst. Du musst die Angst überwinden! Du gehst jetzt rauf und entschuldigst dich. Mein Herz rast, während ich die Stufen emporsteige. Läute.

Esel öffnet: »Scher dich zum Teufel, du Krimineller. Du Schläger!«

Ich gehe an ihr vorbei. Das Wohnzimmer wird nur von der schwachen Wandleuchte erhellt. Fred sitzt in seinem schweren Polstersessel, einen feuchten Lappen um den rechten Arm gewickelt. Seine Augen sind gerötet. Er hält den Kopf gesenkt.

»Ich möchte mich bei dir entschuldigen.«

»Warum hast du das getan?«, seine Stimme ist heiser.

»Ich weiß es selbst nicht. Ich wollte es nicht. Bitte entschuldige.«

»Schon gut. Benimm dich wenigstens in Zukunft wie ein Mensch. Sonst wirst du wenig Glück haben in deinem Leben.«

Ich lege meinen Arm um seine Schulter. Gebe ihm einen Kuss auf den kahlen Schädel. Ich habe das Bedürfnis zu weinen. Beherrsch dich, Rubinstein! Wegen deiner Feigheit hast du schon deine Stellung in der Klasse verschissen. Wegen deiner Angst hast du heute deinen Vater geschlagen. Schluss mit der Angst!

»Ich danke dir, Fred – von ganzem Herzen.«

»Nimm dir die Autoschlüssel aus dem Jackett.«

»Fred, das ist nicht nötig.«

»Nimm sie. Aber ohne dass deine Mutter es merkt.«

JÜDISCHE PARTY-LOGIK

»Die Weinraubs spinnen komplett. Was die Kerle allein für das Fressen ausgeben, ist wirklich sagenhaft. Vom Dreck und dem Lärm ganz zu schweigen.«

»Tja, Peter, die Unberührtheit einer jüdischen Tochter will teuer erkauft sein – besonders wenn sie so geil ist wie Lilly Weinraub.«

»Du meinst, ihre Alten wissen genau Bescheid?«

»Sicher, oder hast du einen jüdischen Sohn oder eine Tochter gesehen, die nicht über kurz oder lang selbst ihre intimsten Geheimnisse – und was für intime Geheimnisse haben die meisten von uns nebbich – ihren Eltern offenbart hätten?«

»Du meinst, Lilly hat ihren Eltern selbst erzählt, dass sie und Joel allerhand miteinander treiben?«

»Höchstwahrscheinlich. Und falls sie ihr Maul gehalten haben sollte, woran ich nicht glaube, haben es alle anderen ihren Eltern erzählt, und die wiederum hatten bestimmt nichts Eiligeres zu tun, als wiederum die Weinraubs anzurufen und sie zu warnen – aus reinem Verantwortungsgefühl natürlich.«

»Das gibt's doch nicht!«

»Und ob's das gibt. Hast du etwa deiner Mutter nichts erzählt?«

»Doch. Ich dachte ...«

»Siehst du, jeder denkt. Aber du musst dir keine Vorwürfe machen. Weshalb hat Joel dir und jedem anderen, der es hören wollte, alles erzählt? Und wie gesagt, ich bin davon überzeugt, dass die Lilly es ihren Alten selber gesagt hat.«

»Weshalb kann denn keiner von uns etwas für sich behalten?«

»Weil wir im Ghetto leben. Im Ghetto der Vorurteile unserer Eltern. Und in einem Ghetto guckt jeder dem anderen in den Kochtopf, in die Brieftasche und nicht zuletzt unter die Bettdecke, womit wir beim Thema wären. Unsere Tradition verlangt unerbittlich, dass ein jüdisches Mädchen jungfräulich in die Ehe geht – genau wie in Sizilien.

Das Entscheidende ist aber die panische Angst unserer Alten vor einer ›Mischehe‹ ihrer Kinder. Stell dir vor, du heiratest eine Elsa, Heike oder Adolfine, und es stellt sich heraus, dass ihr Vater oder Onkel in der SS war. Dann kannst du deine Eltern gleich in die Klapsmühle einliefern.

Summa summarum: Eine jüdische Maid darf ohne Trauschein nicht vögeln. Und einem jüdischen Jüngling ist es verboten, eine Glaubensgenossin aufs Kreuz zu legen, selbst wenn sie so geil ist wie unsere Lilly und gewiss den ganzen Tag an nichts anderes denkt als ans Bumsen.«

»Schön und gut. Aber was für einen Sinn haben diese idiotischen Feten?«

»Das wiederum ist die jüdische Party-Logik. Natürlich wissen unsere Alten, dass dank ihrer Erziehung so gut wie keiner von uns wagen wird, unsere Mädels ›unglücklich‹ zu machen. Aber sicher ist sicher. Und genau dazu sind die Partys da. Das ist besonders bei Lilly und Joel so wichtig. Denn sie ist besonders geil, und er kommt aus Israel. Dort sind die Maßstäbe nicht so streng wie hier. Vor allem, die beiden sind schon viel weiter gegangen als alle anderen von uns. Mir hat Joel erzählt, dass er sie vollkommen nackt auszieht und alles bis auf das eine mit ihr treibt. Wenn ich es weiß, wissen es auch ihre Eltern. Einsperren können sie die Lilly nicht, also laden sie alle zu sich ein. Mit Fressen und Musik erkaufen sie sich die Kontrolle über das Geschehen. Zumindest bis etwa elf Uhr nachts. Danach gehen wir alle zusammen noch in irgendein Lokal. Die beiden müssen wohl oder übel eine Zeit lang mit. Erst danach können sie sich absetzen. Ihnen bleibt also nur eine begrenzte Zeit zur Lust, denn gegen Mitternacht muss sie, wie alle anderen braven jüdischen Mädchen, zu Hause sein. Damit sinkt die Bumsgefahr erheblich. Du siehst, die Alten sind gar nicht so doof, wie du in deiner jugendlichen Einfalt annimmst. So, genug gequasselt. Ich möchte mal sehen, ob heute mit Hanni was läuft.«

Peter hat recht, die Weinraubs spinnen total. Sie haben ihre Wohnung vollkommen auf den Kopf gestellt. Die breiten Flügeltüren zwischen Salon und Esszimmer sind weit geöffnet, beide Räume sind fast vollständig von Möbeln geräumt, so dass eine Tanzfläche geschaffen wurde.

Auf den Tischen in der Ecke des Speisezimmers ist ein reichhaltiges Buffet aufgebaut. Diverse koschere Fleischsorten, Salate, verschiedene Brotarten, Cola, Limo, Sprudel, Techina*, Säfte, nichts fehlt – außer Alkohol natürlich. Weinraubs lassen sich das heile Hymen ihrer Lilly wirklich etwas kosten.

Sie haben an alles gedacht! Die Stehlampen sind mit roter und blauer Folie überzogen. Das schummrige Licht passt genau zu ›Nights in White Satin‹, das aus den Lautsprechern plärrt. Davor schaukeln eng umschlungen die Paare.

»Sieht so aus, als wäre deine Hanni äußerst beschäftigt.«

In der Tat, die Alte drückt sich so eng an Nathan Kupfermann, dass ihm gewiss bald die Luft ausgehen wird. Da ist wohl für den Augenblick nicht mehr allzu viel zu machen. Dann wenigstens ordentlich essen! »Jonathan, schmeckt es dir? Willst du vielleicht noch ein bisschen ›gefillte Fisch‹, wir haben noch etwas in der Küche.«

»Danke, Frau Weinraub. Mir schmeckt die Kalbszunge ausgezeichnet.«

»Möchtest du vielleicht sonst noch was?«

Was will sie überhaupt von mir? Die soll sich um ihre Lilly kümmern und mich mit ihrem jovialen Gerede in Ruhe lassen!

»Danke. Ich habe mehr als genug – zu essen.«

Da schau an! Das gibt's doch nicht! Die Lea tanzt mit Jackie Gerstle. Tanzen kann man das kaum noch nennen.

---

* Israelisches Nationalgericht.

Allerdings reicht die zwölfjährige Lea Jackie kaum bis zur Schulter. Lustig, während die Alten alles versuchen, Lilly nicht voll in den Abgrund der Sexualität versinken zu lassen, kommt ihre kleine Schwester schon auf den Geschmack.

Mit einem Mal wird die grelle Deckenbeleuchtung eingeschaltet. Frau Weinraub, das Hausmädchen und Tochter Lisi schreiten mit vollen Schüsseln in den Raum. »Jetzt gibt es eine israelische Spezialität: Falafel.« Die Paare blinzeln in der plötzlichen Helligkeit.

Mir soll's recht sein. Auf diese Weise komm auch ich noch ins Spiel. Mit der Hanni läuft heute wieder nichts. Weshalb lande ich eigentlich nie bei ihr? Gut, ich sehe nicht besonders aus. Dunkle Locken, graugrüne Augen, breite Lippen, fliehendes Kinn, nur etwa 175 groß – was man so als jüdischen Typ bezeichnet. Die anderen Sinai-Vögel sehen aber auch nicht wesentlich anders aus. Daran liegt es also nicht. Vielleicht bin ich ihr nicht selbstsicher genug? Oder zu aggressiv? Für mich ist bei ihr jedenfalls nichts zu holen.

Vielleicht versuch ich's mal bei der Mara? Die sieht mich jedes Mal so unsicher-herausfordernd an. Peter wird stocksauer sein, wenn ich in sein Revier einbreche. Ach was, Rubinstein, mach dich nicht verrückt. Der Kerl spielt sich und anderen doch ständig den Coolen, durch nichts zu erschütternden Intellektuellen vor. Mal sehen, wie cool er diesmal bleiben wird.

»Fräulein Mara, darf ich wagen, meinen Arm und Geleit Ihr anzutragen?«

»Ach, Jonny, wie geht es dir?«

»Blendend, aber leider hast du nie Zeit für mich.«

»Das stimmt nicht. Ich unterhalte mich sehr gerne mit dir. Erst letzten Sonntag haben wir im ›Drugstore‹ miteinander geredet.«

»So meine ich das nicht. Du warst mit Peter weg. Ich will mich mal alleine mit dir treffen.«

Ihre Wangen röten sich leicht. »Aber Peter ist doch dein Freund.«

Gib dir keine Mühe, du Heuchlerin. »Na und? Deshalb darf ich dich doch mögen.«

»Ja.« Dranbleiben, Rubinstein! Aber, was sag ich nur. Verdammt, mir fällt nichts Geistreiches ein. »Hast du vor, im kommenden Jahr Falafel in Israel zu backen?«

»Unbedingt, Jonny. Du hast recht. Man muss sofort handeln und nach Israel einwandern, sonst bleibt man sein Lebtag Berufszionist.«

Deinen aktiven Zionismus habe ich am Dienstag gesehen.

»Und wann willst du ins Gelobte Land?«

»Im September. Nach dem Abitur mache ich noch Urlaub mit meinen Eltern. Danach besuche ich einen Ulpan, einen Intensivkurs für Hebräisch an der Universität Tel Aviv. Und anschließend werde ich dort mit dem Studium der Psychologie beginnen. Wahrscheinlich auch in Tel Aviv. Du weißt ja, dass ich zum Pesach-Fest mit meinen Eltern in Israel war. Bei dieser Gelegenheit hat mir mein Vater eine kleine Wohnung in Herzliya gekauft.«

»Prima.« Wenn der alte Levy seiner Tochter eine ›kleine Wohnung‹ kauft, und noch dazu im Badeort Herzliya, wird er dafür mindestens eine Viertelmillion hingelegt haben.

»Weißt du, dass du mir gefällst, Mara?«
»Du mir auch, Jonathan.«
Das hätte ich ihr nicht zugetraut. Wie sie mich anstrahlt und ganz unabsichtlich ihr Knie gegen meines drückt.

»Sag mal, Alter, was hältst du von einem flotten Dreier mit Carlo beim Kickern?«
Sieh einer an, der coole Intellektuelle! »Weißt du, Peter, ich bin gegen Dreierbeziehungen. Ich möchte dein monogames Verhältnis mit Carlo nicht stören. Ich unterhalte mich recht gut mit Mara.«
»Dann wünsche ich euch viel Vergnügen!«
»Danke, Reb Jid.« Wenn du dir solche Freunde aussuchst, Fuchs, kann ich dir auch nicht helfen.

»Leute, was haltet ihr von einem romantischen Treffen im Hofgarten? Jonny könnte für Musik sorgen!« Itzi, dieses Schwein. Weil er bei Mara wieder einmal nicht zum Zug gekommen ist, organisiert er eine neue Runde und spannt dazu ausgerechnet mich ein. Gerade jetzt, wo es endlich zwischen Mara und mir anlief. Kanaille! Joel und Lilly werden sich die Gelegenheit nicht entgehen lassen abzuhauen – und der Rest muss notgedrungen mit.

Rubinstein, du bist der dümmste Jude aller Zeiten! Lässt sich fortschicken, um ein Kofferradio zu holen! Jeder Trottel hätte gemerkt, dass es ein primitiver Trick von Itzi war, um dich bei Mara abzuhängen. Jeder außer mir! Und jetzt sitze ich mitten in der Nacht allein im Hofgarten!

Was tun? Am besten Peter und Carlo beim Kickern Gesellschaft leisten. Der Fuchs wird zwar immer noch beleidigt sein, aber was soll's?

GOTT SEI DANK

Die beiden sind wirklich noch im Spielsalon. »Scholem Alejchem, hier bin ich.«

»Ich dachte, du hast was gegen flotte Dreier?«

»Im Prinzip schon, Peter, aber solange ich nichts Besseres habe, werde ich wohl mit euch Schmöcken vorliebnehmen müssen.«

»Ujjujuj, schaut euch die zwei dort drüben an.«

»Längst wahrgenommen, Junge. Nichts für dich.«

»Weshalb?«

»Weil du ein Jid bist, deshalb! Diese Mädchen wollen einen Freund, der sie auch vögelt. Wo willst du sie denn vernaschen, du hast doch keine Bude?«

»Es wird sich schon ein Platz finden.«

»Das sind normale deutsche Mädchen, keine Huren. Die wollen nicht nur bumsen, sondern auch mit dir gehen. Stell dir vor, wie deine Alten aufdrehen, wenn du eine Schickse* anschleppst!«

»Das würde ich nie wagen.«

»Eben.«

»Soll das heißen, dass wir auf ewige Zeiten unseren Frauen ausgeliefert sind?«

---

* Gängige (jiddische) Bezeichnung für Nichtjuden – Wortursprung aus dem Hebräischen: schi kuz = unrein.

»Solange wir bei unseren Eltern wohnen – ja!«

»Scheiße!«

»Du sagst es. Die Lage ist allerdings nicht ganz so düster, wie sie Rubinstein geschildert hat. Es gibt Auswege. Zum einen solche hässlichen Weiber wie beispielsweise Ester Karmi.«

»Hör bloß auf, Peter, erinnere mich nicht daran.«

»Ester Karmi. Ujjujuj, willst du sagen, dass du sie gebumst hast, Jonny?«

»Um Gottes willen! Ich hab sie bloß mal eingeladen, als meine Eltern weg waren, und wollte sehen, wie weit man bei ihr gehen kann!«

»Und?«

»So weit man Lust hat. Der Haken an der Sache ist nur, dass man sie danach heiraten darf.«

»Ester Karmi. Ujjujuj. Stellt euch vor: Jonathan heiratet Ester Karmi.«

»Das würde ich ihm gönnen. Es gibt übrigens noch eine andere Möglichkeit, die unser Jonny ebenfalls getestet hat: Nutten.«

»Du hast scheinbar zu viel Geld, Jonny.«

»Keineswegs. Ich wurde eingeladen.«

»Und, wie ist es?«

»Nicht schlecht.«

»Wie viel kostet's?«

»Dreißig Mark.«

»Das ist alles? Wie lange dauert es?«

»Solange du dich beherrschen kannst.«

»Was haltet ihr davon, wenn wir jetzt in den Puff gehen?«

»Ihr seid Spinner. Was habt ihr davon?«

»Einen Fick.«

»Viel Vergnügen.«

»Peter, du kommst mit! Das ist sonst unfair.«

»Schaut euch unseren fairen Sportsmann Carlo an. Will in den Puff gehen und traut sich nicht allein.«

»Denk, was du willst. Es wäre jedenfalls ein toller Spaß, wenn wir drei zusammen hingehen würden.«

»Was sagst du, Rubinstein?«

»Was soll ich schon sagen? Ist vielleicht wirklich ganz lustig.«

»Siehst du, Peter! Jonny ist auch dafür. Lass dich nicht bitten.«

»Von mir aus. Wenn ihr euch ohne mich nicht traut, bitte. Ich werde schon auf euch Obacht geben, Kinder.«

»Klasse, Peter. Das wird ein Spaß. Also, auf was warten wir noch?«

Carlo ist total aus dem Häuschen. Ich kann den Kerlen doch nicht erzählen, was für eine Scheiße es im Puff war. Vielleicht gebe ich dem Weib einfach das Geld und verschwinde. Oder ich warte, bis Carlo sich eine geschnappt hat, und verdrücke mich dann.

»Los, los, Kinder, geht schon zum Auto. Das wird ein Fest.« Jetzt darf ich die Kerle noch in den Puff chauffieren. Mit einem Mal ist mir kalt geworden. Wenn ich mich nicht beherrsche, fang ich an, mit den Zähnen zu klappern. Das würde Carlos Spaß vermutlich noch gewaltig verstärken. Macht nichts, Peter ist auch ganz blass, soweit man es in der Dunkelheit erkennen kann.

»Los, fahr schneller, Jonny, ich kann es kaum noch erwarten.«

»Nur die Ruhe. Wenn du bei der Nutte genauso ungeduldig bist, wird es ein sehr kurzes Vergnügen.«

»Keine Angst, Jonny. Ich war schon mal mit einem Freund in Israel bei einer.«

»Und?«

»Und! Inzwischen weiß ich mehr. Los, schlaf nicht ein.«

Tatsächlich! Beinahe hätte ich die Baustelle am Straßenrand übersehen. Ich reiße gewaltsam das Steuer herum. Der Wagen bricht aus. Alles dreht sich, wie im Film. Schwarz.

Was ist denn eigentlich los? Die Karre ist voller Glas. Die Windschutzscheibe ist weg. Ich liege halb auf Carlo.

»Du, Jonny, ich glaube, wir haben uns überschlagen.«

»Was du nicht sagst! Komm bloß raus hier! Wir stehen mitten auf der Straße, vielleicht explodiert der Tank.«

Meine Tür klemmt, lässt sich nicht öffnen. Carlos Tür dagegen ist beim Überschlag aufgesprungen. Ich schiebe ihn hinaus.

»Sag mal, was ist mit Peter?« Ich beuge mich nochmals in den Wagen. »Los, komm raus, Kerl!«

»Wo sind wir denn?«

»Wir haben einen Salto gemacht, komm schon, du Sack, oder willst du mit dem Auto in die Luft gehen?« Das wirkt. Peter versucht herauszuhechten, schlägt mit der Stirn gegen den eingedrückten Türrahmen, schreit auf, ist schließlich draußen.

»Los, helft mir, die Karre von der Straße zu schieben.«

Erst jetzt sehe ich den ganzen Schaden. Das Dach ist eingedrückt. Das Fenster der Fahrertür ebenso zertrümmert wie alle größeren Scheiben. Der Rahmen wahrscheinlich verzogen: Totalschaden! Wir drei sind, wie es aussieht, unverletzt geblieben, sogar meine Brille ist noch heil. Peter scheint allerdings leicht benommen. Also muss ich den Wagen mit Carlo allein an den Straßenrand schieben.

»Was tun wir jetzt?«

»Gute Frage! Mit dem Geld, das ich eben vernichtet habe, hätten wir zu dritt einen Monat lang in den Puff gehen können.«

»Beruhigt euch, Reb Jid. Keine trübsinnigen Gedanken.« Peter hat sich also wieder gefangen.

»Ihr habt recht. Am besten wir gehen jetzt nach Hause. Mit dem Puff wird's heute doch nichts mehr.«

»Schade!«

Es ist ein Uhr nachts, als ich so leise wie möglich unsere Wohnungstür öffne. Umsonst, die Alten sind wie üblich aufgeblieben, bis ich heimkomme. Ich gehe zu ihnen ins Wohnzimmer, setze mich aufs Sofa.

»Das Auto ist nur noch Schrott. Ich habe Totalschaden gemacht.«

»Ist dir etwas passiert?«

»Nein.«

»Sonst jemandem?«

»Nein.«

»Gott sei Dank.«

DRESSUR

»Jonathan, wir machen nächste Woche eine kleine Geburtstagsfete für meine Cousine, und da wollte ich dich fragen, ob du nicht Lust hättest zu kommen.«

»Sicher, wenn ich dich dabei zu sehen bekomme.«

»Wie meinst du das?«

Stell dich nicht blöder, als du bist. »Na ja, am letzten Schabbes hatte ich mich eigentlich auf ein längeres Geplauder mit dir gefreut, und plötzlich warst du weg.«

»Nein, du bist plötzlich verschwunden. Du wolltest irgendetwas holen und bist nicht wieder zurückgekommen.«

Lügnerin! Ruhig, Reb Jid, räsonieren führt hier nicht weiter. Die Frau hat wahrscheinlich von Itzi die Schnauze voll und will mich sehen, sonst würde sie nicht anrufen. Aber was hilft mir das alles? Auf der Geburtstagsfeier werden wieder die ganzen Geier auf sie lauern, auch Peter hat noch eine offene Rechnung mit mir zu begleichen. Es wird mir also wieder so ergehen wie auf Lillys Party.

Einen Moment, Rubinstein! Nur nicht vorzeitig resignieren! Die Alte will dich sehen – du willst sie sehen. Das Problem ist nur, dass du nicht zum Zug kommst, wenn zu viel Konkurrenz vor Ort ist.

»Weißt du, Mara, ich freue mich unheimlich, dass du angerufen hast, und ich möchte dich wirklich gerne treffen.«

»Das ist schön, Jonathan.«

»Weshalb sollen wir dann eine Woche warten? Ich will dich gern jetzt sehen.«

»Jetzt gleich?«

»Ja!«

»Das geht aber im Moment schlecht, weil wir Gäste haben.«

»Ein Grund mehr, dem Trubel zu entgehen. Am besten, du kommst gleich her. Bei mir bist du immer willkommen.«

»Ich weiß nicht, ob es deinen Eltern recht ist.«

»Sicher! Jetzt ist es drei. Was hältst du von vier Uhr?«

»Vier ist zu früh. Ich muss noch meine Mutter fragen und mich umziehen. Sagen wir so gegen sechs?«

»Prima. Ich freu mich. Also, bis dann.«

»Schalom!«

»Das ist nett, dass du die Mara eingeladen hast.«

»Sag mal, Esel, musst du dauernd schnüffeln, während ich telefoniere?«

»Gott ist mein Zeuge, dass ich nicht gehorcht habe! Aber das Telefon steht im Gang. Da hört man in der Küche zwangsläufig, was gesprochen wird.«

»Und deshalb musst du zwangsläufig in die Küche rasen, sobald ich telefoniere?«

»Man wird sich doch noch in der eigenen Wohnung frei bewegen dürfen.«

»Und weshalb ist es ›nett‹, dass ich die Mara eingeladen habe?«

»Weil sie ein anständiges jüdisches Mädchen ist.«

»Du meinst wohl, weil die Levys stinkreich sind.«

»Was willst du eigentlich von mir? Hab ich sie eingeladen oder du?«

»Meinen Frieden will ich und nicht, dass du, sobald die Frau hier ist, ununterbrochen die Blumen in meinem Zimmer gießt. Die verfaulen sonst noch.«

»Gib Obacht, dass du nicht verfaulst – in der Schule.«
»Schon gut. Wirst du uns in Ruhe lassen oder nicht?«
»Ich schwöre es.«

Ausnahmsweise wird sie wohl Wort halten und sich nicht alle zwei Minuten unter irgendeinem Vorwand ins Zimmer einschleichen. Nicht, weil sie plötzlich ihre Schnüffelei aufgegeben hätte. Im Gegenteil. Der Grund ist Mara. Eine solche Partie darf durch nichts gefährdet werden. Nicht mal durch Überwachungsmaßnahmen.

»Guten Tag, Frau Rubinstein. Grüß dich, Jonathan. Wie geht es Ihnen, Frau Rubinstein?«
»Danke, Mara. Wie geht es dir?«
»Danke. Sehr gut.«
»Das ist schön. Du solltest uns öfters besuchen. Komm doch rein.«
»Danke.«

Danke, bitte, und schon hat sie das Weib zu sich ins Wohnzimmer bugsiert.

»Mutti«, wie das klingt, ein mit zarter Knabenstimme geflehtes ›Mutti‹. Esel ist und bleibt Esel! Aber wenn Mara mir die Ehre ihres Besuches erweist, muss ich brav ›Mutti‹ sagen. Wer weiß, wo diese Anpasserei enden wird! »Mutti, weißt du, Mara und ich wollten ein Problem der ›Sinai‹ besprechen.« Trottel.

»Ich will euch um Himmels willen nicht stören.«
»Komm, Mara, gehen wir zu mir, da können wir uns ungestört unterhalten.«

Ich schiebe sie in mein Zimmer, schließe die Tür. Da steht sie mit ihren Einmeterachtundsiebzig, verpackt in ein teures Kostüm, und weiß nicht, wohin mit ihren Händen. Aber mit ihrem Mundwerk: »Warum warst du so garstig zu deiner Mutter?«

»Ich war nicht garstig. Ich möchte nur einmal in meinem Leben länger als fünf Minuten alleine mit dir reden können, ohne dass mich jemand dabei stört.«

»Aber deine Mutter wollte nur höflich sein.«

»Sicher. Nur wenn wir erst mal bei ihr im Zimmer Platz genommen hätten, wären wir in den nächsten zwei Stunden nicht wieder herausgekommen.«

»Na und? Ich finde, deine Mutter ist eine sehr sympathische Frau.«

»Schon. Aber ich möchte endlich mal ein paar Minuten mit dir allein sein.«

»Ich habe doch noch den ganzen Abend Zeit für dich, Jonathan.«

Welche Gnade! »Endlich. Setz dich doch.« Kaum hat sich Mara auf das Sofa niedergelassen, klopft es. »Ja?«, rufe ich durch die Tür.

»Ich will euch nicht stören. Ich wollte nur fragen, ob ihr Tee und Kuchen wollt.«

Am liebsten würde ich Esel erdrosseln. Aber sie weiß, dass mir jetzt die Hände gebunden sind, und nützt die Situation schamlos aus.

»Hast du Hunger, Mara?«
»Nein.«
»Danke, Esel, wir haben keinen Hunger«, krähe ich.
»Aber Jonny, das kannst du doch nicht machen.«
»Weshalb?«
»Das wäre unhöflich.«

Haben sich die beiden verbündet, um mich vollkommen verrückt zu machen? Warum bin ich nicht ein Goj? Bei denen trifft man sich, säuft Bier und Schnaps und geht dann miteinander ins Bett. Keine Mutter zwingt sie zum Teetrinken. Tee – auch typisch. Kaffee ist ungesund, der regt nur auf. Nur komisch, dass die Gojim normalerweise ruhig sind, während es bei uns vor neurotischen Hektikern nur so wimmelt.

»Komm schon rein, Esel.« Augenblicklich öffnet sich die Tür. »Ich möchte euch auf keinen Fall stören.« Hexe! Heuchlerin!

»Aber Frau Rubinstein, das tun Sie doch nicht. Ich würde mich sehr über ein Glas Tee freuen.«

Erstick dran!

»Und ein bisschen Kuchen?«

»Danke. Ich habe schon gegessen.«

»Es ist aber ein Lejkach*.«

»Gut, aber nur ein klein wenig.«

»Sofort.«

Esel verlässt den Raum, um den Kuchen zu holen. Weshalb macht sie das ganze Theater? Sie möchte doch auch, dass ich mit Mara gehe. Was stört sie mich denn dauernd? Esel glaubt offenbar, dass nur sie allein weiß, wie es gemacht wird. Sicher wird sie auch in der Hochzeitsnacht danebenstehen und meiner Frau Lejkach und Tee anbieten.

»Jonathan, weshalb nennst du deine Mutter Esel?«

Weil sie ein verdammtes Grauhaar ist und du eine blöde Nuss!

---

* Jüdischer Eierkuchen.

»Das ist ein Kosename. Als Kind in Israel wollte ich unbedingt einen Esel haben. Deshalb habe ich meine Mutter fortan Esel genannt.« Wenn ich damals ihre wahre Natur erkannt hätte, hätte ich sie Egel genannt.

»Das finde ich aber schön.« Genauso schön wie du.

Esel ist wieder im Zimmer und hantiert umständlich mit Teekanne und Kuchenbesteck.

»Kann ich Ihnen etwas abnehmen, Frau Rubinstein?«

»Danke, Mara. Weißt du, ich mache das schon über 40 Jahre.«

Dann hör endlich auf damit, du Klette!

»Jonathan, willst du vielleicht doch einen Lejkach mit Tee?«

Tee-ren will ich dich, du Nervensäge. Beruhig dich, Reb Jid! Wenn du dich jetzt auf eine Streiterei mit ihr einlässt, hast du den ganzen Abend keine Ruhe.

»Eigentlich ja.«

»Na also.«

Ich weiß nicht, wer mehr über diesen gelungenen Dressurakt beglückt ist, Esel oder Mara. Meinen Test als schlappschwänziger jüdischer Sohn habe ich soeben mit Auszeichnung absolviert und damit die besten Anlagen zum jüdischen Pantoffelhelden bewiesen. Verdammt will ich sein, wenn ich mich auf so was einlassen werde.

Esel verlässt hocherhobenen Hauptes die Stätte ihres Triumphs.

»Siehst du, Jonny. Jetzt sind wir alleine.«

Ja, nachdem ich vor euch Hexen zu Kreuze gekrochen bin. Ruhe, Rubinstein! Vor lauter Ärger hast du offenbar ganz vergessen, weshalb du sie überhaupt eingeladen hast.

»Freust du dich schon darauf, in Israel zu leben?«

»Sehr. Hier stehen wir alle am Rande der Gesellschaft. In Israel dagegen bin ich wie jede andere und kann am Aufbau unseres Staates mithelfen.«

Wie jede andere! Fängt mit einer Viertelmillion-Wohnung und einem ordentlichen Monatswechsel von Papi an. Behält gewiss ihren deutschen Pass, um nicht zum Militär zu müssen. Und baut Israel auf!

»Wirst du zur Armee gehen?«

»Sicher, nach meinem Studium.«

Also nie, denn du studierst doch nur in Israel, um einen Macker zum Heiraten kennenzulernen. Halt bloß deine Fresse, Rubinstein! Du redest dich sonst noch um Kopf und Schmock.

»Das finde ich gut. Weißt du, auch ich habe vor, nach dem Abitur nach Israel zu gehen. Da werden wir uns sicher oft sehen.«

»Wie wirst du dein Studium finanzieren?«

Genau wie Esel. Zaster ist alles.

»Ich möchte zunächst drei Jahre zur Armee gehen.«

»Und danach?«

»Ich habe eventuell vor, in der Armee zu bleiben.«

»Ist das nicht gefährlich?«

»Mit dir allein im Zimmer zu sitzen ist auch gefährlich.«

»Keine Angst, Jonathan, ich tue dir nichts.«

Aber du wartest darauf, dass ich dir was tue – sonst wärst du nicht hergekommen.

Kann ich das wirklich? So einfach Hand an sie legen? Weshalb denn nicht, du Feigling? Meinst du, sie ist was Besseres als Ester Karmi? Ich habe ganz kalte Hände, verflucht. Wenn ich sie jetzt berühre, glaubt sie, ich will sie ins Grab ziehen. Am besten, ich gehe ins Bad und halte die Hände unter warmes Wasser. »Verzeih, Mara, ich bin sofort da.« Die denkt sich jetzt bestimmt, dass ich übergeschnappt bin – und ausnahmsweise hat sie sogar recht.

Im Gang steht Esel mit erwartungsvoller Miene.
»Nu?«
»Wenn du nicht sofort verschwindest, dreh ich dir den Kragen um«, stoße ich mit zusammengepressten Lippen hervor. Ich verriegle die Badezimmertür. Lasse das warme Wasser über meine eisigen Finger laufen. Reiß dich zusammen, du Flasche! Jetzt oder nie! Wenn du nicht sofort was tust, hast du bei dem Weib für immer verloren. Ich trockne sorgfältig meine Hände. Los, du Schlappschwanz! An Esel vorbei schleiche ich wieder in mein Zimmer.

Mara steht vor meinem Kinderbild. »Reizend hast du damals ausgesehen, Jonathan.«

»Bin ich's heute nicht mehr?« Meine Stimme ist belegt. Von hinten lege ich meine Arme um sie. Mara hält still, schreit nicht, läuft nicht davon. Im Gegenteil, sie senkt langsam ihre Wange auf meinen Handrücken.

Die Spannung in meinen Muskeln weicht. Halleluja, Rubinstein, du hast gewonnen. Und beinahe hättest du aufgegeben.

»Weißt du, Mara, darauf habe ich schon lange gewartet.« Sie dreht sich um, steht mir gegenüber. Ihre Augen leuchten. Unwillkürlich streiche ich ihre Wangen, küsse ihre Augen. Wir umarmen uns, schwanken leicht. Sie macht sich sanft frei. »Jonny, ich glaube, wir sollten uns setzen.«

Die Alte weiß, was sie will! Ich nehme ihre Hand, ziehe sie vorsichtig aufs Bett. Wir umarmen uns, ich drücke sie auf die Matratze, sie wehrt sich nicht. Im Gegenteil – sie umarmt mich immer heftiger. Ich schiebe mich auf ihren Leib, sie öffnet unendlich langsam ihre Beine. Ich bedecke ihr Gesicht mit Küssen, auch ihre Lippen, aber sobald ich in ihren Mund eindringen möchte, wendet sie sich bestimmt ab.

»Noch nicht heute, Jonny.«

Verdammt, es macht ihr doch genauso Spaß wie mir. Weshalb müssen unsere Mädels immer mit einer Rechenmaschine unterm Rock rumlaufen?

Was regst du dich eigentlich auf? Selbst wenn sie dir einen Zungenkuss gäbe, selbst wenn sie sich halb oder ganz ausziehen würde und Esel uns länger als zehn Minuten ungestört lassen würde – was dann? Nichts! Nichts, denn das Vögeln einer jüdischen Frau vor der Hochzeit ist einfach undenkbar – auch für mich. Also? Das übliche Sinai-Spiel. Schau zu, wie du möglichst unauffällig zu deinem Orgasmus kommst. Also los, Rubinstein! Ich drücke mein Gesicht noch fester an ihre Wange, presse meinen Unterleib gegen ihren Körper. Mein Schmock reagiert prompt. Einem leichten Zucken folgt eine nicht enden wollende Entladung. Die Spannung lässt nach, nur ein abklingendes Hämmern in den Schläfen bleibt zurück. Ich gleite an Maras Seite, öffne die Augen.

Maras Gesicht glüht. Ihre Pupillen verlieren sich im Dunkel der Iris. Aus ihrem Mundwinkel zieht sich ein feiner Speichelfaden bis zum Kinn. Was mag sie jetzt wohl fühlen? Das zu fragen wäre fast ›schlimmer‹, als mit ihr zu schlafen, denn sie könnte dabei vielleicht zugeben, dass sie geil ist. Dass sie es braucht wie jedes normale Mädchen. Nein! Und wenn alle anderen schwach werden sollten – was leider auch nicht eintreten wird –, Mara Levy wird das Banner der vorehelichen jüdischen Keuschheit hochhalten, koste es, was es wolle!

»Jonathan, kann ich abräumen?«

Verdammte Lauscherin. Räum ab, was du willst, von mir aus sogar dieses anständige jüdische Mädchen!

»Nein! Bleib draußen.«

»Jonny, ich glaube, ich geh jetzt am besten.«

»Ja. Das glaube ich auch, sonst dürfen wir uns noch stundenlang mit meiner ›sympathischen‹ Mutter unterhalten. Komm, ich begleite dich.«

Die kühle Abendluft tut mir gut, mein Zorn verraucht.

»Jonny, ich besuche morgen Rachel Blum, hast du nicht Lust mitzukommen?«

»Sicher.«

Sie gibt mir einen flüchtigen Kuss auf die Wange. Ich küsse sie auf die Stirn.

»Ich freue mich schon auf morgen.«

»Ich auch, Mara.«

FLIEGENDER WECHSEL

»Was hast du Rachel mitgebracht, Jonny?«

»Nichts. Wieso?«

»Du weißt doch, dass ihr Bruder vor einem Jahr gestorben ist.«

»Was hat das mit dem Mitbringen von Geschenken zu tun?«

Mara schüttelt ihr Giraffenhaupt. »Aber Jonny, natürlich bringt man keine Geschenke zu einer Beerdigung. Aber heute, zur Jahrzeit von Micki, ist Rachel gewiss sehr traurig. Da ist es doch eine schöne Geste, sie durch ein kleines Präsent abzulenken.«

Was soll das ganze Gefasel? Mit Geschenken von der Trauer ablenken! Die Alte will mich bloß beherrschen. Auf eine noch viel raffiniertere Art als Esel: indem sie mir andauernd ihre moralische Überlegenheit demonstriert. Außerdem, wo soll ich den Zaster für ein ›Präsent‹ hernehmen? Ich muss jetzt jeden Pfennig sparen, um Fred wenigstens einen Teil des zerstörten Autos zu ersetzen.

»Das sehe ich anders, Mara. Ich glaube, es ist wichtiger, Rachel zu besuchen und sie durch unsere Gegenwart aufzuheitern. Ein Geschenk finde ich überflüssig.«

»Und ich meine, dass ein Geschenk etwas Bleibendes ist. Es wird sie stets an unseren Besuch erinnern. Aber bitte, wie du meinst.« Sie presst ihre Lippen zusammen.

»Mara, in diesem Punkt haben wir eben verschiedene Ansichten. Ich schreibe dir doch auch nicht vor, Rachel nichts mitzubringen.«

»Niemand hat dir etwas vorgeschrieben, Jonny! Ich habe dir lediglich meine Ansicht dargelegt.«

›Dargelegt.‹ Noch schlimmer als Esel, die sagt wenigstens ›nur ihre Meinung‹. Beruhige dich, Rubinstein. Sonntag war es doch gar nicht so schlecht. Was hast du davon, wenn du dich dauernd mit der Alten zankst, statt dich mit ihr zu amüsieren.

»Entschuldige, Mara. Es tut mir leid. Außerdem habe ich im Moment sowieso kein Geld.«

»Aber Jonny«, ihre Miene hellt sich auf, »das macht doch nichts. Wir sagen einfach, wir hätten das Geschenk zusammen gekauft.«

»Was ist es denn?«

»Eine kleine Goldbrosche.«

Die Tante will mich nicht nur ihre moralische, sondern auch noch ihre finanzielle Überlegenheit fühlen lassen.

»Mara, das ist sehr nett von dir, aber ich kann es nicht annehmen.«

»Warum denn nicht?«

»Weil ich nicht lügen will. Ich kaufe an der Ecke ein paar Blumen.«

»Wie du meinst.«

Wenn du wüsstest, wie ich es meine!

»Das ist aber nett, Jonny, dass du auch mitgekommen bist. Kommt doch rein. Mensch, danke für die Blumen. Ich muss sie sofort in die Vase stellen.« Rachel scheint sich tatsächlich zu freuen. War vielleicht gar nicht so falsch, ihr das Gemüse zu schenken.

»Wie komme ich zu der Ehre deines Besuches, Jonny?«

»Weißt du, Rachel, das hat weniger mit Ehre zu tun als mit einer Einladung. Wenn man mich einlädt, komme ich gern vorbei. Ganz besonders, wenn du es bist.« Soll Mara ruhig ein bisschen eifersüchtig werden. »Heute habe ich mich sogar ohne Einladung eingeschlichen.«

»Das ist aber nett von dir.«

Schau an. Die Alte versucht mit mir zu flirten. Recht so!

Mara sieht zwar etwas besser aus. Aber Ruchale* ist auch nicht ohne: die deutsche Gretel, wie sie leibt und lebt. Groß, blond, blauäugig. Ein Jammer, dass sie keine Arierin ist. Und sie hat wirklich nette Augen. Ruhig, klar und doch ein wenig verschleiert. Kurzum – kein widerborstiges Wesen.

»Jonny, was du in der ›Sinai‹ gesagt hast, hat mir gefallen. Vor allem, dass du keine Angst hattest, dass dich Polzig rauswirft.«

»Rachel, auch ich habe dir eine Kleinigkeit mitgebracht.«

»Danke, Mara, die Brosche ist sehr schön.«

Sehr schön! Besser hätte sie Mara wirklich nicht ins Leere laufen lassen können. Geld ist eben nicht alles, meine liebe Mara. Rubinstein, jetzt bleib am Ball!

»Rachel, hast du nicht Lust, in den neuen Sinai-Vorstand zu gehen?«

»Ich, wieso?«

»Du bist doch immer dabei.«

»Aber der alte Vorstand ist doch noch im Amt. Und Arale, Henry und Miri kandidieren sicher wieder.«

Angebissen. »Du glaubst doch nicht, dass die Typen von irgendjemandem wiedergewählt werden, nachdem sie letzten Dienstag als Ganoven entlarvt worden sind. Ich bin sogar ziemlich sicher, dass sie nicht wieder kandidieren werden, um sich nicht vollkommen zu blamieren. Nein, die Polzig-Ära ist unwiderruflich vorbei. Was wir jetzt brauchen, ist ein junger, aktiver Vorstand, der die Leute mitreißen kann. Keine Kungelei! Öffentliche Vorstandssitzungen, an denen jeder teilnehmen und seine Meinung sagen

---

* Jiddisch, Koseform von Rachel.

kann. Dann kommt wieder Stimmung in den Laden. Ich könnte mir vorstellen, dass du gemeinsam mit Peter und Carlo ein prima Team abgeben würdest.«

»Aber was ist mit dir, Jonny?« Nicht mal Rachel denkt daran, die kluge Mara vorzuschlagen. »Du warst doch immer einer der Aktivsten.«

»Nein, meine Zeit ist vorbei. Ich will, dass jetzt endlich die Jüngeren drankommen. Aber ich steh euch natürlich immer gern mit Rat und Tat zur Verfügung.« Wie man den Laden möglichst schnell auseinandernimmt.

»Ich glaube, ich muss jetzt gehen.«

Was heißt hier glauben?

»Bleib doch noch ein bisschen, Mara.«

›Ein bisschen‹ ist unter Maras Würde. »Nein. Ich muss jetzt wirklich los.«

»Schalom.«

»Warte, ich bringe dich hinaus.«

»Schalom, Mara.«

Wenn Blicke töten könnten ...

»Weißt du, Rachel, bei dir fühle ich mich wohl.«

Stimmt tatsächlich, hier werden nicht dauernd Dressurversuche unternommen.

»Willst du vielleicht etwas trinken, Jonny?«

»Nein, ich will dich ansehen.« Ich nehme ihre Hand in die meine. Ganz einfach. Ohne Angst. Ohne kalte Hände. Wie selbstverständlich. Rachels Wangen röten sich, sie blickt auf einen imaginären Punkt hinter mir. »Jonny, ich weiß nicht, ob das recht ist. Du bist doch mit Mara befreundet.«

Die Tante hat ihr also gestern Abend alles brühwarm durchtelefoniert.

»Es ist recht, weil ich jetzt mit dir gehen werde.« Woher nehme ich nur diese Sicherheit? Bei Mara hätte ich so was nie gewagt. Aber bei Ruchale gibt es keinen Widerstand. Hier fühle ich mich sicher, geborgen. Habe keine Angst vor einer Zurückweisung, obgleich ich heute zum ersten Mal allein mit ihr bin.

»Jonny …«, ihre Augen sind glasig. Sie erwartet, dass ich sie küsse. Bisher habe ich doch nur Ester Karmi ›richtig‹ geküsst. Na und? Was kann ich schon falsch machen? Ich lege einen Arm um ihre Schultern. Mit den Fingern der anderen Hand streichle ich ihre Wangen. Will sie sanft auf die Stirne küssen. Sie hat ihre Augen geschlossen und ihren Mund geöffnet. Ruchale hat wohl noch nie richtig geknutscht. Los ran, Mann. Ich presse meine Lippen auf ihren Mund. Sie schmeckt nach Konfitüre. Ich spiele mit ihrer noch ungelenken Zunge. Rachels Atem geht stoßweise. Um Gottes willen, wenn jetzt die alte Blum zur Tür reinkäme. Ich löse mich langsam von ihr. Wir sehen uns lange an. Mir ist, als ob mich ihre Augen umarmen würden.

»Rachel, ich hab dich lieb.«

»Ich dich auch, mein Jonny.«

Wir umarmen uns wieder. Sie keucht so laut, dass ich es mit der Angst bekomme.

»Ruchale, ich glaube, es ist klüger, wir gehen ein bisschen spazieren.«

»Ja, das glaub ich auch.«

Verdammt, warum können wir nicht vögeln wie normale Menschen? Sie hat irre Lust. Also muss ich den Vernünftigen spielen.

Sie streichelt kurz meine Wange, verlässt das Zimmer.
»Mutti, ich begleite Jonathan noch zur Straßenbahn.«

Ruchale ist wirklich aus der Art geschlagen. Welches jüdische Mädchen in München würde auf die Idee kommen, ihren Freund zur Straßenbahn zu begleiten. Mara etwa würde gewiss lieber auf einen solchen Freund verzichten.

Dabei sind die Blums doch keine Asozialen. Im Gegenteil, sie gehören zu den arrivierten jüdischen Familien Münchens. Der alte Blum dürfte nicht wesentlich weniger Geld haben als Maras Vater. Nicht wie wir!

»Wohin gehen wir, Jonathan?«

»Am besten an die Isar.« Da treiben sich um die Zeit keine Jidn rum. Kaum haben wir uns von der Blum'schen Wohnung entfernt, beginnen wir, uns mitten auf der Straße wild zu küssen. Mit glühenden Gesichtern erreichen wir die Isarauen. Stürzen ins erstbeste Gebüsch, küssen uns, pressen unsere Leiber gegeneinander. In meiner Hose zuckt es. Rachel keucht, zerbeißt meine Zunge, windet ihren Leib ruckartig. Fass jetzt bloß nicht zwischen ihre Beine, sonst verlierst du die Kontrolle über die Situation. Ich habe sie schon verloren, über meinen voreiligen Schmock zumindest.

Allmählich werde ich ruhiger. Ruchale hat sich an meinem Mund festgebissen, alles um sich herum vergessen. Ich mache mich vorsichtig frei, rüttle leicht ihre Schultern. »Du musst jetzt zurück, sonst kriegen wir Ärger.«

»Du hast recht. Um Gottes willen, wie sehe ich aus? Der Rock und die Bluse sind total zerknittert.«

Bei den Deutschen genügt ›Scheiße‹, bei uns muss es

immer ›Gott‹ oder zumindest ›sein Wille‹ sein, sogar beim Petting.

Wir überqueren die Erhardstraße. Im Licht der Straßenbeleuchtung versucht Ruchale, ihre Kleider wieder einigermaßen glattzustreichen. Dann marschieren wir Arm in Arm zu ihrem Haus. Im Gang küssen wir uns wieder.

»Du kommst doch morgen zur ›Sinai‹, Jonny?«

»Sicher. Am besten, wir treffen uns schon eine Stunde vorher unten.«

»Au ja. Schalom, bis morgen.«

Noch ein flüchtiger Kuss.

»Schalom.«

An der Straßenbahnhaltestelle blicke ich auf meine Uhr. Es ist acht. Acht Uhr, verdammt noch mal! Jetzt gehen die Deutschen erst fort. Nur die gut behüteten jüdischen Mädchen müssen jetzt schon unter der Obhut ihrer jiddischen Mamme sein – und ich Ochse sorge noch dafür.

DIE EINLADUNG

»Rubinstein, bleiben Sie bitte noch einen Moment. Ich möchte kurz mit Ihnen sprechen.«

Was wird die Taucher von mir wollen? Sicher hat sie meine dauernden Provokationen während des Unterrichts satt. Was soll ich sonst tun? Eine Liebeserklärung kann ich ihr nicht machen. Also streite ich mich mit ihr. Da muss sie wenigstens reagieren – ob sie will oder nicht. Und wie sie heute wieder reagiert hat! Schrie rum, bekam rote Flecken im Gesicht und Ausschnitt.

Ich kann es kaum erwarten, bis die Burschen in den Bänken vor mir das Zimmer verlassen. Nachdem der Letzte mit einem anzüglichen Grinsen aus dem Zimmer gegangen ist, schließt sie die Tür hinter ihm. Soll ich zu ihr vor ans Pult oder bleiben, wo ich bin? Ehe ich mich entscheiden kann, steht sie vor mir. Ich zwinge mich, ihr in die Augen zu blicken.

»Rubinstein, Sie wissen, dass ich Sie sehr schätze. Sie besitzen ein soziales Gewissen und verfügen über eine wache Intelligenz.«

Was will sie eigentlich wirklich?

»Kurz gesagt, Rubinstein, Sie sind mir sympathisch. Und ich bin sicher, dass auch ich Ihnen nicht unsympathisch bin.«

»Ja«, quake ich heiser.

»Meinen Sie nicht auch, Rubinstein, dass ein Großteil unserer Konflikte im Unterricht völlig überflüssig ist?«

»Doch.« Am liebsten würde ich sie umarmen, küssen. Aber ich bin zu keiner Bewegung fähig. Weshalb ging bei Rachel alles so selbstverständlich? Und warum bin ich hier wie gelähmt?

»Sehen Sie, ich wusste, dass wir einer Meinung sind.«

Klingt ihre Stimme erleichtert, oder will ich es nur hören? »Ich finde, wir sollten uns mal unterhalten. Aber ich glaube nicht, dass das Klassenzimmer der richtige Rahmen hierfür ist. Was halten Sie davon, mich am kommenden Donnerstag zum Kaffee zu besuchen?«

»Ja.« Was heißt »Ja«, du Trottel? Antworte wie ein Mensch, nicht wie ein verliebtes Kalb! »Gerne, um wie viel Uhr?«

»Ist Ihnen vier Uhr recht?«

Mir ist alles recht, wenn ich dich nur sehen kann. »Ja.«

»Schön, ich freue mich schon auf Ihren Besuch, Rubinstein. Ach ja. Ich muss Ihnen noch sagen, wo ich wohne.« Musst du nicht, ich habe längst im Telefonbuch nachgesehen.

»Amalienstraße 53, dritter Stock. Unmittelbar hinter dem Uni-Gebäude. Also, auf Wiedersehen.«

»Auf Wiedersehen.« Die ist mit mir genauso umgesprungen wie ich mit unseren Mädchen. Womöglich geht sie bei sich zu Hause auf mich los wie ich auf Rachel und Ester Karmi. Aber ohne Faxen – direkt ins Bett. Und ich habe doch noch nie gebumst. Was passiert, wenn ich mich bei ihr genauso anstelle wie bei der Nutte im »Imexhaus«? Sie glaubt dann, ich sei ein Homo oder impotent. Vielleicht bin ich's wirklich.

Einundzwanzig und noch nicht gevögelt – was soll aus Ihnen werden, Rubinstein? Außer Joel hat doch noch keiner von uns mit einer Frau geschlafen. Wir können doch nicht alle verrückt sein – oder?

Was tu ich jetzt bloß?

Jetzt gar nichts! Heute ist Dienstag, bis Donnerstag ist noch viel Zeit. Ich geh erst mal nach Hause.

»Schalom, Esel.«

»Warum kommst du heute so spät?«

»Weil es länger gedauert hat, darum.«

»Warum bist du denn heute schon wieder so aufgeregt?«

»Ich bin nicht ›aufgeregt‹. Aber wenn du mich weiter so verhörst, könnte ich's schnell werden.«

»Mit dem Essen musst du warten, es ist nämlich kalt geworden. Was willst du überhaupt? Gekochtes Huhn oder Tellerfleisch?«

»Tellerfleisch.«

»Aber Hühnerfleisch ist gesünder für den Magen.«

»Spinnst du? Du weißt, dass ich esse, was auf den Tisch kommt. Aber jedes Mal musst du mich fragen, was ich will, nur um mir dann doch vorzusetzen, was dir passt. Das ist schlimmer als bei Wahlen in Russland.«

»Mach mir keine Politik, sondern sag mir, was du essen willst.«

»Tellerfleisch.«

»Aber Huhn ist bekömmlicher.«

»Dann gib mir Huhn, in drei Teufels Namen, aber hör auf, mich dauernd zu fragen und dann doch zu tun, was du willst!«

Nach dem Essen gehe ich auf mein Zimmer. Du musst heute was tun, Rubinstein. In einer Woche ist Französisch-Klassenarbeit, zwei Tage darauf das Gleiche in Mathe. Verdammt, ich kann mich überhaupt nicht konzentrieren. Was geht mich dieser Scheiß-Balzac an. Ich möchte wissen, wie ich mich heutzutage bei der Taucher anstellen soll.

Was willst du eigentlich, Rubinstein? Die Alte ist eine Klassefrau. Sie lädt dich zu sich ein. Das heißt, sie mag dich. Wenn sie dich mag, dann will sie auch mit dir vögeln. Nicht wie die jüdischen Mädchen, die es zwar auch wollen, aber trotzdem nicht tun. Mit der Taucher wirst du schlafen. Du wirst mit ihren kleinen Brüsten spielen und mit ihrer Muschi.

»Jonny, du wirst am Telefon verlangt.«

»Wer ist es denn, verdammt noch mal?«

»Ich glaub, Rachel Blum.«

Die hat mir gerade noch gefehlt. Ich reiße die Tür auf, trample zur Telefonkonsole. »Ja?«

»Grüß dich, Jonny, ich wollte mich nur erkundigen, wie es dir geht?«

»Prima. Sonst noch was?«

Esel kommt aus der Küche gerannt. »Wie kannst du nur so mit dem Mädchen reden?«, zischt sie.

Rasch schiebe ich die Hand über den Hörer. »Das geht dich einen Dreck an, und jetzt verschwinde, du Lauscherin, sonst passiert was.« Gleichzeitig blubbert Ruchales Stimme an mein Ohr.

»Nein. Ich wollte dich nicht stören.«

»Unglücklicherweise tust du es doch. Wir schreiben Ende der Woche Klassenarbeiten in Mathe und Franz.« Welches jüdische Mädchen hätte kein Verständnis für den Ehrgeiz ihres Heiratskandidaten?

»Das tut mir leid, Jonny. Ich bin mit meinen Aufgaben nämlich schon fertig, und meine Mutter hat nichts dagegen, wenn ich schon etwas eher zur ›Sinai‹ gehe.«

Verstehe, du kannst es kaum erwarten. »Das ist schön für dich. Wir wollten uns doch sowieso etwas früher dort treffen.«

»Ja. Eine Stunde vor der Zeit, oder?«

»Exakt.«

»Ich ... ich könnte schon ein bisschen früher kommen.«

»Das geht wegen der verdammten Paukerei heute leider nicht.«

»Schade. Dann viel Spaß beim Lernen.«
»Danke. Also bis später. Schalom.«

»Schämst du dich nicht, so mit einem jüdischen Mädchen zu sprechen, Jonny?«
»Nein!«
»Und was ist mit Mara?«
»Was soll mit ihr sein?«
»Ich dachte, ihr seid befreundet.«
»Soso, dachtest du?«
»Also, was ist?«
»Nichts.«
»Was heißt nichts? Hat sie mit dir aufgehört?«
»Es war umgekehrt, wenn du nichts dagegen hast.«
Verdammt, die alte Hexe fragt so lange, bis ich die Geduld verliere und ihr sage, was sie erfahren will.

»Hallo?«
Weshalb kann sich kein Jude in diesem Land unter seinem Namen am Telefon melden wie jeder normale Mensch? Haben die Alten immer noch Angst, dass die Gestapo oder Himmler persönlich ihre Gespräche abhört?
»Frau Fuchs, geben Sie mir bitte den Peter.«
»Wer ist denn dran?«
»Jetzt tun Sie nicht so, als ob Sie mich nicht erkannt hätten.«
Merkwürdig, auch ich scheine mich nicht mit meinem Namen zu melden. »Und tun Sie bitte auch nicht, als ob Sie Peter erst suchen müssten, der Kerl hält um diese Stunde immer sein Mittagsschläfchen.«

»Ja, und deshalb werde ich ihn nicht wecken.«

»Das werden Sie doch tun! Mara Levy hat mich gebeten, Peter unbedingt etwas auszurichten. Anscheinend sind beide verabredet.«

»Warte, einen Moment ...« Ich höre ihre Schritte, dann ein Klopfen. »Katerchen, die Mara. Der Jonny will dir was von ihr ausrichten.«

»Sofort, Jonny, Peter kommt sofort, einen Moment.«

Na also, sie funktioniert noch besser als Esel.

»Was ist mit Mara, Jonny?«

»Was soll mit ihr sein?«

»Meine Mutter hat was davon gefaselt, du wolltest mir was von ihr ausrichten.«

»Das muss sie falsch verstanden haben.«

»Feiga, wenn du noch einmal so einen Scheiß erzählst, kannst du was erleben.« Der Bursche will mir zeigen, wie sehr er seine Alte im Griff hat. Mein Gott, wie sehr müssen uns unsere jiddischen Mammen beherrschen, dass wir uns ständig vormachen müssen, es sei umgekehrt.

»Er hat aber wirklich gesagt, dass er dir was von Mara ausrichten soll, Katerchen ...«

»Halt's Maul!«

Genau wie bei uns! »Beruhigt Euch, Reb Jid. Ich wollte, dass deine Mamme dich aus deiner Siesta reißt, und ich dachte mir, dass Mara deiner Mutter besonders am Herzen liegt.«

»Soso. Dürfte ich endlich erfahren, weshalb du mich angerufen hast?«

»Um mit dir zu kickern.«

»Soll sein. In einer Stunde am Isartor, o. k.?«

»Ich dachte, du musst lernen, weil du nächste Woche Klassenarbeiten in Mathematik und Französisch hast.«

»Richtig, Esel.«

»Warum gehst du dann fort?«

»Weil ich sonst dich und Feiga Fuchs und alle übrigen jiddischen Mammes auf den Mond schießen würde.«

HOSENSPRITZER

»Das wäre aber nicht nötig gewesen, Rubinstein. Woher wussten Sie übrigens, dass ich Veilchen so gerne mag?«

Alle Weiber scheinen dieses bunte Kraut zu lieben, die Taucher ebenso wie Ruchale.

Lesen tut sie jedenfalls. Ganze Wände voller Bücher! Englisch, französisch, deutsch. Fast wie bei unseren Jidn in München: Exodus, Mila 18, Kishon, Israel-Bildband und noch ein paar Gebetbücher.

»Ich hoffe, Sie mögen das Gebäck, das ich besorgt habe.«

Gott sei Dank, kein selbstgebackener Lejkach.

»Ich wollte Ihnen sagen, Rubinstein, dass ich die Bemerkung, die dieser Bauriedl in der ersten Stunde über Ihre Herkunft machte, unverschämt, unerhört fand. Ich habe ihn deshalb gehörig zurechtgewiesen.«

Dass ich dann die gehörige Zurechtweisung ausbaden musste, kommt ihr nicht in den Sinn.

»Aber mich beschäftigt noch eine andere Frage. Sagen Sie ... oder können Sie mir vielleicht sagen, weshalb Sie sich zuerst zu mir vorgesetzt und kurz darauf den Platz wieder verlassen haben?«

»Um die Wahrheit zu sagen, es war ganz einfach. Sie waren mir sympathisch, und da habe ich meine Scheu überwunden und mich zu Ihnen vorgesetzt.«

»Schön. Aber warum haben Sie kurz darauf Ihren Platz wieder verlassen – in einer, wie ich sagen muss, recht unkonventionellen Art und Weise?«

»Bei Ihrer politischen Einstellung müssten Sie doch eine Vorliebe fürs Unkonventionelle haben!«

»In diesem Fall allerdings nicht. Mir ist immer noch unklar, weshalb Sie den Platz neben mir wieder aufgegeben haben.«

Sei doch nicht so feig! »Ja also, es war einfach vorbei. Sie hatten meine Hand losgelassen.«

»War es angenehm, meine Hand zu spüren?«

Ich soll wohl ein großes Liebesgeständnis machen. Genau! Jetzt ist der richtige Moment. Sie will, dass ich die Initiative ergreife. Los, Kerl, steh auf, geh hin zu ihr, nimm sie in den Arm. Der Rest ergibt sich von selbst.

Ich kann nicht. Ich habe keine Kraft.

»Ja.« Die Gelegenheit ist vorbei, du Versager. Jeder Trottel wäre schon längst mit ihr zusammen. Nur Jonathan Rubinstein mit seiner großen Klappe sitzt da wie ein Jeschiwe-Bocher*. Auf was wartest du, Feigling? Vielleicht darauf, dass dir Esel zu Hilfe kommt? »Nun zieren Sie sich nicht so, Frau Taucher. Mein Jonny ist eben ein gut erzogener jüdischer Junge, deshalb hat er gewisse Hemmungen. Das ist ganz in Ordnung. Oder hätten Sie lieber einen von diesen gojischen Burschen, die sich in seinem Alter schon jede

---

* Talmudstudent.

Nacht mit einer anderen Schickse herumtreiben und sich dabei weiß Gott welche Krankheiten holen? Na also, dann helfen Sie ihm ein wenig!« Von wegen! Esel wäre irre stolz auf ihre Erziehung. »Siehst du, Friedrich, es steckt doch ein guter Kern in ihm! Obgleich diese freche Schickse versucht, ihn mit allen Mitteln zu verführen, bleibt er anständig.« Verflucht und zugenäht, ich bin ein perfektes Produkt Esel'scher Erziehung. Sitze da wie ein Häufchen Elend und warte insgeheim darauf, dass die Mamme mir dabei hilft, mit einer Situation fertig zu werden, die ich nach jahrelanger Dressur im jüdischen Elternhaus nicht bewältigen darf und kann. Na warte, Esel, und wenn ich mich total lächerlich mache, du wirst mich nicht ewig daran hindern, wie ein normaler Mensch zu vögeln.

Ich stehe auf, gehe um den Tisch, bleibe hinter ihr stehen. Hildchen Taucher wendet ihren Kopf, sieht mich an. Was sagen ihre Augen? Philosophier nicht über ihre Augen, tu was, aber fix!

Ich lege meine kalte Hand auf ihre Schulter. Sie sieht mich weiter an, sonst nichts. Ich weiche ihrem Blick aus. Nur weiter so, Rubinstein, vielleicht versteckst du dich unter dem Tisch. »Sieh her, Esel, dein Sohn bleibt anständig. Er kann sich beherrschen, weil du ihm seine Unbeherrschtheit wegerzogen hast! Er ist und bleibt dein Eunuch.«

Du sollst dich nicht selbst beschimpfen, sondern was tun! Ich beuge mich über sie, will sie auf die Stirn küssen. Ehe meine Lippen sie berühren können, hat sie den Kopf zurückgeworfen. Sie nimmt meine Hand, zieht sie von ihrer Schulter, in ihren Schoß. »Jetzt müssen Sie nicht befürchten, dass alles in wenigen Sekunden vorbei ist.«

Endlich! Endlich wage ich, sie anzusehen, möchte am liebsten in ihre Augen eintauchen. Wie von selbst nähert sich mein Mund ihren Lippen. Da schiebt sie ihre freie Hand zwischen unsere Gesichter, berührt mit ihren Fingern sanft meinen Mund. »Nein, lassen wir es dabei bewenden!«

Ich springe hoch. »Warum?«, rufe ich heiser.

»Jonathan!« Zum ersten Mal nennt sie mich so. »Werden Sie bitte nicht schon wieder heftig. Sie machen sonst etwas Schönes kaputt.«

»Was?«

»Unsere Gefühle ... unsere gegenseitige Zuneigung.«

Ich knie mich neben sie. Wir sehen uns sekundenlang stumm an. Ich will in ihr aufgehen. Wir umarmen uns. Unsere Zungen saugen sich ineinander fest. Wir sehen uns an, streicheln uns.

Sie legt ihre Hand an meine Wangen. »Jonathan. Es ist jetzt alles so schön. Wir wollen es uns so erhalten. Sei nicht traurig, aber ich muss dich bitten, jetzt zu gehen.«

»Wieso?«

»Du weißt genau, wie es weitergehen wird, wenn du hierbleibst. Ich möchte nicht mit dir schlafen.«

»Warum denn nicht?«, krächze ich.

»Weil ich etwa 15 Jahre älter bin als du und zu allem Überdruss auch noch deine Lehrerin. Es wäre nur eine Frage der Zeit, wann unser Verhältnis zerbrechen würde. Dazu habe ich nicht die geringste Lust. Ich habe schon zu oft unter dem Scheitern einer Beziehung gelitten. Und für ein rein sexuelles Verhältnis, falls es so etwas gibt, habe ich dich zu lieb, Jonathan.«

Anscheinend gibt es außer einer jiddischen Mamme und Antisemitismus noch andere Probleme auf dieser Welt. Ich nehme Hildes Kopf – ja, Hilde, nicht mehr die Taucher – zwischen meine Hände, küsse sie auf die Stirn, die geschlossenen Augenlider, auf die Nase, dann auf den Mund. Sie leistet keinen Widerstand, im Gegenteil, sie kommt mir sofort entgegen. Augenblicklich bin ich erregt. Auch Hildchen. Sie umschlingt mich, presst sich an mich. Ich spüre ihren Körper. Wir schleppen uns zur Couch, ihr leises »nicht« geht in wilden Küssen unter. Ich liege auf ihr. Hilde atmet laut, fast seufzend. Mein Schmock beginnt zu zucken. Um Gottes willen, es kommt, verdammte Scheiße!

Was kann man auch mehr von dir erwarten, Rubinstein? Einundzwanzig, noch Jungfrau und dann plötzlich mit einer tollen Frau zusammen. Coitus praecox, schmäcox. Ich werde allmählich ruhiger, lediglich in meinen Schläfen pocht es noch.

»Jonathan, lass uns aufhören, bitte.« Was bleibt mir im Moment anderes übrig? Ich küsse sie zärtlich auf Stirn und Wangen. Ihr Gesicht ist leicht gerötet. Ich küsse nochmals ihre Augen, spüre ihre auf und ab zuckenden Wimpern. Setze mich auf, bette ihren Kopf in meinen Schoß. Streichle über ihr Gesicht. Soll ich sagen, wie sehr ich sie ... Halt's Maul, das weiß sie sowieso. Hilde ergreift meine Hand, führt sie an ihren Mund, küsst sie, drückt sie gegen ihre Brust, legt sie in ihren Schoß. Mein Schmock regt sich wieder.

»Jonathan, bitte geh jetzt, sei du wenigstens vernünftig, wenn ich schon verrücktspiele.«

»Gut.« Du Arschloch! Kaum appelliert jemand an seine

Vernunft, schon steht Rubinstein stramm – nur nicht in der Hose. Rubinstein, du bist ein guter Deutscher, wenn auch leider mosaischen Glaubens. Vernünftig, diszipliniert, ordentlich. Recht so. Auch ein guter Jid, verdammt noch mal, macht immer das, was seine Mamme und ihre Geschlechtsgenossinnen verlangen. Und mein Schmock? Gut, er ist nur ein Schwanz, aber auch er hat seine Rechte! Er hat es satt, vor lauter Disziplin und Rücksichtnahme nur in die Hose zu spritzen.

Hildchen hat sich mittlerweile wieder gefangen. Sie ist aufgestanden, glättet ihren Rock. Das darf doch nicht wahr sein, diese erwachsene Frau glättet sich ihre Kleidung und blickt dabei besorgt wie ein kleines jüdisches Mädchen, das Angst hat, von seiner Mutter ertappt zu werden.

Rubinstein, du bist ein Vollidiot. Während du über deine Mamme und die Vernunft der Frauen philosophierst, lässt du dir die Gelegenheit deines Lebens entgehen, mit der Frau, die du liebst, ja liebst, zu schlafen.

»Tschüss, Jonathan.«

»Ja.«

Jetzt hast du dich wieder unter Kontrolle, Hildchen Taucher, dank Rubinsteins eunuchenhafter Vernunft. Ich küsse sie auf die nach Shampoo duftenden Haare und gehe, ohne mich umzusehen, ohne auf sie zu warten, obgleich ich sie hinter mir spüre.

Hosenspritzer! Genau! Das wirst du auch bleiben, bis du von einem jüdischen Frauenzimmer geheiratet wirst – vorausgesetzt, dass du Karriere machst.

DER UNTERTAN

»Wie Ihnen allen sicher bekannt ist, jährt sich in wenigen Monaten der Beginn des Zweiten Weltkriegs zum dreißigsten Mal. Ich meine, das sollte für uns Anlass sein, darüber nachzudenken, was sich seither in Deutschland geändert hat.«

Sie sieht mich nicht mal an. Gestern hat sie mich noch angewinselt, jetzt existiere ich für sie nicht mehr. Stattdessen ergeht sie sich in tiefschürfenden historischen Betrachtungen. Du sollst fühlen, dass es mich noch gibt!

»Der einzige Unterschied, den ich erkennen kann, ist eine deutliche Zunahme des Einflusses der NSDAP in der Regierung. Während vor dreißig Jahren lediglich der Kanzler dieser Partei angehörte, der Wirtschaftsminister hingegen parteilos war, sind gegenwärtig sowohl der Bundeskanzler als auch der Wirtschaftsminister – ehemalige Parteimitglieder.«

Vereinzeltes Glucksen und Kichern vereinigt sich zu befreiendem, brüllendem Gelächter, sobald ich geendet habe. Einige wollen jetzt ebenfalls ihren Witz beweisen.

»Der Führer konnte aber besser reden als der Kiesinger.«

»Hitler war energischer.«

»Lieber Schnauzbart als Dachsfrisur.«

»Ich verbitte mir Ihre provozierenden Bemerkungen, Rubinstein.« Na also, jetzt musst du mich ansehen, dich mit mir auseinandersetzen. »Von den anderen, um es milde zu sagen, dummen Sprüchen ganz abgesehen. Ich möchte, dass wir unsere Diskussion sachlich führen.«

Ich hebe die Hand. »Aller Verfolgung zum Trotz gab es

damals eine Opposition gegen Hitler. Dagegen kann man den Führer unserer heutigen Opposition, Herrn Scheel, kaum als Nazigegner bezeichnen – vor 30 Jahren war er es jedenfalls nicht.«

Erneut branden Lachen, Schreien, Johlen in der Klasse hoch. Hilde stemmt ihre Hände auf das Pult und ruft, sobald der Lärm ein wenig abgeschwollen ist, mit heller Stimme, die ihr angestrengtes Bemühen um Selbstbeherrschung verrät: »Wie Sie wollen, Herrschaften. Ich habe Ihnen in meiner ersten Stunde einen Unterricht in Diskussionsform angeboten. Einige von Ihnen, wenn nicht sogar die Mehrheit, scheinen aufgrund fehlender Reife Provokation mit Diskussion verwechseln zu wollen. Ich bin durchaus bereit, herkömmlichen Deutschunterricht mit dem von Ihnen offenbar bevorzugten Rollenverhalten des bestimmenden Lehrers und der gehorchenden Schüler durchzuführen.«

»Durchführen«. Um Gottes willen! Warum müssen die Deutschen, ob rechts oder links, ständig etwas »durchführen«?

»Auf diese Weise begeben Sie sich freiwillig in die Rolle des Untertans. Da passt es ausgezeichnet, dass wir uns in der vergangenen Woche ausführlich mit dem Buch ›Der Untertan‹ von Heinrich Mann beschäftigt haben. Uns steht noch eine knappe Unterrichtsstunde zur Verfügung, die wir zu einer Extemporale nutzen werden. Bringen Sie also in den nächsten 40 Minuten Ihre Meinung zum Thema ›Aktuelle Bezüge zu Heinrich Manns Roman ‚Der Untertan'‹ zu Papier.«

Die Burschen gehorchen tatsächlich – sogar nach diesem Tumult. Das ist nur in Deutschland möglich. Hilde hat recht, die perfekten Untertanen. Genau den Scheiß schmier ich ihr jetzt hin:

Jonathan Rubinstein ——————————————— *13b*

Extemporale
　Aktuelle Bezüge zu Heinrich Manns Roman ›Der Untertan‹

Die Aussagen des Romans ›Der Untertan‹ von Heinrich Mann sind heute ebenso aktuell wie vor fast sechzig Jahren. Der deutsche Mensch braucht aufgrund seiner Erziehung in Elternhaus und Schule allzeit klare Befehle, die er ohne Widerspruch stets zur vollen Zufriedenheit seiner Vorgesetzten »durchführen« wird.
　Diese Aussage Manns wird in hundert Jahren ebenso stimmen wie heute. Der Grund: Wer von seinen Eltern und Lehrern zum Gehorchen dressiert wurde, wessen Wille gebrochen wurde, kann selber nur gehorchen oder befehlen. In diesem Sinne wird in Deutschland eine Generation nach der anderen zu »guten« Untertanen erzogen werden – ad infinitum.

Ich gehe vor, lege das Blatt aufs Pult, drehe mich, ohne sie anzusehen, um, kehre zu meinem Platz zurück, setze mich, sehe sie schließlich an. Hilde liest konzentriert oder tut wenigstens so. Endlich hebt sie ihren Kopf und sagt mit normaler Stimme: »Sehr optimistisch sind Sie ja nicht, Rubinstein … Ich möchte Sie nach dem Unterricht kurz sprechen.«

Verdammte Scheiße, sie ist doch eine Klassefrau, und ich Idiot habe alles vermasselt. Hosenspritzer, Wichser, Eunuch, Feigling.

Als wir endlich allein sind, setzt sie sich neben mich. Mein Herz rast.

»Jonathan, weshalb hast du das ganze Theater heute inszeniert? Willst du dich bei Pauls, Bauriedl und Konsorten beliebt machen?«

»Die sollen mich mal. Ich wollte, dass du mich ansiehst. Das hast du schließlich auch getan – nach meiner Wortmeldung.«

»Dir ist doch klar, dass du mit solchen Methoden meinen Unterricht kaputt machst?«

»Warum hast du mich nicht angesehen?«

»Weil mich das Geschehen gestern derart mitgenommen hat, dass ich vorläufig einer Begegnung mit dir ausweichen wollte.«

»So? Meinst du, dass unser Treffen mich nicht mitgenommen hat? Ich muss ständig daran denken, was für ein Trottel ich war, dass ich mich von deinen Appellen zur Vernunft habe blöd machen lassen.«

»Dafür muss ich dir danken.«

»Dafür? Weshalb denn?«

»Weil es zu endlosen Komplikationen geführt hätte, denen unsere Kräfte auf Dauer nicht gewachsen wären.«

»Meinst du, jetzt ist es weniger kompliziert?«

»Wenn wir uns beherrschen und vernünftig sind, ja!«

»Vernunft, Selbstbeherrschung – und du gibst den Leuten den ›Untertan‹ zu lesen!«

»Ich habe nicht die Kraft zu einem Verhältnis mit dir. Sage, ich bin feig oder eine Untertanenseele wie alle anderen Deutschen, aber ich kann das einfach nicht. Lieber lasse ich mich an eine andere Schule versetzen, als das Theater länger mitzumachen.«

»Theater?«

»Ja, verdammt noch mal! Theater, oder nenne es, wie du willst, ich kann es jedenfalls nicht verkraften. Darf ich dich daran erinnern, dass in unserer Beziehung die Lasten ungleich verteilt sind. Wenn unser Verhältnis bekannt würde, hättest du so gut wie nichts zu befürchten. Einen Schulwechsel im schlimmsten Fall. Ich dagegen würde meine Stellung verlieren, hätte wahrscheinlich ein Strafverfahren am Hals und würde als eine Geächtete dastehen.«

»Soso, eine Geächtete.«

»Ja, mach dich nur darüber lustig. Ich weiß, was du von unserer Gesellschaft hältst, du hast es gerade sehr prägnant niedergeschrieben. Wahrscheinlich hast du sogar recht. Sicher sogar! Aber ich lebe nun mal in diesem Land. Ich bin eine Deutsche, ob es mir passt, ob es dir passt oder nicht. Ich kann nicht wie du einfach nach Israel gehen und alles hinter mir lassen. Außerdem möchte ich bezweifeln, ob die israelische Gesellschaft ein Verhältnis zwischen Lehrerin und Schüler tolerieren würde.«

»Das wäre gar nicht nötig. Die jiddischen Mammes hätten dich zuvor längst gesteinigt.«

»Na also, deinen Humor hast du wenigstens nicht verloren.«

»Nein. Aber ich will mit dir zusammen sein.«

»Ich kann es nicht. Jetzt jedenfalls nicht. Du hast nur

noch wenige Monate bis zum Abitur. Dann können wir weitersehen. Jetzt nicht!«

»Ich brauche dich jetzt, nicht in einigen Monaten.«

»Jonathan, und wenn du mich totschlägst. Ich kann nicht, bitte versuche wenigstens mich zu verstehen.‹

Ihr ganzes Gesicht, ihr Hals und Ausschnitt sind voller großer rosiger Flecken. Die Alte kann im Moment wirklich nicht, ich auch nicht, verdammt. Ich nehme meine Mappe, stehe auf und gehe aus dem Raum.

Vernunft, Disziplin, als Nächstenliebe getarnte Feigheit haben dich zum perfekten deutsch-jüdischen Untertan gemacht, Rubinstein. Spontane Lustanwandlungen werden augenblicklich unterdrückt. Ich habe es gerade nötig, mich über die deutschen Untertanen lustig zu machen.

UNVERDAULICH

Schabbatvormittag. Ich sitze auf einem Holzklappstuhl in der Reichenbach-Synagoge. Ich sollte wohl beten. Aber was? Ebenso wie die anderen Typen in meinem Alter verstehe ich die althebräischen und aramäischen Gebete nicht. Das Einzige, was mich wirklich interessiert, ist, ob es diesen Gott gibt, zu dem unser Volk seit Jahrtausenden betet und um dessen Gebote willen es seit je unendliches Leid erdulden musste. Aber gerade danach fragt hier niemand. Wichtig ist den Alten nur, dass man regelmäßig in die Synagoge geht, koscher isst und unsere Mädchen »unberührt« lässt.

Weshalb komme ich überhaupt hierher? Was habe ich

mit den Leuten hier gemein? Dass wir alle Mitglieder des Bundes mit dem Ewigen sind? Was bedeutet dieser Verein eigentlich? Die Alten hatten ihre Religion, ihre Lehren und Traditionen. Und wir? Was bleibt uns? Der »Bund« ist jetzt zur Gemeinschaft der Beschnittenen degradiert. Das deutsche Judentum ist sozusagen auf den Schwanz gekommen. Der Bund mit dem Ewigen besteht nur noch aus einer langen Kette geopferter Vorhäute. Und was habe ich von diesen Opfern? Einen sensibilisierten Schwanz, sonst nichts. Vielleicht denke ich deshalb den ganzen Tag an nichts als an meinen Schmock. Das tun die anderen Kerle in meiner Klasse auch. Und trotzdem bin ich anders. Alleine weil mir die Vorhaut fehlt? Damit fängt es an. Für den Rest sorgen schon die Gojim. Viele finden es Scheiße, dass man Jude ist, wenige Perverse beneiden einen darum, manchen ist es wurst. Fremd bleiben wir in jedem Fall. Wir gehören nicht dazu! Wollen es nicht und können es auch nicht – nach alldem, was die Kerle unserem Volk angetan haben.

Sogar Hilde! Wer weiß, ob nicht ihr Vater meine Großmutter geendlöst hat, oder ihr Onkel oder ihr Weiß-Gott-Was. Eine Million SS-Leute können doch nicht vom Erdboden verschluckt worden sein! Die meisten leben noch mitsamt ihren Familien. Wenn ich in Deutschland bleibe, schlafe ich eines Tages mit der Tochter eines solchen Mörders. Vielleicht heirate ich sie sogar, bekomme Kinder mit ihr: einen kleinen Adolf Rubinstein etwa.

Über all das denken die alten Jidn hier nicht nach. Können sie auch gar nicht. Sie würden verrückt werden, wenn sie sich eingestehen würden, dass sie ins Land ihrer Mörder zurückgekehrt sind, dass sie dabei sind, ihre Kinder, ihr »Fleisch und Blut«, mit dem Blut eben jener SS-Mörder zu vermanschen. Aber das alles ist als Gesprächsthema tabu!

Und ich? Ich sitze auch hier. In Deutschland, in der Haupt-Synagoge der »Hauptstadt der Bewegung«.

Unwillkürlich springe ich auf, die Sitzbank leiert zurück, rastet mit einem leisen Klack ein. Fred wendet sich mir zu. Aus seinen blauen Kinderaugen blickt mich die Verständnislosigkeit aller Juden im heutigen Deutschland an.

Aller! Ja, aller! Auch wenn sie geschäftlich erfolgreicher sind als Fred, begreifen sie genauso wenig wie er, in welche Lage sie sich und ihre Familien hier gebracht haben. Sie wollen nicht begreifen! Sie sträuben sich mit Händen und Füßen dagegen, zu verstehen, denn das wäre ihr Ende. Das Eingeständnis des freiwilligen moralischen Selbstmords der kümmerlichen Reste des deutschen Judentums, das die Todesmaschinerie körperlich überlebt hatte.

Nach wenigen Minuten an der frischen Luft habe ich mich einigermaßen beruhigt. Rubinstein, du wirst die Situation nicht ändern. Hier gibt es nichts mehr zu verbessern, die Deutschen haben jetzt genau die Juden, die sie verdienen – und umgekehrt. Ich marschiere nach Hause.

»Wieso bist du schon da? Wo ist Friedrich?«

»Fred betet noch oder tut zumindest so, Esel. Ich bin einfach früher abgehauen.«

»Warum?«

»Weil mir in dem Laden schlecht wurde.«

»Fehlt dir was?«

»Ja. Essen und Ruhe.«

»Was willst du essen?«

»Egal, was du hast. Ich muss schnell machen und dann lernen.«

»Na also, begreifst du endlich, dass man auch lernen muss?«

»Und ob ich das begreife!«

Während des Essens taucht Fred auf.

»Wieso bist du früher weggegangen? Deine ganzen Freunde sind bis zum Schluss dageblieben, wie es sich gehört.«

»Gehört! Gehört es sich eigentlich, stundenlang ein Zeug anzuhören, das niemand versteht?«

»Weshalb hast du nicht im Religionsunterricht aufgepasst?«

»Was hat das eigentlich damit zu tun? Die erklären einem höchstens wieder, was koscher* ist und was nicht. Aber ob es überhaupt jemanden gibt, zu dem man betet, fragt niemand. Nicht mal meine sogenannten Freunde.«

»Willst du damit behaupten, dass es keinen Gott gibt?« Friedrich schreit. Endlich darf er als wahrer Streiter des Glaubens fechten, um dessentwillen er, weiß Gott, schon so viel einstecken musste.

»Ich will gar nichts behaupten, weil ich es ebenso wenig weiß wie du. Vielleicht gibt es tatsächlich so etwas wie Gott. Er stellt gewisse Normen auf und lässt es damit gut oder schlecht sein. Ein Gott ohne individuelles Erbarmen, wie ihn sich Baruch Spinoza gedacht hat. Das würde

---

* Im religiösen Sinne rein, d.h. essbar.

etwa das tatenlose Zuschauen zur Endlösung verständlich machen.«

»Spinoza! Du weißt ja, wie weit er mit seinen Ideen gekommen ist. Man hat ihn in Acht und Bann geworfen.«

»Das dürfte aber auch alles sein, was du von Spinoza weißt.«

»Genug jetzt! Hört auf, euch zu streiten und zu philosophieren. Das ist ungesund für die Verdauung.«

GEHOPSE

Was soll ich eigentlich in dieser Scheißdiskothek? Seit gut zwei Stunden muss ich mir dieses Gejaule anhören. Rachel leckt sich schon die Lippen. Kann's wohl nicht erwarten, geknutscht zu werden? Aber gerade danach ist mir im Moment nicht zumute.

»Sag mal, Jonny, magst du mich noch?«

Nein! »Ja, sicher.«

»Weshalb bist du den ganzen Abend so abwesend?«

»Weißt du, ich muss an die Schule denken.«

»Wirklich?«

»Echt. Nächste Woche beginnen die letzten Klassenarbeiten vor dem Abi, und ich habe kaum was getan.«

»Weshalb bist du dann heute hergekommen? Ich habe dich doch extra gefragt.«

»Weil ich dich sehen wollte.« Und sowieso nicht gelernt hätte. Eben. Jetzt bin ich schon mal hier. Rachel möchte gedrückt werden – mein Schwanz ebenso. Also los! Ich fasse sie unters Kinn, drehe ihren Kopf zu mir, nähere mich ihrem Gesicht. Sofort öffnet sie leicht ihren Mund, die Lippen sind feucht. Mein Schmock bäumt sich auf, dennoch warte ich ein, zwei Sekunden, ehe ich sie küsse.

Rachels Zunge trägt ihren Konfitürengeschmack in meinen Mund. Ich spüre ihre Zähne, fühle und höre ihren warmen, seufzenden Atem. Im Hintergrund jault Bee-Gee-Musik.

Was will ich eigentlich mehr? Gut, sie ist keine Hilde Taucher. Aber sie hat mich wenigstens lieb – ohne Vorbehalte. Sie hat auch keine eigene Bude. Egal, ich würde sie sowieso nicht ficken, selbst wenn uns die Fürstensuite im Hotel »Vier Jahreszeiten« zur Verfügung stünde. Andererseits wäre gegen ein ordentliches Petting auch nichts einzuwenden.

»Rachel, weißt du, dass du jetzt klasse aussiehst?«
»Wirklich?«
»Sicher, komm, tanzen wir ein wenig.«

Wir schieben uns auf die Tanzfläche. Ständig rempelt man uns an. Ich bugsiere Rachel an den Rand, hinter die Bar. Endlich haben wir Luft. Der winzige Raum ist neongrell beleuchtet. Dicht gedrängt stehen Sologaffer, an die Spiegelwände gelehnt. Alle naselang öffnet sich eine der Klotüren. Jedes Mal weht ein Schwall Gestank aus den Scheißhäusern.

»Jonny. Was ist mit dir los? Du guckst so benommen.«
»Mir stinkt's hier zu sehr. Komm, wir gehen zurück. Ach was, lass uns ganz aus diesem Scheißladen verschwinden.«
»Wenn du meinst.«
»Ja, ich meine! Komm, schnell.«

Penetranter Latrinengestank hat sich in meiner Nase

festgesetzt. Bloß raus aus diesem Riesenklosett. Ich boxe den Weg zum Ausgang frei. Draußen lege ich meinen Arm um Rachels Schultern. »Langweilige Bude!«

»Findest du?«

»Ja. Stundenlang das gleiche Gejaule und Gehopse.« Esel wäre stolz auf mein Urteil und meine Wortwahl.

»Aber die Musik war teilweise gar nicht so schlecht.«

»Aber viel zu laut, und dieser Gestank nach Rauch und Alkohol.« Nicht nur Esel, alle jüdischen Mammes blicken jetzt gewiss mit Genugtuung auf mich.

»Wo gehen wir denn nächstes Mal hin, Jonny?«

Schau an! Ruchale legt wohl Wert auf langfristige Eheplanung.

»Lass dich überraschen. Jedenfalls garantiere ich dir, dass wir uns dann in normaler Lautstärke unterhalten können und nicht wie auf dem Präsentierteller vor zahllosen Idioten sitzen werden.«

Mal sehen, ob die jiddischen Mammes auch dann noch stolz auf mich sein werden.

SCHABBESGÄSTE

»Du, Kraxä?« Weshalb rege ich mich eigentlich so auf? Was kann mir schon passieren? Dass er »nein« sagt. Na und?

»Was willst' denn, Rubinstein?«, fragt er mit fetter, ruhiger Stimme. Man müsste sein wie dieser Goj. Fast 1,90, breite Schultern – körperlich und seelisch. Der Kerl weiß, was er will.

»Ja, weißt du, Kraxä, du hast doch mal gesagt, dass du fast jedes Wochenende mit deinen Eltern in euer Haus nach Niederbayern fährst und dass dann eure Wohnung leersteht. Da wollte ich fragen, ob ich nicht mal eure Bude oder dein Zimmer für'n paar Stunden haben könnte.«

»Schau an, der Rubinstein!« Kraxäs Mund verzieht sich zu einem schiefen Grinsen, seine Augen bleiben jedoch unbewegt.

»Host a Weib und woast net, wo'st die Alte legen sollst, ha?«

»So ungefähr.«

»Wann willst's denn mausen?«

Die Kerle kommen wenigstens gleich zur Sache. Kraxä hätte Hilde die passende Antwort auf ihr Flehen nach Vernunft und moralischer Rücksicht gegeben – dass ihr Hören und Sehen vergangen wäre. Der ist ein echter deutscher Ficker, kein Wichser und Hosenspritzer wie unsereins.

»Ich dachte Samstagabend.«

»Von mir aus. Muaßt aber schnell machen. Diesen Samstag bleib i nämlich in Minga. I geh aber mit a poar Spezln zum Saffa. So gegen zwöif werd i dann wieder dahoam sei. Bis dahin müaßt ihr eier G'schäft g'macht ham. Am Freitag gib i dir den Schlüssel. Wenn ihr abhaut, dann schlag die Tür einfach zua und wirf den Schlüssel in' Briafkastn.«

Geschafft! Für den Kerl ist es offenbar die reinste Routine. Und ich habe mich angestellt wie ein Jeschiwe-Bocher im Bordell. Ich hätte den Typen schon längst fragen müssen! Diesmal geht's ans Eingemachte! Red dir nichts ein, Rubinstein. Kurz vor ihrer koscheren Möse wirst du halt machen, wie alle jüdischen Kastraten seit 2000 Jahren.

Ging ja alles wie am Schnürchen. Riesige Altbauwohnung. Die Kerle haben damals so hoch und weit gebaut, als ob sie Elefantenmenschen unterbringen müssten. Merkwürdig, ich kenne keinen Jidn, der in einer solchen Wohnung lebt. Alle stehen auf Neubau. Die Deutschen sind eben in ihren Buden geblieben, falls man sie nicht ausgeräuchert hat, und die Jidn mussten sich was Neues suchen.

Aber auch die Zimmer sind ganz anders eingerichtet als bei uns. So anders auch wieder nicht. Bücher sind hier wie da Mangelware. Statt Jerusalembildern hängen halt Hirsche und so'n Zeug rum, das die Kerle zum Totschießen gernhaben. Der alte Kraxmayer ist anscheinend Jäger. Warum müssen die Burschen immer töten?

Es riecht auch ganz anders als bei uns, irgendwie süßlicher plus Bohnerwachs. Genug mit den Sozialstudien, komm zur Sache, Rubinstein.

Ich nehme Ruchale an der Hand und führe sie in Kraxäs Zimmer, schließe die Türe. »Endlich allein.«

»Ja, seit sieben Wochen zum ersten Mal wieder.«

Donnerwetter, die Alte hat offenbar genau Buch geführt. Wir küssen uns.

Ich drücke mein Gewicht gegen sie, so dass wir auf die Couch hinter ihr fallen. Streichle ihre Wangen, ihre Hände, die meinen Kopf halten. Ruchale hat sich wieder an meiner Zunge festgebissen. Ich spüre einen leichten stechenden Schmerz, löse mich. Ihre sonst blassen Wangen schimmern rosarot, ihre Lippen sind feucht, ihr Atem geht stoßweise. Die sonst eher verkrampfte Rachel wirkt gelöst, auch ihre Stimme: »Du, du, du.« Sie streicht mir übers Haar. Auch ich fühle mich leichter, eine angenehme Wärme strömt durch meine Oberarme. Ich spüre ein leichtes Zucken in meinem Schmock, er kann es offenbar nicht erwarten. Noch nicht! Ich küsse Rachel auf ihre Augen, ihre Stirn. Mein Mund berührt ganz sanft ihre Lippen, sofort saugt sie sich fest wie eine Ertrinkende. Meine Erregung nimmt zu. Ich umfange ihren Leib, ihre Hüften – keine Gegenwehr. Rachel hängt wie ein Egel an meinem Mund und keucht wie ein Asthmatiker. Ich senke meine Hände auf ihre Brüste. Deutlich spüre ich ihr weiches Fleisch durch den Stoff des BHs und der Bluse. Ich schiebe meine Finger in ihren Ausschnitt. Endlich fühle ich ihren Busen. Rachel reagiert nicht. Sie ist ausschließlich mit meiner Zunge beschäftigt, die sie Stück für Stück zerbeißt. Ich drücke sie auf den Rücken, lege mich auf ihren Körper, schiebe mein Knie zwischen ihre Beine. Was sich jetzt wohl zwischen Ruchales Beinen tut? Warum nicht nachsehen? Ich schiebe meine freie Hand unter ihren Rock, höher, noch höher, Rachel würgt »Nein, nein!«, ehe sie sich wieder an meiner Zunge festbeißt. Jetzt ließe es sich ohne größere Gegenwehr machen, Rubinstein. Sehr gut, Reb Jid! Und ein paar Wochen später darfst du sie heiraten. Vielleicht ein Kompromiss à la Joel? Ich ziehe meine Hand aus dem BH und versuche ihre Bluse aufzuknöpfen. Mit den Fingern meiner anderen Hand bin ich jetzt genau zwischen ihren Beinen. Durch das Nylon der Strumpfhose spüre ich ihre Körperwärme. Rachel stöhnt auf, macht sich endlich von meinem Mund los. »Jonny, bitte nicht, ich hab Angst.« Ich auch. Vor was denn eigentlich? Sie will ficken, ich will ficken, wovor haben wir Angst? Die Kerle in unserer Klasse würden sich wahrscheinlich totlachen. Auch mein Ständer ist bald tot. Tu was, Rubinstein! »Du musst keine Angst haben, Kleine.« Ihre Furcht wirkt beruhigend auf mich. Meine Stimme wird fest. Wenn sich andere fürchten, fühle ich mich sicher und stark. Klar, denn vor denen muss ich keine Angst haben. »Ruchale, das, wovor du Angst hast, werden wir nicht machen. Ich verspreche es dir, du kannst Vertrauen zu mir haben.« Selbstkastrat!

»Ja, ich weiß.«

»Aber wir können trotzdem zärtlich sein.« Wie einst mit der Mamme.

»Ja, Jonny, ich mag dich.«

Wir küssen uns wieder. Währenddessen habe ich ihre Bluse vollständig aufgeknöpft. Ich ziehe die Schöße aus dem Rock. Ruchale lässt mich tatsächlich ihre Bluse abstreifen. Ich sehe jetzt den Ansatz ihrer Brüste, beuge meinen Kopf und küsse vorsichtig ihre warme, weiche Haut. Sie nimmt meinen Kopf in ihre Hände. Meine Wangen berühren ihre Brüste. Ich fühle mich geborgen, meine Erregung nimmt zu. Ohne ihn aufzubekommen, nestle ich an ihrem BH-Verschluss herum.

»Jonny, bitte nicht.«

»Keine Angst, es passiert schon nichts, nur ein bisschen spielen.« Wann wirst du endlich aufhören zu spielen und Ernst machen, Esels Säugling?

»Gut!« Rachel öffnet ihren BH. Sie hat mehr Mut als du! Ihre Brüste sind traubenförmig. Die Warzen haben ein großes rosa Umfeld. Ich küsse eine Brust. Nehme die Warze in meinen Mund und spüre, wie sie sofort hart wird. Rachel krault mit fahrigen Bewegungen mein Haar. In einem fort küsse ich ihre Brüste. Ich schmecke ihre Haut, taste sie mit meinen Fingerkuppen, meinen Handflächen, rieche sie. Ich möchte an ihrer Haut kleben bleiben.

»Du, Jonny, war da nicht was an der Tür?« Ich winde mich hoch. Meine Wangen glühen. »Ach was!« Doch, ich höre gedämpftes Stimmengewirr, schwere Schritte. Ich springe auf. Mein Herz stockt, ich spüre jeden einzelnen Schlag gegen meine Rippen trommeln. Rachel hat ihre Bluse gepackt und versucht mit hektischen Bewegungen, in die Ärmel zu schlüpfen.

Die Tür wird aufgestoßen, Kraxä kommt ins Zimmer, gefolgt von Manni Bergmann und Klaus Winterer. Bierfahnen, gerötete Gesichter. »Do schaug her, der Rubinstein. I hab denkt, du darfst am Sabbat net arbeitn.« Bergmann strahlt über seinen Witz.

Ich stehe immer noch wie gelähmt vor der Couch. Ich will schreien, etwas sagen, aber mein Mund ist ausgetrocknet. Rachel hält sich das Hemd vor die Brust, auch sie bringt kein Wort heraus. Reiß dich zusammen, Kerl, tu was, bevor dich diese Scheißdeutschen fertigmachen!

»Verschwindet hier!« Meine Stimme ist schrill.

»Du, Rubinstein, werd net frech! Wenn oaner verschwindt, dann du, gell! Des is noch immer mei Wohnung, net deine.«

Ich müsste antworten, aber ich kann nicht. Ich habe Angst. Mein Herz klopft wie rasend. Du musst was sagen, die Burschen irgendwie beruhigen.

»Niemand will in deiner Wohnung bleiben.« Mir ist, als müsste ich bei jedem Wort nach Luft schnappen.

»Geht einen Moment raus, damit sie sich anziehen kann, dann verschwinden wir sofort.«

»Und du bleibst bei ihr, du geiler Bock, das könnt dir so passn. Nein, Rubinstein, abhauen tust ganz allein du. Die Frau will sicher noch a bisserl bei uns bleiben.« Die Glotzaugen Kraxäs sind aus ihren Höhlen getreten.

»Ich bleib hier, bis das Mädchen mitkommt!« Meine Stimme piepst wie die eines Wellensittichs.

»Du haust jetzt sofort ab, Rubinstein, sonst hau i di so zamm, dass'd nimmer laffa koost.« Beim Brüllen spritzt Speichel aus seinem Mund. Kraxä hat sich jetzt direkt vor mir aufgepflanzt, sein Kopf ist noch röter geworden. Ich bin nur noch Angst.

»Kraxä, hör auf mit dem Schmarrn. Mir hom unser Freid ghabt. Jetzt is aber gnua!« Klaus Winterer ist neben uns getreten.

»Wieso denn? I muss mi do net aus meiner Wohnung nauswerfn lossn, scho gar net von dem da.«

»Niemand will di nauswerfn, der Rubinstein hat doch gsagt, dass er abhaun wui.«

»Dann soll er verschwindn, die Drecksau, sonst misch i eam auf.«

»Erst wenn das Mädel auch geht.«

»Des geht di an Dreck o, du Jud. Des Weib bleibt hier, solang s' mog. Und jetzt verschwind, sonst vergiss i mi.«

»Kraxä, jetzt langt's aber! Du lässt jetzt die zwoa geh, sonst derfst a glei mit mir raffa.«

Warum habe ich nicht den Mut vom Winterer? Allein an fünf Zentimetern Körperlänge mehr kann es doch nicht liegen.

»So, und ihr zwoa verschwindt's jetzt wirkli besser, der Kraxä hat an Mordsrausch. Kumm, Madl, du a. Dei

Hemad koost dir a draußen oziagn.« Rachel ist die ganze Zeit über erstarrt stehen geblieben. Alle Farbe ist aus ihrem Gesicht gewichen. Ich wanke auf sie zu, lege ihr meine Hand auf den Arm, spüre, wie sie zittert, führe sie hinaus. Klaus folgt uns. »Da is des Bad. Do kunnst di wieder oziagn. Und ihr Deppen da drinn gebts a Ruah«, brüllt er in Richtung Kraxäs Zimmer.

Rachel ist noch immer vollkommen geistesabwesend. Ich schiebe sie zum Bad. Schließe die Tür von außen.

»Muaßt dir nix denka, Rubinstein. Der Kraxä hot si ogsoffn. Morgn is ois wiader vergem und vergessn.«

Euch Schweinen werde ich nie vergeben! Sobald ich die Gelegenheit habe, werde ich es euch zurückzahlen, mit Zins und Zinseszins! Das Gleiche haben sich unsere Leute seit Jahrtausenden immer wieder geschworen und dennoch stets aufs Neue eins aufs Dach gekriegt. Aber jetzt ist es anders! Jetzt haben wir Israel, ihr Dreckskerle! Ich klopfe an die Tür. »Hab keine Angst, Rachel, zieh dich an und komm raus.«

»Mein BH ist noch im Zimmer.«

»Lass jetzt. Zieh dich so an und komm!«

Kurz darauf geht die Tür auf. Rachels Augen sind feucht. Ich packe sie bei der Hand, zerre sie zur Wohnungstür.

Klaus kommt nach. »Nix für ungut, Jonny, gell.«

Im Hausgang beginnt Rachel zu schluchzen. Ich drücke ihre Hand so fest, bis ich die Fingergelenke knacken fühle. »Reiß dich zusammen! Hör sofort auf zu weinen! Den Triumph werden wir diesen deutschen Schweinen nicht lassen!«

Ich bin wieder ruhig, kalt. Der Hass verleiht mir eine zuvor nie gekannte Kraft. Ich nehme Rachel fest in den Arm.

Auf der Straße hören wir Bergmanns Gemeckere vom Fenster Kraxäs. »Des Wichtigste habt ihr vergessn. Aaachtung ... mit besten Empfehlungen des Hauses.« Rachels BH landet auf dem Pflaster. Ich schnappe ihn mir.

»Schaut her, der Rubinstein will eine Textilfirma eröffnen.«

»Mach deine Tasche auf und steck das Ding rein.« Ich weiß jetzt, ohne zu überlegen, was zu tun ist. »Komm, lass dir ja nichts anmerken vor diesen Schweinen.« Meine neu gewonnene Sicherheit hat sich auf Rachel übertragen, sie geht jetzt zügig mit mir weiter.

»Eines schwöre ich dir, das zahle ich den Kerlen heim. So was passiert mir nie wieder.« Das kraftlose Piepsen ist einer festen Stimme gewichen. »Lass uns das eine Lehre sein, Rachel. Wir Juden haben in diesem Dreckland nichts verloren. Solange wir hier hocken, geschieht es uns ganz recht, wenn wir so einen Mist erleben. Wir müssen nach Israel – alle. Und zwar schleunigst.«

»Du hast recht, Jonny.«

Na also. Endlich hat sie ihre Sprache wiedergefunden.

DER EWIGE JUDE

Die Vögel sind nicht wiederzuerkennen. Sonst lassen sie keinen Menschen auch nur einen halben Satz ausreden. Und jetzt sitzen sie und warten ungeduldig, aber diszipliniert, bis Feinberg endlich aufhört zu labern und der General sprechen wird. Diszipliniert! Siebzig bis achtzig Jidn zwischen vierzehn und Ende zwanzig, dazu noch zwei Dutzend Erwachsene – diszipliniert! Jeder deutsche Lehrer wäre stolz auf diesen – freiwilligen! – Dressurerfolg. Und das in der »Judenschule«. Heute herrscht allerdings Ausnahmezustand im »Maon«, dem jüdischen Freizeitheim in der Möhlstraße. Ein leibhaftiger General ist da. Nicht einfach ein General, nein, ein israelischer General. Noch dazu einer, der vor dem Krieg in München geboren wurde. General Almagor ging vor dem Krieg hier zur Schule, allerdings hieß er damals noch Isaak Gottesfürchter, wie Feinberg in seiner nicht enden wollenden Begrüßungsrede genüsslich bekanntgibt.

Moritz Feinberg, ehrenamtlicher Funktionär der »Zionistischen Organisation«, kostet die Situation sichtlich aus. Wann hat er schon Gelegenheit, einen »unserer Generäle« vorzustellen. Ausführlich vorzustellen, fast eine Stunde lang, ohne dass es jemand wagen könnte, ihm wie üblich ins Wort zu fallen. Aber im Beisein eines israelischen Generals? Wer wird sich vor dem General schon durch Disziplinlosigkeit blamieren wollen. Also hält man die Klappe und lässt notgedrungen Feinberg weiterschwafeln. Welches Pathos! Es ist wahrscheinlich tatsächlich einer der »erhebendsten Momente seines Lebens«. Offenbar nicht nur für Feinberg. Die gesamte »Zionistische Jugend Deutschlands«, Ortsverein München, scheint auf Almagors Schultern zu sitzen. Ihre Mienen verraten, dass sie Mühe haben, nicht aufzuspringen und sich mit den Fäusten gegen die Brust zu trommeln.

Der Kerl sitzt ganz ruhig da, während neben ihm Feinberg noch immer tönt. Sieht auch gar nicht aus, wie man sich einen leibhaftigen General vorstellt. Relativ schmale Schultern, fein geschnittenes Gesicht, dunkelbraune Augen, lange schmale Lippen, auch die leicht gebogene Nase ist schmal. Die kurzen fleischigen Hände ruhen unbewegt auf dem Tisch. Das einzig Ungewöhnliche ist sein kerzengerader Scheitel. Komisch, ich kenne kaum einen Juden mit einem Scheitel und überhaupt keinen mit einem geraden. Disziplin!

Endlich! Feinberg ist fertig. Almagor erhebt sich. Der Bursche ist höchstens 1,70. Über der Brusttasche der olivgrünen Uniform prangen zwei Ordensspangen. In Israel habe ich nie einen Offizier mit seinen Auszeichnungen rumlaufen sehen. Wem will er imponieren?

Eine normale Tenorstimme ohne aufgesetzten Metallklang oder Geschnarre:

»Liebe Freunde,
ich freue mich, heute bei euch zu sein. Ich will keine lange Rede halten. Mich interessiert mehr, was ihr über Erez* Israel wissen wollt. Was ich weiß und beantworten kann, will ich euch gerne sagen.

Eine Sache liegt mir aber besonders am Herzen. Ihr wisst alle, was für einen Job wir in unserer Armee tun. Nicht weil wir den Krieg lieben, sondern weil wir uns verteidigen müssen. Und für diesen Job brauchen wir vor allem zwei Sachen: Menschen und Geld. Darum will ich euch, vor allem die Jüngeren, bitten, kommt zu uns nach Israel und

---

* Erez (hebr.) = Land.

helft uns. Und die ein bisschen Älteren, helft uns mit Geld. Das brauchen wir auch, dringend, um uns verteidigen zu können, denn wie ihr alle wisst, Waffen sind sehr teuer, und Israel ist sehr arm.

So, ich habe genug geredet. Jetzt seid ihr dran. Stellt eure Fragen.«

Alle klatschen wie blöd – auch ich. Das war wirklich klasse. In einer Minute hat der Typ alles gesagt, was zu sagen war. Ohne Phrasen.

Während Feinberg umständlich den Diskussionsmodus erläutert, heben alle brav wie Erstklässler ihren Finger in die Höhe und warten, bis sie an der Reihe sind – auch ich. Jetzt müsste Polzig mich sehen: diszipliniert!

Was die Vögel alles wissen wollen. Ob man als Einzelkind auch an die Front muss. Wie viele Soldaten die Armee hat, wie viele Flugzeuge, wie viele Panzer. Warum Araber nicht zum Militär dürfen und Drusen doch. Ob man mit den erbeuteten russischen Waffen etwas ›Vernünftiges‹ anstellen kann.

Wenn jeder mit seinen idiotischen Fragen drankommt, kann ich warten bis morgen früh. Was soll's? Der Kerl weiß wahrscheinlich auch nicht genau, ob man die besetzten Gebiete zurückgeben wird.

»Herr General, es gibt Gerüchte, dass Israel im letzten Krieg Napalmbomben eingesetzt haben soll?«

Feinberg schüttelt missbilligend seinen Kopf über diese despektierliche Frage von Chaim Zuckervogel.

»Um Panzer abzuschießen, ist Napalm am besten.« Er hat nicht einmal seine Stimme erhoben. Im Raum ist es vollkommen ruhig. Alle sind sprachlos. Der General hat zugegeben, worüber unter Juden seit dem Sechs-Tage-Krieg pausenlos und erbittert diskutiert wurde – ohne Aufhebens. Einfach als Tatsache. Keine langatmigen Erklärungen, keine Entschuldigungen. Napalm ist am besten, also wird es verwendet, aus. Die Burschen da unten wissen, was sie tun. Bei uns würde man wahrscheinlich so lange darüber diskutieren, ob der Einsatz von Napalm oder anderer Waffen moralisch zu rechtfertigen ist, bis man sich wieder in der Gaskammer gefunden hätte. Dennoch, diese Kälte ist irgendwie unheimlich, genau wie sein Linealscheitel. Schon plappert Feinberg wieder los. Da spüre ich einen Schlag auf meinem Rücken. Erschrocken drehe ich mich um und sehe Mottl ins Gesicht.

»Jonny-Leben!«

»Mottl.« Der Kerl hat sich einen Bart stehen lassen. »Wie geht's dir, ich dachte, du bist in Israel.«

»Ruhe!«

»Sssss!«

»Still!«

»Komm, Jonny, lass uns hier verschwinden! Wir stören diese Idioten bei ihrer Andacht!« Mottl legt mir seinen schweren Arm um die Schultern, wir schieben uns durch die dichten Reihen aus dem Raum.

»Sag mal, seit wann bist du Vogel wieder im Lande und für wie lange?«, frage ich ihn draußen.

»Seit weniger als einer Woche, Jonny, sonst hätt' ich dich schon längst angerufen.«

Mottl legt eine Kunstpause ein und fährt mit lauter Stimme fort: »Ich bin heimgekehrt, um hierzubleiben …

Für ganz! Da schaust, Jonny, gell! Mottl Bernstein, der Einzige aus der ganzen ZJD*-Bande in München, der den Zionismus wirklich ernst genommen hatte und sofort nach dem Abitur nach Israel eingewandert ist. Damals hab ich noch gesagt, ›aufgestiegen‹ ist. Und jetzt bin ich halt wieder zu euch nach Deutschland abgestiegen. Und wenn ich so was wie heute da drinnen sehe, dann weiß ich, dass ich es hundertprozentig richtig gemacht habe. Wenn ich das schon hör: ›Napalm ist am besten, also verwenden wir es eben.‹ In ein paar Jahren wird er auf die Idee kommen, dass die Atombombe am besten ist. ›Dann verwenden wir sie eben!‹ Das sind doch keine Juden mehr, das sind Preußen oder Maschinen oder was sonst auch immer.

Der Name von dem Kacker sagt doch schon alles. Nomen est omen! Almagor, wenn ich das höre, krieg ich schon eine Gänsehaut. Almagor, klingt gut, gell, aber weißt du, was der Name bedeutet?«

»Nein.«

»Dacht ich mir's doch! Almagor heißt: ohne Angst. Sakrament! Innerhalb einer Generation, was sag ich, innerhalb weniger Jahre: vom Gottesfürchter zum Mann ohne Angst. Vom Juden zum gefühllosen Automaten. Zum Preußen des Nahen Ostens. So nennen auch immer mehr Deutsche die Israelis – mit Anerkennung. Ich scheiß drauf! Die Preußen haben auch hervorragende kulturelle Leistungen zustande gebracht. Aber was geblieben ist, auch im Bewusstsein der deutschen Öffentlichkeit, ist das Säbelrasseln. Und jetzt wird uns das angehängt. Und ich muss dir

---

* Zionistische Jugend Deutschlands.

sagen, leider zu Recht. Herr im Himmel, was haben wir verbrochen, dass nach Jahrtausenden jüdischer Kultur zuerst die physische Vernichtung und jetzt die geistige Endlösung kommt: die Reduzierung des Judentums auf einen Stahlhelm.« Mottl hat sich in Rage geredet. Seine Wangen glühen. Aus dem Saal hören wir Singen. Mottl schlägt die Hände über dem Kopf zusammen und schreit: »Gott, du Gerechter, jetzt sind sie nebbich vollkommen meschugge geworden. Die singen doch tatsächlich die Hatikva*. Das gibt es nicht einmal bei den verrückten Deutschen. Oder kannst du dir vorstellen, dass ein deutscher General von einer Versammlung mit dem Deutschlandlied verabschiedet wird? Du, Jonny, komm, sonst fang ich noch eine Rauferei an.« Mottl legt mir wieder den Arm um die Schulter und zieht mich zum Ausgang.

Was haben sie in Israel mit ihm angestellt? Wenn einer Idealist war, dann Mottl. Alle mussten ihn überreden, wenigstens das Abitur hier zu machen, ehe er ins Land seiner Träume ging. Wahrscheinlich hat er sich zu viel erträumt.

»Sag mal, Mottl, was hat dich dort so fertiggemacht, dass du zurück bist?«, rufe ich, sobald wir auf der Straße sind.

»Ja, das hab ich mich auch schon die ganze Zeit gefragt. Es ist kein einzelnes Ereignis gewesen. Die ganze Haltung von den Kerlen da unten: menschenverachtend! Genau wie dieser Generalsrotzer vorhin.«

»Und wo ist der Unterschied zu anderen Ländern? Stimmt, es ist Scheiße, Menschen mit Napalm in Panzern

---

* Hatikva (hebr.: Die Hoffnung), israelische Nationalhymne.

zu verbrennen. Aber wenn wir es nicht mit ihnen tun, dann machen sie es mit uns. Wie die Nazis!«

»Nichts! Ich will nicht bestreiten, dass sie vielleicht so werden mussten wie die anderen, sonst hätten sie wahrscheinlich nicht überlebt. Aber jetzt sind sie genau die gleichen Irrsinnigen.«

»Was hast du dir eigentlich vorgestellt, als du runter bist? Dass die Kerle dauernd Hosianna singen? Du sagst selber, dass ihnen nichts übrigbleibt.«

»Jonny-Leben, *ich* finde mich ja damit ab. Von mir aus stellen sie sich dort unten auf den Kopf – das ist ihre Sache. Aber bitte ohne Mordechai Bernstein.«

»Was ist hier besser?«

»Hier hab ich meine Ruhe. Hier machen sie Mist, und dort machen sie Mist. Aber wenn sie hier Mist machen, juckt mich das nicht, das ist nicht mein Volk und nicht mein Land. Und wenn es mir dennoch zu viel wird, dann sag ich's eben, ob meine Meinung den Leuten passt oder nicht. In Israel dagegen sind es meine Leute und mein Staat – jedenfalls habe ich es mir zunächst eingebildet. Aber wehe, wenn du dort als Neueinwanderer sagst, dass dir etwas nicht passt: ›Sei froh, dass wir dich überhaupt aufnehmen, oder willst du weiter im Land der Nazis leben?‹ ›Schau diesen frechen Typen an. Statt dankbar zu sein, dass wir ihn aufnehmen, beschützen und ihm eine Ausbildung ermöglichen, stänkert er, kaum dass er hier ist.‹ ›Was passt dir eigentlich nicht? Wir mussten Sümpfe trockenlegen und Steine klopfen und uns mit Arabern rumschießen. Und jener kommt her, legt sich ins gemachte Bett und hat immer noch was auszusetzen.‹

Ich hab die Schnauze voll, diesen Idioten andauernd dankbar sein zu müssen. Wenn ich hier sage, dass mir etwas nicht gefällt, kommt kein Mensch auf die Idee, dass ich ständig dankbar sein muss.«

»Aber wenn hier nicht dein Land ist und Israel nicht dein Land ist, wo dann?«

»Nirgends! Ich bin der ewige Jude. Und du auch, Jonny, glaub es mir. Was ist daran so schlimm? Schau, was die ewigen Juden der Welt alles an kulturellen Werten gegeben haben. Und was haben die Israelis der Welt bisher gegeben? Einige neue strategische Varianten.« Mottl ist heiser vom eigenen Gebrüll.

»Aber als ewige Juden bleiben wir vom guten Willen unserer Umwelt abhängig. Und wann immer es einem Ignatius, einem Hitler oder Nasser einfällt, kann er uns abschlachten wie die Schafe.«

»Stimmt. Aber ich meine, wir müssen dieses Risiko eingehen. Es ist ein begrenztes Risiko – auch wenn es zynisch klingt. Da wir über den ganzen Erdball verteilt leben, verhalten wir uns wie ein vorsichtiger Kaufmann – da nennt man es Risikostreuung. Vielleicht ist es Gottes Wille oder der Überlebensinstinkt eines alten Volkes. Wir sind durch lokale Ausbrüche von Antisemitismus nicht auszurotten. Im Gegensatz zu so manchem selbstbewusstem ›Herrenvolk‹, das durch einen einzigen Krieg ausgelöscht wurde. Dieses Schicksal kann, Gott behüte, auch Israel eines Tages drohen. Wenn die nur einen Krieg verlieren, ist es aus.«

»Du hast vielleicht recht. Aber ich persönlich ziehe die langweilige Normalität in Israel dem permanenten Masochismus in der Diaspora, besonders in Deutschland, vor. Ich will nicht mehr den Christen der Christen spielen und immer dann meine Wangen hinhalten, wenn es einem der Herrenvölker gerade passt, uns zu massakrieren.«

»Jonny-Leben, ich bin nur neugierig, ob du auch noch so sprichst, nachdem du einige Monate in Israel gelebt haben wirst. Wenn ja, dann bist du ein unkultivierter Schmock, das glaub ich einfach nicht, schließlich bist du mein bester Freund. Lass uns morgen Abend irgendwo ein Bier trinken gehen, sonst werde ich noch zum Antisemiten. Pst, nicht weitersagen, ich bin's schon. So, und jetzt fahr ich heim. Ich bin nämlich todmüde.« Wir verabschieden uns. Mit schnellen Schritten seiner kurzen Beine marschiert Mottl zum Maximilianeum, wo er auf seine Tram wartet. Ich schlendere entlang der Isar nach Hause.

Muss ich werden wie Mottl, der sich in ›seiner‹ Kultur vergräbt und vor jeder Auseinandersetzung davonläuft, oder wie der General und seine Israelis, die genauso skrupellos geworden sind wie die anderen, oder wie Feinberg und Polzig, die in Deutschland hocken und sich als Zionisten fühlen? Kann man als Jude nirgends so leben, wie es einem passt – ohne verrückt oder krankhaft normal sein zu müssen?

GEWISSEN

»Esel, die Lage ist bitter.«
»Was hast du jetzt schon wieder ausgefressen?«
»Gar nichts. Nur in Franz sieht es äußerst mies aus.«

»Wieso? Hast du schon wieder in einer Klassenarbeit versagt?«

»Es hat den Anschein, dass ich in Franz eine Fünf bekomme.«

»Wieso?«

»Weil ich zwischen Vier und Fünf stehe und die alte Hexe Schneeberger mir eine Fünf geben will.«

»Hat sie es dir gesagt?«

»Nicht direkt, aber angedeutet.«

»Kannst du deshalb durchfliegen?«

»Davon allein nicht, aber ich glaube, dass ich mir auch eine Fünf in Mathe eingefangen habe. Wenn eine Fünf in Englisch dazukommt, bin ich geliefert.«

»Dann musst du dich eben anstrengen.«

»Lass uns gefälligst von den Tatsachen ausgehen und nicht von Wunschvorstellungen. Fakt ist, dass ich eine Fünf in Englisch habe, seit ich im Gymnasium bin.«

»Das heißt, dass du durchs Abitur fallen wirst. Weshalb musstest du denn auf die Oberschule? Hättest du ein Handwerk gelernt, wärst du ein Mensch geworden. Du bist schon 21, wie lange willst du noch zur Schule gehen?«

»Hättest, wärest, so kommen wir hier nicht weiter.«

»Hier musst du auch nicht weiterkommen, sondern in der Schule ...«

»Jetzt halt mal gefälligst deine Klappe und hör eine Sekunde lang zu«, brülle ich. »Wir können die Fünf in Franz noch verhindern. Allerdings musst du mitspielen.«

»Ich?«

»Ja! Unglücklicherweise bist du der einzige Mensch, der die Fünf noch abwenden kann. Frag nicht schon wieder, sondern hör gefälligst zu! Es ist im Grunde ganz einfach. Die Schneeberger hat einen Nazi-Tick. Die sieht Braune, wo nicht einmal wir Jidn auf den Gedanken kämen. Sobald sie einen Nazi aufgespürt zu haben glaubt, geht sie auf ihn los wie eine Furie.«

»Und was hast du davon?«

»Sobald du deinen Mund hältst, wirst du es erfahren!«

Rubinstein, du musst dich beherrschen, sonst zieht sie unsere Auseinandersetzung bis zum Abend in die Länge, um auch Fred zu demonstrieren, wie unersetzbar sie ist. »Lass uns bitte in aller Ruhe über diese Angelegenheit unterhalten«, fordere ich unvermittelt mit ruhiger Stimme. Die Brüllerei hat mich wie fast immer erleichtert: »Vielleicht wäre nach der Mittelschule eine Lehre wirklich das Richtige für mich gewesen. Aber heute, nach einem Vorbereitungsjahr und drei Jahren Gymnasium, trennen mich nur noch wenige Monate vom Abitur – wenn alles gut geht, natürlich. Es ist daher in unser aller Interesse, wenn ich so bald wie möglich die Schule erfolgreich beenden kann.« Dieser Argumentation kann sie sich beim schlechtesten Willen nicht verschließen. »Der einzige Mensch, der jetzt verhindern kann, dass ich durchsause, bist nun mal du. Ob uns das passt oder nicht. Ich sage dir auch sofort, was du wissen musst.

Selbst die paranoide Schneeberger kann *mich* nicht als Nazi verdächtigen. Darauf beruht mein Plan. Du gehst zu ihr in die Sprechstunde und erkundigst dich nach meiner Franznote. Sagt sie Vier, ist alles in Butter. Du bedankst dich und fährst heim. Sagt sie aber Fünf, dann musst du eingreifen. Ausreden lassen!«, rufe ich, ehe sie antworten kann. »Du, liebe Esel, musst ihr dann deutlich machen, wie sehr unsere Familie unter den Verfolgungen der Nazis gelitten hat und dass mein Durchfallen – bei einer Fünf in Französisch so gut wie gewiss – uns in neues Unglück stürzen würde.

Es ist zwar eine Riesenschweinerei, ihre gewiss ehrenwerten Gefühle schamlos auszunutzen, aber wir schaden damit niemandem. Im Gegenteil, wir verhindern nur ein Unglück – für unsere Familie.«

Esel, die stets neue Einwürfe anbringen wollte, ist bei meinen letzten Worten in sich zusammengesunken. Sie blickt verstört in unbestimmte Richtung. Nach wenigen Augenblicken hat sie sich jedoch wieder in der Gewalt und richtet ihren Blick fest auf mich. »Nein!«, bricht es aus ihr heraus. »Du willst von der Ermordung meiner Geschwister profitieren, du Lump! Du bist ein skrupelloser Verbrecher, kalt, gefühllos, berechnend. Genau wie die Nazis.«

Ich kann ihr nicht mal böse sein. Dennoch, ich darf jetzt nicht weich werden. Dann war alles umsonst. »Beruhige dich, Esel«, sage ich leise. »Niemand will von der Ermordung deiner Familie profitieren, am allerwenigsten ich.«

»Doch!«

»Eselchen, hör mich bitte an. Mich kotzt das alles mindestens ebenso an wie dich. Ich war zu faul. Und ich habe offenbar kein Sprachtalent. In Englisch hatte ich fast stets eine Fünf. Auch Fred hat in Israel nie vernünftig Hebräisch gelernt. Aber lassen wir das. Ich will nur nicht durchs Abitur sausen und euch und mir Schande bereiten.«

»Das hättest du dir früher überlegen müssen«, schreit Esel.

Ruhe bewahren, Rubinstein, jetzt musst du die Sache

durchstehen. »Deine Geschwister sind tot. Von den Nazis umgebracht, nicht von mir. *Ihr* seid zu ihnen nach Deutschland zurückgekehrt, nicht ich, aber das tut im Moment nichts zur Sache. Es geht jetzt nur darum, zu verhindern, dass ich durchfalle, um sonst gar nichts.«

»Aber du willst meine ermordeten Schwestern und meinen Bruder für deine Zwecke missbrauchen.«

»Nein! Ich will nur mit allen Mitteln verhindern, dass ich durchsause. Das Einzige, was in diesem Fall zu wirken scheint, ist das schlechte Gewissen der Deutschen. Wer weiß, was die Schneeberger oder ihre Familie damals angerichtet haben?«

»Vielleicht redest du nochmals mit ihr und fragst, ob sie dir nicht doch eine Vier geben kann?« Ihre Stimme wird unsicher.

»Esel! Meinst du wirklich, dass ich dich bitten würde, bei ihr vorzusprechen, wenn ich nur die geringste Chance hätte, diesen Mist allein zu erledigen? Glaubst du, es macht mir Spaß, dich stundenlang um diesen Canossagang anzuflehen? Aber ich weiß, wenn dein Eselkind in Not ist, dann verwandelst du dich in eine Tigermutter.«

So tief musste ich mich noch nie vor ihr bücken.

»Wann hat die Frau Doktor Schneeberger ihre Sprechstunde?«

Geschafft! Esel wird Erfolg haben, wie immer – daran habe ich nicht den geringsten Zweifel. »Donnerstag um 16 Uhr, Zimmer 205.«

Ich schleppe mich in mein Zimmer, werfe mich aufs Bett. Esel und die Deutschen werden mir gewiss eines Tages die Rechnung präsentieren.

»Na, Fred, was tut sich bei ›Silberfaden & Ehrlichmann‹?« Wie eine verängstigte Maus sitzt er hinter dem schäbigen Schreibtisch, inmitten bis zur Decke reichender Warenregale und aufgestapelter Holzkisten. Seine für gewöhnlich schalkhaften wasserblauen Augen wirken hier stumpf. Das Lid des rechten Auges schiebt sich von der Seite her fast bis zur Augenmitte. Freds Stimme klingt matt: »Bist du schon mit der Schule fertig?«

»Wir hatten heute die letzte Klausur. Bis zum Abitur gibt es nur noch vereinzelte Wiederholungsstunden.«

»Und wie ist es dir in der Klausur gegangen – Englisch war es ja wohl?«

Gott, du Gerechter, weshalb muss sich der Alte für alles interessieren? Welcher gojische Vater weiß, welche Prüfung sein Sohn an welchem Tag macht? Habe ich eine Ahnung, welches Stoffsortiment Fred heute im Lager zu verwalten hat?

»Ich glaube, das Übliche, Fred.«

»Also eine Fünf.«

»Keine Sorge, Fred, wegen einer Fünf fällt man nicht durchs Abi.«

»Ja, aber ich habe gehört, dass du auch Probleme in Französisch hast.«

Gehört! Sei froh, dass du noch nichts von Mathe gehört hast, sonst würdest du wieder anfangen zu heulen. Statt mir Mut zu machen, deprimiert mich dieser Bursche nur.

»Stimmt, Fred. Aber Probleme sind dazu da, um überwunden zu werden.«

»Solltest du dir nicht einen Nachhilfelehrer nehmen?«
Aha! Esel hat ihn schon genau über ihre Pläne instruiert.
»Mag sein. Aber ich bin nicht hergekommen, um die Details meiner Abiturvorbereitungen mit dir zu besprechen, sondern weil ich einen ganz bestimmten Wunsch habe. Ab morgen will ich mich tatsächlich gründlich vorbereiten. Aber vorher brauche ich unbedingt einen Tag absoluter Ruhe.« Esel wäre mir spätestens in diesem Moment unweigerlich ins Wort gefallen: »Warum erst bis morgen warten?« Die Bedeutung von »Ruhe« hat sie nie begriffen. »Ich möchte daher einen Tag nach Ichenhausen fahren und dich um das Auto bitten.«

Augenblicklich kommt Leben in sein Gesicht. Das Lid hebt sich, die Mundwinkel wölben sich nach oben. Auch seine Stimme hat wieder an Kraft gewonnen. »Gut, sicher.«

Jetzt liebe ich ihn! Weil wieder Lebensmut in den alten Geier zurückgekehrt ist – und er mir obendrein das Auto gibt.

»Hast du auch genug Geld bei dir?«

»Eigentlich nicht.«

»Warte!« Er zieht seine Geldbörse aus der Hosentasche. »Sind 50 Mark genug?«

»Sicher.«

»Gut. Dann viel Spaß. Das Auto steht auf dem Firmenparkplatz. Hier sind die Schlüssel. Ja, und fahre vorher bei Mutter vorbei und sage ihr Bescheid.«

Genau das werde ich nicht tun. »Mal sehen. Tausend Dank, Fred.« Ich küsse ihn auf die Stirn. »Mach dir keine Sorgen um das Auto, ich bringe es dir morgen Mittag unversehrt ins Geschäft. Bleib mir gesund.«

»Ja.« In seinen soeben noch heiteren Gesichtsausdruck mischt sich Melancholie. Wie viel würde er darum geben, in das verlorene Paradies seiner Kindheit mitfahren zu können, von dem sich sein Gemüt nie lösen konnte. Stattdessen darf der Bursche täglich zehn Stunden im Lagerraum von ›Silberfaden & Ehrlichmann‹ rumlungern und Stoffballen schleppen. Und weil sein Sohn heute den verheißenen Ort seiner Wünsche besucht, muss er auch noch zu Fuß nach Hause latschen oder sich in die Tram quetschen.

Sobald ich aus dem künstlichen Licht des Lagerraums an die kribbelnde Föhnluft trete, ist alle Traurigkeit von mir gewichen. Während ich den Käfer in Richtung Autobahn München – Stuttgart lenke, erfasst mich Euphorie. Zu der Erleichterung, den Problemen in München entflohen zu sein, kommt die jahrtausendealte Hochstimmung, die jeden Juden erfasst, sobald er Gelegenheit findet, freiwillig zu reisen. Etwa zwanzig Kilometer westlich Augsburgs beginnt die typisch bayerisch-schwäbische Landschaft. Der Boden ist eher gewellt als hügelig, die dichten Wälder werden häufig von weiten Wiesen und Feldern unterbrochen. Wie konnte sich in dieser sanften Landschaft eine solche Tragödie ereignen? Warum leben die Menschen hier, fernab der Großstadthektik, nicht in der gleichen Harmonie miteinander wie die Natur rundum?

Fred behauptet, in Ichenhausen habe es keinen Antisemitismus gegeben. Wieso haben die Typen dann 1933 mit Mehrheit die Nazis gewählt? Weshalb die Synagoge angezündet und keinen einzigen Juden versteckt? Wenn Fred sich mit den Eingeborenen hier unterhält, wird sofort schlechtes Gewissen spürbar. Natürlich, jeder von ihnen hat, soviel und sooft er nur konnte, Juden geholfen – ebenso wie im übrigen Deutschland. Wie viele Millionen Juden mögen im Vorkriegsdeutschland gelebt haben, dass jeder erwachsene Deutsche Gelegenheit fand, mindestens einem Juden zu helfen und ihn zu retten? Wo sind die fast 20 Millionen Deutsche geblieben, die freiwillig den Adolf gewählt haben? Wo die Judenmörder?

Nur 10 Kilometer von Ichenhausen, der größten jüdischen Landgemeinde Bayerns, wuchs in Günzburg – gleichzeitig mit Fred – Josef Mengele auf, der als Lagerarzt von Auschwitz Hunderttausende von Juden in die Gaskammern schickte.

An der Ausfahrt Günzburg verlasse ich die Autobahn und nehme die Straße Richtung Krumbach. Während ich den Wagen durch die engen Ortsdurchfahrten von Klein- und Großkötz manövriere, ergreift mich eine seltsame Unruhe. In Ichenhausen verstärkt sich das nervöse Kribbeln. Durch eine enge Linkskurve steuere ich die Karre in Richtung Ortsmitte. Rechter Hand, gegenüber der Dorfkirche, stehen Hotel und Gastwirtschaft »Zum Gaul«. Soll ich wirklich bei diesem fetten Schwein absteigen? Ist doch egal, bei wem von diesen Kerlen man sein Geld lässt. Und Fred meint, die Zimmer im »Gaul« seien die besten im Ort.

Ich stelle den Wagen ab, steige aus. Durch zwei breite Flügeltüren gelange ich in den Schankraum. Ein Duftgemisch aus abgestandenem Bier, Fett und Holzmöbeln schlägt mir entgegen. Am ersten Tisch, unmittelbar vor der Theke, thront der alte Pabst. Seine Körperfülle erstaunt mich stets aufs Neue. Obgleich ich es vermeiden will, werfe ich einen raschen Blick auf seinen Rumpf. Wie um ein Ei spannt sich der Gürtel um den prallen Bauch, seine Oberarme hängen wie sich rasch verjüngende Keulen an den relativ schmalen Schultern. Die gepflegten Hände sind zart, die kurzen Finger sorgsam manikürt. Ich trete an den schweren Eichentisch. »Grüß Gott, Herr Pabst«, sage ich leise. Unwillkürlich wendet er sein schweres Haupt. Der kahle, aufgeschwemmte Kopf erinnert mich an einen quer liegenden Rugbyball. Seine dunklen Knopfaugen mustern mich aufmerksam. Mit Daumen und Zeigefinger zieht er die obligate schwere Brasilzigarre aus den wulstigen, farblosen Lippen. Sofort setzt seine heiser-brüllende Löwenstimme ein: »Da schau her, der Jung-Rubinstein! Wo ist denn der Friedrich?«

»Heute bin ich allein.«

»Willst wohl auch als Reisender anfangen wie deine Vorväter?« Sein Publikum ist augenblicklich erheitert. Glucksendes Lachen und Kichern wird am Tisch hörbar. Erst jetzt registriere ich seine Zechgenossen. Es sind die gleichen Gesichter, die ich bereits früher hier und anderswo in Ichenhausen wahrgenommen habe, ohne dass ich mir eines davon merken wollte oder konnte. Bleiche Antlitze mit meist geröteten Wangen und Nasenenden, dazu in der Regel wasserblaue Augen. Diese alemannischen Visagen wirken auf mich so gleichbleibend und ununterscheidbar wie die der Kühe auf den Weiden rings um den Ort.

Ich werde mich jetzt nicht mit diesen Schweinen streiten. Wozu auch und für wen? Ichenhausen ist seit 1942 judenrein. »Haben Sie ein Zimmer für mich?«

»Für einen Rubinstein immer.«

Er wendet seinen Kopf. Das verhaltene Grollen seiner

Stimme steigert sich. »Kreszenz, richte sofort ein ordentliches Zimmer für Herrn Rubinstein junior her!« Er hustet und spricht daraufhin mit verminderter Lautstärke zu mir: »In ein paar Minuten ist das Zimmer bereit. Wollen Sie sich so lange zu uns setzen und ein Bier trinken?«

»Nein. Ich geh noch ein wenig spazieren.«

»Verirren Sie sich net!«

Auf der Hauptstraße ist es jetzt frühsommerlich warm. Aber es fehlt der aromatische Wind des Münchener Föhns. Auch der Himmel ist heller, farbloser als in München. Ich bin weniger als 100 Meter in nördliche Richtung gegangen und stehe vor unserem alten Haus. Was heißt »unser«, mein lieber Rubinstein? Das Gebäude ist seit 1935 arisiert. Ich gehe nach links in eine schmale Gasse und befinde mich im Nu vor dem Spritzenhaus, der ehemaligen Synagoge. Über dem Eingang kann man noch die blassen hebräischen Buchstaben des Schriftzuges erkennen: »Durch dieses Tor werden die Gerechten einziehen.« Eure »Gerechten« sind hier bereits in der »Kristallnacht« eingezogen und haben das Gebäude geschändet und verwüstet. Seither benötigt ihr diesen Eingang nicht mehr. Stattdessen habt ihr in die Frontmauer der Synagoge zwei breite Tore brechen lassen, »um eine rasche Ausfahrt im Einsatzfall zu ermöglichen«. Den Einsatz habt ihr Schweine schon 1942 »durchgeführt«, als eure Gestapo die wenigen hundert Juden zur »Endlösung verbrachte«, deren Phantasie nicht ausreichte, die Perversion eures Denkens und Handelns zu begreifen, oder die zu alt und krank waren, um zu fliehen.

Bist du meschugge geworden, Rubinstein? Statt abzuschalten und ins Blaue zu fahren, unternimmst du eine masochistische Pilgerfahrt nach Ichenhausen. Willst du dich so entspannen? Was soll's? An welchem Fleck in diesem Land hat es vor 1933 Juden gegeben, denen es nicht ebenso ergangen ist wie denen in Ichenhausen? Solange du dich in Deutschland herumtreibst, wirst du diesen Dreck nie loswerden.

Genug! Ich mache auf dem Absatz kehrt. Es kostet mich jetzt mehr Mühe als zuvor, in den »Gaul« zu treten. »Ist mein Zimmer fertig?« Wieder diese hohe Stimme.

»Freilich!« Warum fehlt mir die Kraft, ebenso zu brüllen wie dieser Fettsack? »Kreszenz! Führ den Herrn Rubinstein auf sein Zimmer und trag sein Gepäck rauf!«

»Ich hab kein Gepäck.«

»Dann trag den Herrn Rubinstein ohne Gepäck rauf!«

Erneut dieses idiotische Kichern. Weshalb können die Kerle nicht lachen wie normale Menschen?

Eine leichte Röte überzieht das Gesicht des Mädchens. Sie ist höchstens 18 Jahre alt. Mit kräftigen Schritten geht sie voran. Ihre stämmige Figur steckt in einem weißen Kittel, über dessen Kragenrand ihre goldblond gelockte Mähne fällt. Während wir im düsteren Gang über den abgewetzten Teppichläufer die Stufen hochgehen, fällt mein Blick unwillkürlich auf ihre muskulösen Waden. Vor dem Krieg haben solche Mädels den jüdischen Handelsvertretern auf ihren nie endenden Reisen das Leben versüßt. Vielleicht sollte auch ich? Sie ist jetzt vor dem Zimmer angelangt, greift in ihre Kitteltasche und holt einen riesigen vernickelten Schlüssel an einem ebenso großen Holzanhänger hervor. Mit einem Klack steckt sie ihn ins Schloss und sperrt auf. Sie lässt mich vortreten. Während ich an ihr vorbeigehe, werfe ich einen Blick in ihre dunkelblauen Augen, in denen ein schalkhaftes Lächeln spielt.

»Gefällt Ihnen das Zimmer?«, fragt sie mit heller Stimme.

»Ja«, das unweigerliche Krächzen.

Das Mädchen steht unschlüssig da. Ihre rosige Haut schimmert wie Milch und Honig. Los, verabrede dich mit ihr für den Abend.

»Ist alles in Ordnung?«

»Ja.«

»Gut. Dann angenehmen Aufenthalt.« Sie zögert noch. Ich bringe kein Wort heraus. Schließlich verabschiedet sie sich.

»Also, dann auf Wiederschauen.«

Ohne sich umzublicken, verlässt sie das Zimmer. Das Schloss rastet ein.

Vorbei! Du hast es gerade nötig, dich über Fred lustig zu machen. Weder er noch sein Bruder Heinrich hätten sich je eine solche Gelegenheit durch die Lappen gehen lassen. Kein normaler Mann! Nur du Schwächling.

Erst jetzt beginne ich das Zimmer wahrzunehmen. Es ist ein schmaler weißgetünchter Raum. Ein ockerfarbener Spanfaserschrank, Nachttisch und Bett sind mit hellem Fichtenfurnier überzogen. Federbett und Kopfkissen spannen sich in schneeweißen gestärkten Bezügen. Mich überkommt ein Gefühl der Schwäche. Ich werfe mich angezogen aufs Bett. Mir ist plötzlich kalt. Ich winde mich ins schwere Federbett. Warum bin ich so ein Feigling und Versager? Was gehört schon dazu, so ein Mädchen anzusprechen, noch dazu wenn es nur darauf wartet? Vielleicht ist es Angst vor der Zurückweisung, vor dem Versagen, die mich, wie schon so oft zuvor, auch dieses Mal gelähmt hat. Egal, Rubinstein! Gerade jetzt wirst du das Rätsel deiner verfahrenen Psyche kaum meistern. Du bist hierher gekommen, um dich von deinen Problemen zu lösen und neue Kraft zu schöpfen und nicht um neue, quälende Selbstanalysen anzustellen. Also los, auf! Raus aus diesem Zimmer!

Ich springe aus dem Bett. Werfe einen kurzen Blick in den Spiegel über dem breiten Waschbecken. Komische Augen. Ihre Farbe zwischen Grau, Grün und Blau ist ebenso unbestimmt wie ihr Ausdruck: nach innen gekehrt und gleichzeitig nach außen strebend, schalkhaft und zugleich melancholisch. Jetzt ist nicht die Zeit für narzisstische Selbstbetrachtungen, Rubinstein. Ich werfe die Tür hinter mir zu. Absperren ist nicht nötig. Das Zimmer ist leer, außerdem müsste ich dann unten den Schlüssel wieder abgeben. Ich galoppiere die Treppe hinunter, gehe durch den Nebeneingang auf die Straße. Gut, dass ich die Karre hier habe. Nach etwa 500 Metern auf der Hauptstraße passiere ich die südliche Ortsdurchfahrt. Rechts erstrecken sich hellgrüne Wiesen, die hinter den Bahngleisen in Wald übergehen. Zur Linken liegt das kleine Ortskrankenhaus, an das sich ein Birkenwäldchen anschließt, dahinter folgt ein schmaler, in der Mitte von hohem Gras bewachsener Feldweg. Nach einer sanften Linkskurve wird hinter einer Ziegelmauer, an die sich ein Stacheldrahtzaun anschließt, eine Gruppe Fichtenbäume sichtbar: der jüdische Friedhof.

Ich stelle das Auto an einer Abzweigung des Feldweges ab. Aus dem Handschuhfach fische ich die blaue Kippa*

---

* Jüdische Kopfbedeckung.

heraus, setze sie auf meinen Kopf und hole dann das kleine Gebetskompendium hervor. Wie wohl unzählige Generationen vor mir führe ich das schwarze Büchlein unwillkürlich an meine Lippen. Ich schreite auf das Eisengittertor zu. Fred hat sich sonst immer den Schlüssel bei dieser Frau geholt, die vom »Landesverband der Jüdischen Gemeinden in Bayern« mit der Friedhofspflege betraut ist. Ich habe aber keinen Nerv, mir das stundenlange Gelabere und Gefrage der Alten anzuhören. Vorsichtig greife ich zwischen die eisernen Pfeilspitzen des Tores und ziehe mich hoch, von der Krone springe ich etwa zwei Meter hinunter. Der Grasboden unter mir gibt ein wenig nach. Zu meiner Rechten ziehen sich lange Gräberreihen hin. Links steht die frisch getünchte runde Aussegnungshalle. Sie wurde erst 1935 fertiggestellt, Fred erzählte mir, dass damals in der Gemeinde heftiger Streit darüber ausgebrochen sei, ob man in einer Zeit der Diskriminierung einen neuen Gemeindebau errichten sollte.

Die mannshohen Steine der Gräberreihen bestehen meist aus schwarzem Marmor. Die unterste und oberste Reihe bilden KZ-Gräber. Urgroßvater liegt, soviel ich mich erinnern kann, in der vierten Reihe von oben. Ehe ich losschreite, hebe ich einige Steine auf, um sie an den Gräbern niederzulegen.* Die meisten Toten hier starben zu Beginn des Jahrhunderts. Das Gras und Unkraut zwischen den Gräbern ist fast kniehoch, auf den Wegen dazwischen reicht es bis an die Knöchel. Nach wenigen Schritten stehe ich vor Urgroßvaters Grabstein:

* Jüdischer Brauch.

Heinrich Rubinstein
geb. 25. Juni 1840
gest. 2. Mai 1902

Der Bursche hat nicht mal die Geburt von Onkel Heinrich, seinem ersten Enkel, erlebt. Auch mein Großvater starb, ehe ich geboren wurde; deshalb trage ich seinen Vornamen. Aber Opa haben die Kerle wenigstens nicht umgelegt. Der liegt auf dem Ölberg in Jerusalem.

Fred, dessen Weichheit ich so verachte – weil sie mich an meine eigenen Schwächen erinnert –, hat seine ganze Familie gerettet. 1934 und 1935 hat er wie ein Blödmann in Palästina geschuftet, um seinen Eltern und den jüngeren Geschwistern die Schiffspassagen zahlen zu können. Als er zwanzig Jahre später auf dem Trockenen saß, haben sie es ihm gedankt: »Friedrich, du wolltest sowieso schon immer nach Deutschland zurückkehren, und außerdem ist unsere wirtschaftliche Situation im Moment alles andere als rosig, wie du sicher weißt.«

Scheiß drauf! Freu dich lieber darüber, dass dein Vater seine Eltern gerettet hat, als dich über die Undankbarkeit der Rubinsteins zu ärgern, noch dazu am Grab deines Urgroßvaters. Ich lege einen Stein auf das Grab und spreche das Kaddischgebet*. Dann stapfe ich weiter. Nach etwa zwei Dutzend Gräbern stehe ich am Ende des neueren Friedhofsteils. Inmitten einer schmalen, mit fast meterhohem Gras und Gestrüpp bewachsenen Wiese erhebt sich das alte, baufällige Aussegnungshäuschen. Dahinter beginnt

---

* Totengebet.

der älteste Friedhofsabschnitt. Hier ruhen Tote aus dem 16. und 17. Jahrhundert. Ich schiebe mich vorwärts. Vor dem verfallenen Bau, an dessen Wänden sich tiefe Risse ziehen, sind mehrere beschädigte Grabplatten aufgestapelt. Ihre Oberfläche ist grau, die hebräischen Buchstaben sind mit einer dunkelgrünen Pilzschicht überzogen. Fertig zum Abtransport in die Steinmühle.

Ich lege meine Steine auf die Platten und murmele den ersten Satz des Kaddischs, den ich auswendig kann. Also denkt doch noch jemand an diese Toten – und wenn es auch nur Jonny Rubinstein ist. Ich trotte weiter. Das Gestrüpp geht in eine Unkrautwiese über. Hier und da taucht ein von Moos fast vollständig bedeckter rundbögiger Grabstein auf. Die Inschriften sind nicht mehr erkennbar. Viele Steine sind bereits halb oder ganz umgesunken. Vorsichtig gehe ich zwischen den Gräbern weiter.

Vor mir liegt jetzt der Abschnitt, der im letzten Jahrhundert als Friedhof diente. Ich war noch nie hier. Nach wenigen Schritten hügelaufwärts bin ich in der obersten Reihe. Die Grabsteine sind fast alle aus rotem Backstein. An ihrer Frontseite klebt meist eine schmale weiße Marmortafel. Darauf sind mitunter die segnenden Hände der Cohanim, der Angehörigen der früheren Priesterkaste, oder ein Krug als Symbol des Stammes Levy hervorgehoben. Darunter Segenssprüche in Hebräisch, abschließend ist der Name des Verstorbenen in altdeutschen Schriftzeichen eingemeißelt, dahinter das Todesjahr. Die häufigsten Namen vom ersten Teil des Gottesackers wiederholen sich auch hier stetig. Gerstle, Heimberger, Sulzer, Cohn, Bernheimer ... Plötzlich bleibe ich stehen: Rubinstein! Rubinstein? Fred hat mir nie erzählt, dass auch hier ein Rubinstein liegt. Und was für einer:

Isaak Jonathan Rubinstein
gest. Siwan* 5620

Also der Vater von Heinrich Rubinstein, das heißt mein Ur-Ur-Großvater. Ich als Ältester meiner Generation führe nun seinen Namen. Aber drei Jahre nach der Götterdämmerung des Dritten Reiches hat der Schrecken selbst im fernen Israel ausgereicht, dem Namen Jonathan den Vorzug vor Isaak zu geben. So heiße ich in den israelischen Papieren: Jonathan Yitzhak Rubinstein. Als wir 1957 nach Deutschland zogen, verschwand der Name Yitzhak wie von Geisterhand, er taucht auf keiner deutschen Urkunde auf. »Man kann dem Jungen doch nicht diesen Namen zumuten: Isaak, Itzig. Dann hänseln ihn alle: Jude Itzig, Nase spitzig, Beine heckig, Arschloch dreckig.«

Dabei ist Yitzhak ein schöner Name: »... wird lachen.« Die neunzigjährige Sara, Frau des Patriarchen Abraham, sprach nach der Geburt ihres Sohnes: »Jeder, der von der Niederkunft des Knaben vernehmen wird, *wird lachen.*« Was rege ich mich auf? Niemand verbietet mir, mich Jonathan Isaak oder Yitzhak zu nennen. Aber auch ich bin zu feige, auch ich möchte kein Itzig sein.

Irgendwann wird auf meinem Grab der gleiche Name gemeißelt sein. So stehe ich vor zwei Gräbern: dem meines Ur-Ur-Großvaters Isaak und seines neurotischen Nach-

---

* Jüdischer Monatsname; 5620 entspricht 1860 n. Chr.

fahren Jonathan. Wird auch vor meinem Grab in hundert Jahren ein Rubinstein Kaddisch sagen, Steine legen und um Rat flehen, wie er dieses chaotische Leben meistern soll? Wo wird mein Grab überhaupt liegen? Hier nicht! Ichenhausen ist seit fast 30 Jahren judenrein. Es darf aber auch nicht in München sein! Nirgends in diesem Scheißland! Unwillkürlich schlinge ich meine Arme um den Stein und presse meine Stirn dagegen. Was habe ich mit diesem Typen gemein, außer dem Namen? Hat er es einfacher gehabt? Sein Lebensweg jedenfalls war eindeutig vorbestimmt. Strenger Gehorsam gegenüber den Eltern und Einhaltung der religiösen Gebote. In der ›Liebe‹ war auch alles klar: Die Burschen mussten die Mädchen heiraten, die ihnen ihre Alten ausgesucht hatten, ihnen treu sein und mit ihnen eine Menge Kinder zeugen. Einziges Ziel im Beruf war, möglichst viel Kohle zu machen. Das hat er auch geschafft: Als Geldverleiher verdiente er so viel, dass er sich das größte Haus in Ichenhausen hinsetzen konnte. Die Bauern werden ihn wegen seiner Wucherzinsen und seines Glaubens gehasst haben, aber was soll's? Er hat gewiss gut an ihnen verdient. Und ihre Judenfeindschaft wird ihn auch nicht übermäßig erschüttert haben. Seit Generationen kannten die Juden nichts anderes. Die Massaker der Kreuzzüge waren fast vergessen, und die fabrikmäßige Massenvernichtung der SS war noch nicht erfunden. Was kann ich heute, in der Nachauschwitzära, in der jüdische Eltern ihren Kindern statt Tradition und Religion Neurosen anerziehen, von Isaak Jonathan Rubinstein lernen?

Dass es weitergeht, Kerl! Unsere Familie hat überlebt. Friedrich hat alle nach Israel in Sicherheit gebracht. Dass er später nach Deutschland zurückging, war Scheiße. Jetzt habe ich es in der Hand, diesen Schritt wieder rückgängig zu machen. Und ich habe auch die Kraft dazu – verdammt noch mal! Statt mich wegen Hilde verrückt zu machen, muss ich mich eben einige Wochen ranhalten. Dann ist der ganze Mist vorbei, und ich kann ins Gelobte Land ziehen.

Ich sage das Kaddisch. Nachdem ich den Stein noch einmal mit den Lippen berührt habe, gehe ich weiter. Isaaks Grab liegt fast unmittelbar an der Nordostecke des Friedhofs. Das Gelände ist hier am steilsten. Entlang des Zaunes bahne ich mir meinen Weg nach unten. Zu meiner Rechten ziehen sich die Grabreihen. Die Steine, meist aus der Zeit vor der Jahrhundertwende, sind erstaunlich gut erhalten. Diesen Friedhof haben die Nazischweine ausnahmsweise in Ruhe gelassen. Endlich bin ich unten.

Ich überquere noch einmal den Wiesenstreifen, der das alte Aussegnungshäuschen umgibt. Rechts liegen die schmalen Grabplatten der in den Jahren zwischen 1939 und 1942 Verstorbenen mit ausschließlich deutschen Schriftzeichen. Hebräische Buchstaben durften damals im Deutschen Reich nicht verwendet werden. Dazwischen vereinzelt Steine, die Angehörige von in Vernichtungslagern Ermordeten unmittelbar nach Kriegsende anlegen ließen. Eine Reihe tiefer auch hier KZ-Gräber. An den hellgrauen Betonsteinen hängen zwischen roten Winkeln schwarze Marmortafeln. Die eingestanzten hebräischen Buchstaben nennen jeweils drei bis vier Namen. Die Toten waren Häftlinge eines KZ-Außenlagers bei Burgau. Sie kamen aus Budapest, keiner erreichte das 30. Lebensjahr. Alle starben in den letzten Märztagen des Jahres 1945. Über den

Namen die biblische Mahnung: »Gedenke, was dir Amalek, der Erzfeind der Juden, antat.« Und wie ich daran denke! Ich hole einige Kieselsteine und lege sie vor die Umfriedung der Gräber. Ich sage kein Kaddisch. Die unbedingte Lobpreisung des Herrn, der dies zugelassen hat, ist mir vor diesen Gräbern nicht möglich. Hier liegt deine Familie, dein Volk, zu dem du zurückkehren wirst, aber bis dahin darfst du nicht vergessen! Du musst die Zeit nutzen, Rubinstein! Ich schwinge mich über das Tor und schlendere zum Auto. Die Sonne ist inzwischen fast am Horizont versunken. Der Himmel wird im Westen von rotgoldenen Strahlen durchzogen.

Ich muss mich auf die Tugenden meines Volkes besinnen: Ausdauer, Beharrungsvermögen und Zähigkeit. Ich muss das Abi schaffen und dann nach Israel ziehen. Wenn ich hier bleibe, geht meine Kraft durch die neurotische Situation eines Juden im Nachauschwitz-Deutschland verloren.

WEHRLOS

»Jonny, hast du dich überhaupt schon um dein Studium gekümmert?«

»Nein.« Esel scheint also die Möglichkeit in Erwägung zu ziehen, dass ich vielleicht doch noch das Abitur schaffe.

»Weshalb nicht? Das Studium beginnt bereits im Herbst, da muss man sich vorher anmelden, sonst verlierst du wieder ein Jahr.«

»Weil ich nicht die Absicht habe zu studieren.«

»Bist du jetzt vollständig verrückt geworden? Weshalb

hast du dich jahrelang abgeplagt, um das Abitur zu machen, wenn du überhaupt nicht studieren willst? Wieso hast du mich dann gezwungen, zur Frau Dr. Schneeberger zu gehen und sie anzuflehen, dich zu versetzen?«

»Weil ich das Abitur brauche.«

»Also bist du doch vernünftig. Du wirst noch zwei Wochen lernen, das Abitur machen und dann Betriebswirtschaft studieren. Das ist ein hervorragendes Studium. Ich habe mich erkundigt. Du kannst dann Steuerberater werden und ausgezeichnet verdienen.«

»Ich werde aber nicht studieren, zumindest nicht in München.«

»Was soll das heißen, nicht in München? Wir wohnen in München, also wirst du in München studieren.«

Merkwürdig, heute lässt mich ihr Gezeter kalt.

»Nein!«

»Was heißt nein? Weshalb denn nicht?«

»Weil ich nach Israel gehen werde.«

»Bist du denn vollkommen verrückt geworden? Da stecken sie dich sofort zum Militär!« Endlich tobt sie.

»Na und?«

»Was heißt na und, du Idiot? Was, meinst du, tun sie dort beim Militär? Sie schicken die Soldaten dauernd an die Grenze, wo geschossen wird. Und dann führen sie Krieg, wie im letzten Jahr. Über 700 junge Burschen sind gefallen. Hast du mal an ihre Mütter gedacht?«

Nein. »Auch hier sterben junge Leute. Bei Verkehrsunfällen zum Beispiel.«

»Darum sollst du auch nicht dauernd wie ein Verrückter Auto fahren.« Der Frau fehlt jeder Funken Humor – sogar schwarzer. »Außerdem sterben auch in Israel junge Leute im Verkehr. Aber der Krieg! Das Militär! Dauernd muss man Angst haben. Ich könnte das nicht aushalten. Drei Jahre lang. Und noch dazu in Israel! Die Jungens dort gehen im Urlaub zu ihren Eltern. Und du? Du hättest dort niemanden. Weißt du, was das heißt, drei Jahre fort von zu Hause? Außerdem gehen dort die Burschen mit 18 zum Militär und sind mit 21 schon fertig. Und du bist schon 21. Wann willst du überhaupt noch studieren?«

»Gar nicht.«

»Dann sag mir endlich, was du machen willst!«

»Vielleicht bleibe ich in der Armee.«

»Gewalt geschrien! Jetzt bist du wirklich vollkommen meschugge geworden. Jonathan Rubinstein als Berufssoldat! Schau dir doch die Jungens an, die das machen. Bauernburschen aus den Kibbuzim, gesund wie junge Ochsen. Und sogar diese armen Jungens werden spätestens nach ein paar Jahren umgebracht oder zu Krüppeln geschossen. Und du? Schmal, nervös, dauernd krank. Du würdest dort sofort zugrunde gehen.«

»Es käme auf einen Versuch an.« Was sie sagt, stimmt ja. Aber soll ich mich deshalb unter Naturschutz stellen lassen?

»Versuch! Wenn man tot ist, gibt es nichts mehr zu versuchen!«

»Aber wenn die Vögel da unten ihr Leben riskieren, warum soll ich es nicht auch tun?«

»Weil die dort sitzen und du hier.«

»Auch ich will dort sitzen.«

»Das kann dir ohne Weiteres passieren, du Idiot. Vor ein

paar Tagen ist mit der Post ein Musterungsbescheid von der israelischen Armee gekommen.«

Donnerwetter – die Burschen antworten prompt.

»Was willst du jetzt tun?«

»Ganz einfach. Das Abitur machen und dann rüberfahren.«

Ihre zunehmende Aufregung und ihre Ratlosigkeit geben mir starke innere Ruhe.

»Du bist nicht normal!« Ihre Stimme überschlägt sich. »Weißt du, was das bedeutet? Dass sie dich dann nicht mehr aus Israel rauslassen und du zum Militär musst.«

»Das ist ja der Zweck der Übung.«

»Du sprichst wie ein SS-Mann. Du kalter Idiot. Es geht doch um dein eigenes Leben, begreife das doch endlich!« Ihre Augen sind voller Tränen.

»Esel, ich begreife es vollkommen …«

»Du weißt nicht, was es heißt, tot zu sein.«

»Du auch nicht. Es wird dir alles nichts helfen! Ich bin entschlossen, nach dem Abi nach Israel zu fahren und zum Militär zu gehen, falls ich tauglich bin.«

»Dann sollst du durchs Abitur fallen!« Wieder überschlägt sich ihre Stimme.

»Auch das wird dir nichts helfen, Esel. Ich werde trotzdem fahren.«

»Ich werde dir kein Geld für die Fahrt geben.«

»Keine Sorge, das werden die Burschen aus Israel schon schicken.«

»Woher weißt du das?«

»Ich wusste auch, dass sie den Musterungsbescheid schicken würden.«

Esel wird bleich. Sie hat begriffen. »Du hast also hingeschrieben – ohne mir ein Wort zu sagen.«

»Was hätte das genützt?«

»Ich hätte es dir verboten, du Idiot.«

»Und du meinst, das hätte was bewirkt?«

»Natürlich. Ich hätte es nicht erlaubt.«

»Soll sein.«

Sie schluchzt. »Was wirst du jetzt tun?«

»Ganz einfach. Erst das Abi machen und dann den Burschen schreiben, dass sie mir eine Flugkarte schicken sollen, damit ich zur Musterung nach Israel fahren kann.«

»Das werde ich nie im Leben zulassen.« Sie hat sich wieder einigermaßen gefangen.

»Tu, was du nicht lassen kannst.« Meine Ruhe steigert ihre Wut. Sie fühlt, dass ihr die Macht über mich entgleitet. »Ich werde es nicht zulassen! Ich werde zur Frau Dr. Schneeberger gehen und ihr sagen, dass sie dir die schlechtere Note geben soll. Ich werde zu eurem Direktor gehen und dafür sorgen, dass du das Abitur nicht schaffst. Ich werde dir kein Geld mehr für einen Nachhilfelehrer geben. Ich werde mit Friedrich reden.«

»Du wirst jetzt vor allem sofort dein Maul halten, sonst werde ich es dir stopfen.«

»So redest du mit deiner Mutter? Du willst mich also schlagen?«

»Den Gefallen werde ich dir jetzt nicht tun. Aber wenn du weiter maulst, könnte ich es mir schnell anders überlegen.«

»Mörder! Gewalt geschrien, Mörder! Mutterschläger!« Durch ihr Geschrei will sie die Nachbarn alarmieren. Und mich dazu bringen, aus dem Haus zu laufen. Diesmal nicht, Esel. »Halt den Mund, du dumme, hysterische Nuss. Oder brülle von mir aus weiter. Und noch was. Das mit dem Nachhilfelehrer ist eine gute Idee von dir. Ich brauche den Kerl nicht mehr. So, und jetzt gib Ruhe.«

Esel ist dermaßen verblüfft über mein Verhalten, dass sie wirklich schweigt und sich ratlos an den Küchentisch setzt. Sie sammelt Kraft für die Abend-Offensive – wenn Fred heimkommt. Bis dahin werde ich lernen. Ich verriegle meine Zimmertür. Nehme die Spickerpfeile und starte eine Wurfserie gegen die Zielscheibe an der Wand über meinem Bett. So ruhig bin ich bei ihrem Gezeter noch nie geblieben. Kann es sein, dass sie tatsächlich ihre Macht über mich verloren hat? In Bezug auf Israel wahrscheinlich. Ich setze mich an den Schreibtisch. Den Mathevogel brauche ich wirklich nicht mehr. Ich begreife das Zeug allmählich ganz gut allein. Ich darf nur nicht den Fehler machen, Physik zu vernachlässigen. Sonst droht hier noch ein Einbruch. Es wird schon klappen!

Zwei Stunden später. Fred ist nach Hause gekommen. Kaum hat er am Küchentisch Platz genommen, legt Esel los: »Friedrich, unser Junge will nach Israel ins Militär.«

»Wann?«

»Was heißt wann? Niemals! Er darf nicht fahren.«

»Wieso?«

»Friedrich, bist du von allen guten Geistern verlassen? Weißt du nicht, was es bedeutet, wenn er ins Militär muss?«

Esel hält es nicht länger auf ihrem Stuhl.

»Doch.« Seine Stimme wird unsicher.

»Na also! Er darf überhaupt nicht hinfahren.«

»Ja.«

»Was heißt ›Ja‹? Du musst ein Machtwort sprechen, Friedrich, und zwar sofort!«

Das arme Schwein. Nach zehn Stunden Schufterei im Lager von »Silberfaden & Ehrlichmann« auch noch Esels Gehirnwäsche.

»Weshalb willst du denn jetzt runterfahren, Jonathan?«

»Weil ich dort leben will, wenn du nichts dagegen hast.«

»Wieso soll ich etwas dagegen haben?« Der Anflug eines Lächelns wird in seinen Augenwinkeln sichtbar.

»Friedrich, bist du jetzt vollkommen verrückt geworden? Willst du, dass der Junge jetzt drei Jahre ins Militär soll?«

Seine Stimme kommt zögernd, gepresst: »Nein.«

»Na also! Dann tu endlich was!« Energie hat Esel, das muss man ihr lassen.

»Was kann ich denn schon tun?«

»Du musst ihm sofort verbieten, nach Israel zu fahren.«

»Aber das hat doch keinen Zweck! Er hört doch nicht auf mich, das weißt du doch.«

»Was heißt, er hört nicht auf dich? Wer ernährt diesen Tunichtgut schon seit 21 Jahren? Wenn es ihm nicht passt, dann soll er gehen, aber sofort.«

»Was willst du eigentlich, Klara, dass ich mich mit ihm schlage? Du weißt doch, dass er nicht davor zurückschreckt, seinen Vater zu schlagen.« Seine Stimme nimmt einen klagenden Tonfall an.

Esel, dieses Schwein! Endlich hat sie es fertiggebracht, die Stimmung der Liebe und des Verstehens, die nach meiner Ichenhausenfahrt zwischen Fred und mir herrschte, zu zerstören und ihn stattdessen an die Demütigung meiner Schläge zu erinnern. Ich fühle, wie mir das Blut ins Gesicht schießt. Aber sie hetzt ungerührt weiter.

»Er soll es nur noch einmal wagen, die Hand gegen uns aufzuheben, dann rufe ich sofort die Polizei. Dann kann er in einer Erziehungsanstalt sitzen, statt das Abitur zu machen. Und du, du Schlappschwanz, nimm dich endlich zusammen und mache ihm unmissverständlich klar, dass wir mit allen, ja, mit allen Mitteln verhindern werden, dass er nach Israel geht. Wenn er unbedingt zugrunde gehen will, kann er es auch hier, und zwar sofort. Dazu muss er nicht nach Israel.«

»Jonathan, du hast auch Pflichten gegenüber deinen Eltern«, ruft er mit belegter Stimme.

»Aber nicht die, in diesem Naziland zu leben. Ich warne euch.«

Fred lässt den Kopf schwer auf seine Arme fallen, die auf der Tischplatte ruhen. Sein starker Schädel beginnt zu zucken, wird röter. Er schluchzt. Dann reißt er den Kopf hoch. »Ihr seid Lumpen, alle beide. Lasst mich in Ruhe!«

Diese Sau! Was hat sie davon, ihn so fertigzumachen? Lass dich jetzt bloß nicht gehen. Sie wartet nur darauf. »Du Stück Scheiße!«, schreie ich und laufe in mein Zimmer. Ich höre ihr Geschrei von außen. »Die eigene Mutter ist ein Stück Scheiße, das 21 Jahre für dich gesorgt hat. Recht hat er. Wenn du dir das bieten lässt, Friedrich, dass man deine Frau so beleidigt.«

Bleib in deinem Zimmer, Rubinstein, sonst erreicht sie ihr Ziel wirklich noch in der letzten Minute.

»Halt die Schnauze, sonst komme ich raus und stopfe sie dir.«

»Versuch es doch. Sei doch mal so tapfer bei deinen Klassenkameraden.« Ich reiße die Türe auf. Sie steht direkt vor mir. Kerzengerade. Blickt mir in die Augen. »Unterweltler!« Nein! Ich gehe an ihr vorbei. Will zur Wohnungstür. Da sehe ich Friedrich. Er liegt auf der Couch und weint. Dicke Tränen kullern über seine rosigen Wangen, wie bei einem Kind. Das ist er in der Tat geblieben – bis heute. Ich knie vor ihm nieder, küsse ihn auf die Stirn und nehme seinen erhitzten Kopf in meine Arme. Er wehrt mich ab. »Lass! Lass mich bitte allein sein.« Der arme Kerl schämt sich. Ich stehe auf und gehe endlich zur Tür.

»Siehst du, was du gemacht hast, du Lump?« Ihre Augen blitzen.

Ich lasse die Tür zuknallen. Esel kennt jetzt nur ein Ziel, koste es, was es wolle. Allein schon deshalb muss ich weg – auch um jeden Preis –, und Fred steht wehrlos in der Mitte.

DER HEIRATSANTRAG

Morgen ist der letzte Physiktest. Ich sollte jetzt am Schreibtisch sitzen und pauken, damit ich weiß, wie meine Aktien stehen. Stattdessen flaniere ich über die Maximilianstraße. Macht nichts. In fünf Minuten bin ich zu Hause, und dann lege ich los.

Die Frau, die an der offenen Tür der 37er Tram steht, ist wirklich nicht ohne. Sie scheint sogar in meine Richtung zu gucken – soweit ich das aus dieser Entfernung beurteilen kann. Ein großgewachsenes blondes Frauenzimmer, gerade Beine. Wie ihre Titten beim Laufen wackeln! Sie rennt genau auf mich zu. Sie sieht Ruchale sogar recht ähnlich. Das gibt's doch nicht. Es ist Ruchale! Mir ist nie bewusst geworden, dass Rachel eine attraktive Frau ist, die sich vor keiner Schickse verstecken muss, nicht mal vor Hilde.

»Sag mal, Jonny, hast du mich etwa nicht erkannt?« Sogar ihre helle Stimme gefällt mir mit einem Mal.
»Nein. Und ich muss sagen, du siehst heute ungemein gut aus.«
»Danke. Ich war gerade auf dem Weg in die Stadt, um mir leichte Sommersachen zu kaufen. Nach dem Abi will ich doch nach Israel. Und da hab ich dich gesehen und bin einfach an der Ampel ausgestiegen.«
Für diese dumme Pute ist das Abi eine Selbstverständlichkeit. Aber der kluge Jonathan Rubinstein muss zittern und bangen und sogar das schlechte Gewissen der Deutschen einsetzen, um seine kümmerliche Chance auf das »Deutsche Reifezeugnis« zu wahren.
»Klasse.« Ich krächze schon wieder.
»Komm, gehen wir spazieren.« Das Mädel zeigt Initiative. Gerade heute, wo ich unbedingt lernen muss.
»Ich dachte, du musst in deinen Englischkurs?«
»Den lasse ich einfach ausfallen.«
Und das aus Ruchales Mund! Das Lernen kann jetzt ein bisschen warten. Der Spaziergang wird ja nicht ewig dauern. Sicherheitshalber lenke ich sie über den Thomas-Wimmer-Ring Richtung Isartor, da muss man nicht so

lange laufen wie zum Englischen Garten. Ich nehme ihre Hand, automatisch wendet sie mir ihren Kopf zu. An ihren glasigen Augen erkenne ich, dass sie es nicht erwarten kann, bis wir knutschen. Augenblicklich wird mein Schmock steif. Ich küsse sie. Ihre Zunge kommt mir sofort entgegen. Ich mache mich los. Speichel rinnt über ihren Kiefer. Ich presse ihre Hand fester und ziehe sie weiter. Wir laufen fast. Nach etwa 150 Metern stehen wir vor der Fußgängerunterführung. Kaum sind wir in der menschenleeren Tunnelröhre, küssen wir uns wild. Wir pressen unsere Körper gegeneinander. Mein fester Schmock drückt gegen ihren Leib. Ich fasse in ihre Bluse, fühle die weiche Wärme ihrer Brüste. In meinem Schmock beginnt es zu kribbeln. Rubinstein, hör auf! Wenn du noch eine Minute so weitermachst, kommt es dir auch in der Hose. Danach bist du müde und kannst nicht lernen. Nein! Ich reiße mich von ihrem Mund los, ziehe die Hände aus ihrer Bluse.

»Warum?« Ihre Augen sind immer noch geschlossen.

»Ich habe morgen einen Physiktest und muss noch lernen.«

Sie öffnet ihre Augen. »Hat das nicht noch eine Stunde Zeit?«

»Nein! Es ist nicht die Stunde. Aber danach kann ich mich nicht mehr konzentrieren. Ich muss dann an dich denken.« Oder an meinen Schmock.

Eine leichte Röte überzieht ihre Wangen. »Schade!«

Verdammt schade sogar! Wegen so einem Physikscheiß, den ich nie mehr in meinem Leben brauchen werde, mich und meinen Schmock jetzt von Ruchale wegzureißen.

Aber ich kann nicht anders! Wenn ich durchs Abitur segle, hilft mir kein Schmock und keine Ruchale. Die sitzt dann in Israel und sucht sich einen geeigneten Heiratskandidaten. Ich streichle ihre Wangen.

Sie greift nach meiner Hand, führt sie an ihren Mund, küßt mich auf jeden Finger. »Du hast so zärtliche Hände, Jonny.«

Ihre Stimmlage ist jetzt tiefer als zuvor. Ruchale ist wirklich eine Klassefrau, und ich Idiot habe mich monatelang mit dieser Hilde verrückt gemacht!

»Komm, Jonny, du musst jetzt wirklich gehen und lernen. Tut mir leid, es war unheimlich egoistisch von mir.«

»Unsinn!«

»Doch. Bring mich zur Straßenbahn und geh dann nach Hause.«

An der Haltestelle küssen wir uns nochmals zärtlich. Ich streiche ihr übers Haar.

»Wann sehen wir uns wieder, Jonny?«

»Was hältst du von Schabbesnachmittag? Dann habe ich alle Vorbereitungsstunden hinter mir und noch eine Woche frei bis zum Abi.«

»Prima. Und wo?«

»Um vier am Haus der Kunst.« Direkt am Englischen Garten.

»Ich freue mich schon.« Die Frau ist wirklich erwachsen geworden. Früher hätte sie aus purer Gewohnheit noch an der Zeit herumgehandelt. Sie küsst mich schnell auf die Wange und läuft zur wartenden Straßenbahn.

Mit einem Mal ist mir übel. Mein unbefriedigter Schmock rächt sich. Verdammte Physikscheiße.

Ausgefallen! »Aufgrund der krankheitsbedingten Abwesenheit von Herrn Dr. Gruben kann der vorgesehene Physiktest vor dem Abitur nicht stattfinden.« Dafür habe ich vor Ruchale davonlaufen müssen. Zwei geschlagene Stunden habe ich danach apathisch am Schreibtisch gesessen und vom ganzen Physikkäse kein Wort begriffen. Erst gegen zehn Uhr abends begann ich das Zeug einigermaßen zu kapieren. Und als Dank wird dieser Vogel krank. Rubinstein, Sie haben hiermit genug Lustverzicht geübt, mehr als genug! Es lebe der Hedonismus! Vor allem nach dem Scheißabitur. Ach was, auch schon vorher! Morgen sehe ich ja das Blümchen im Englischen Garten.

Die Alte scheint heute vollkommen übergeschnappt zu sein. Gut, es ist Schabbes, und das Kostüm steht ihr wirklich, aber muss sie sich deshalb so herausputzen? Sie weiß doch, dass wir in ein paar Minuten irgendwo im Gebüsch landen werden. Und danach kann man ewig diesen Plunder gerade streichen und das Gras rauszupfen.

»Na, Jonny, wie gefalle ich dir heute?« Bis auf das Kilo Make-up wirklich: »Hervorragend!« Ich küsse sie auf die Wange. Sie hat das Zeug millimeterdick draufgespachtelt. Als ich sie auf den Mund küssen will, reagiert sie kaum. Sonst konnte sie es nie erwarten. Was ist denn los mit ihr?

»Gehen wir in den Englischen Garten, Jonny?«

»Ja.« So bestimmt habe ich sie noch nie erlebt. Wir biegen in den Weg zum Chinesischen Turm ein. Nach einigen Minuten Schweigen bleibt sie stehen. »Jonny, ich möchte jetzt wissen, wie ich mit dir dran bin.«

»Wie meinst du das?«

»Das weißt du genau!« Und ob, aber ich konnte mir bis heute nicht vorstellen, dass selbst die friedfertige, unterwürfige Rachel Blum so konsequent in jüdischer Familienplanung macht – und so plötzlich!

»So genau weiß ich es auch nicht. Könntest du deine Frage vielleicht deutlicher stellen?«

Sie sieht mich verzweifelt an. Ihre roten Ohren zeigen, dass das ganze Theater ihr auf die Nerven geht, aber es muss sein – glaubt sie. »Ich möchte wissen, wie du zu mir stehst, was du für mich empfindest.« Ihre helle Stimme hat Sprünge bekommen.

»Ich mag dich gern, Rachel.«

»Ist das alles?«

Verdammt. Sie ist eine echt nette Frau. Und sie liebt mich. Das heißt in ihrer jüdischen Logik, sie will mich heiraten. Aber ich liebe sie nicht. Deshalb kann ich sie nicht heiraten. Soll ich sie jetzt anlügen, um noch einige Wochen mit ihr befreundet zu bleiben? Dafür habe ich sie zu gern – Mist. »Ja, das ist alles.« Ich kann ihr nicht ins Gesicht sehen.

»Gut.«

»Soll ich dich nach Hause begleiten?«

»Nein. Ich kann alleine gehen.«

Gerade heute, wo ich mich so auf das Geknutsche gefreut hatte, kommt sie mir mit einem Heiratsantrag. »Guten Schabbes, Rachel – und bleib mir gesund.«

»Du auch, Jonny.«

Ich traue mich nicht, sie anzusehen. Sicher heult sie. Ich bleibe stehen und warte, bis ich sie weitergehen höre.

INFARKT

Ist Esel heute vollständig übergeschnappt? Fehlt einfach zu Mittag! Das hat sie noch nie gewagt. Will mich wohl verhungern lassen, um zu verhindern, dass ich nach Israel gehe. Soll sein. Irgendwas wird ja noch im Kühlschrank rumflattern. Genau! Das obligate gekochte Huhn und sogar noch ein bisschen Suppe. Ich futtere am besten den Vogel kalt, sonst gibt es zu viel Theater mit dem Aufwärmen und Abkühlen.

Komisch, ihre Tasche ist auch da. Esel tut doch sonst keinen Schritt ohne ihre Scheißhandtasche. Sie müsste also jeden Augenblick kommen. Müsste! Ich bin schon seit ein Uhr hier, und die Alte hat noch nicht mal angefangen zu kochen. Vielleicht hat sie wieder eine ihrer obligaten Migränen und macht ihren Arzt verrückt. Aber dann wird sie doch nicht stundenlang dort hocken, sondern sich vordrängen: »Wenn ich nicht sofort behandelt werde, kriege ich einen Kollaps.«

Da ist sie ja. Auf ihre unverkennbare Art öffnet sie die Türe.

»Sag mal, Esel, wo steckst du eigentlich die ganze Zeit?«

Irgendetwas stimmt nicht mit ihr. Esels Gesicht ist bleich, ihre Augen stumpf, die Haare zerzaust, die Schultern hängen durch, sie hebt kaum die Füße beim Gehen.

»Was ist denn mit dir geschehen, Esel?«

»Friedrich ist im Krankenhaus.« Ihre Stimme ist matt. Ich spüre mein Herz rasen. »Was fehlt ihm?«

»Herzinfarkt.«

»Und?«

»Was heißt und? Du kannst es wohl nicht erwarten, dass er stirbt?«

»Ich will wissen, was der Arzt sagt.«

»Nichts! Man muss warten.«

»Dann wird es schon nicht so wild sein.«

»Was redest du für einen Unsinn. Sie haben extra unsere Telefonnummer verlangt und gesagt, dass es ernst ist. Und schuld an allem bist du!« Jetzt schreit sie, ihre Augen glänzen wieder.

»Darf man wissen warum, du dumme Nuss?«, brülle ich zurück.

»Da fragst du noch? Was meinst du, wie sich Friedrich darüber aufgeregt hat, dass du uns im Stich lassen willst, um nach Israel zu gehen.«

»Du meinst wohl, wie sehr du ihn damit belämmert hast, dass er mich zwingen soll hierzubleiben?«

»Du Auswurf! Es genügt dir nicht, deine Eltern zu schlagen, du musst sie so aufregen, dass sie sterben.«

»Genau! Und jetzt sag mir, wann ich Fred besuchen kann.«

»Ab vier ist Besuchszeit.«

»Und wo liegt er?«

»Im Krankenhaus ›Am Biederstein‹.«

»Gut, ich fahre in einer Stunde hin.«

»Du fährst nicht hin, wir fahren zusammen.«

»Wenn ich dich sehe, fahre ich immer zusammen.«

»Dir ist nichts heilig. Dein Vater liegt im Sterben, und du machst Witze und freust dich.«

»Genau! Also gut, in einer halben Stunde fahren wir zusammen hin.«

Ich gehe in mein Zimmer, werfe mich aufs Bett. Verdammt, wie plötzlich so etwas passieren kann. Infarkt, Tod, das waren bisher unwirkliche Begriffe für mich. Und jetzt kann Fred jeden Moment sterben. Vielleicht ist er schon tot oder stirbt gerade in diesem Moment. Verflucht, warum gerade Fred? Als Belohnung dafür, dass er seine Familie vor den Nazis gerettet hat und für Esel und mich wie ein Ochse schuftet? Was passiert, wenn er tatsächlich abkratzt? Wovon soll Esel dann leben? Kann ich dann noch, mir nichts, dir nichts, nach Israel abhauen und sie hier alleinlassen? Und was wird mit dem Auto geschehen? Das könnte jetzt eigentlich ich benützen. Rubinstein, du bist das letzte Schwein! Dein Vater liegt im Sterben, und du überlegst, ob du sein Auto haben kannst. Was soll ich sonst tun? Wenn ich mir vorstelle, dass er wirklich abtritt, werde ich verrückt. Und ich habe ihn geschlagen. Er darf nicht sterben, lieber Gott, bitte!

Esel reißt die Tür auf. »Wie lange willst du Vater noch warten lassen?«

»Wieso? Es ist doch nicht mal halb drei!«

»Bis wir dort sind, ist es vier.«

Kann sein, aber ich habe Angst, hinzugehen, ihn krank und leidend oder gar tot sehen zu müssen. »Gut, ich bin fertig.«

Um die offizielle Besuchszeit schert sich Esel überhaupt nicht. »Du wartest vor dem Zimmer, ich muss erst mit dem Arzt sprechen.«

Das ist natürlich gelogen. Woher will sie wissen, dass sich der Arzt gerade in Freds Zimmer aufhält? Wahrscheinlich will sie zuerst allein feststellen, wie es Fred geht, oder ihm zeigen, dass sie ihn noch mehr liebt als ich, oder was weiß der Teufel ... Auf jeden Fall traut sie sich ins Zimmer, während ich feige draußen warte. Esel ist jetzt schon zehn Minuten drin. Vielleicht spricht sie wirklich mit dem Arzt. Was soll's? Ich muss jetzt rein. Ewig kann ich mich ja nicht draußen verstecken. Irgendwann muss ich ihn sehen, wie er jetzt ist – es geht nicht anders. Wenn schon, dann gleich. Ich drücke die Türklinke herunter. Meine Hand ist feucht, das passiert mir sonst nie, nicht mal vor Prüfungen. Im Krankenzimmer schlägt mir ein Duftgemisch aus Desinfektionsmitteln, Medikamenten, menschlichen Exkrementen und Schweiß entgegen. Vor mir stehen auf jeder Seite des Raumes fünf, sechs weißgelb lackierte Eisenbetten auf Rädern. Meist ältere Männer in buntgestreiften Pyjamajacken stecken in grellweiß bezogenem Bettzeug. Ich wage es nicht, nach Fred Ausschau zu halten. Esel sitzt an der Seite des letzten Bettes zur Linken. Ich gehe auf sie zu, traue mich aber immer noch nicht, auf das Bett zu blicken. Jetzt hat sie mich bemerkt.

»Wieso bist du reingekommen?«, zischt sie.

Endlich wage ich es, auf Fred herabzublicken. Er sieht nicht mal besonders blass aus – Gott sei Dank! Nur seine Augen wirken benommen. Auch die Lider hängen tiefer herunter als üblich. Ich trete neben das Bett. Jetzt erst bemerkt er mich, Leben kommt in seinen Blick. Er will sich aufsetzen.

»Friedrich, du weißt, der Arzt hat dir verboten, dich zu bewegen.«

Ich küsse ihn auf die Stirn. »Wie geht es dir, Fred?«

»Vater darf nicht reden. Der Arzt hat es ihm verboten.«

»Ist schon gut, Klara«, er flüstert. »Es geht einigermaßen.«

»Friedrich, bitte sei ruhig, tu nichts. Genau wie der Arzt es uns gesagt hat.«

»Wie geht es dir in der Schule?« Sogar jetzt!

»Friedrich!« Nicht mal hier kann die alte Hexe ihn in Ruhe lassen.

»Hervorragend, Fred, ich verspreche dir, du musst dir nicht die geringsten Sorgen machen. Ich werde das Abitur schaffen – Ehrenwort!«

»Und danach die kranken Eltern alleine lassen und nach Israel gehen.« Um mich bei sich festzuhalten, ist ihr wirklich jedes Mittel recht.

»Klara, bitte.«

»Entschuldige, Friedrich, aber du weißt, dass ich seit Wochen nachts kein Auge zumachen kann, weil uns dein Sohn im Stich lassen und noch dazu sein Leben wegschmeißen will.«

»Klara, bitte geh jetzt raus, ich muss einen Moment mit Jonathan allein sprechen.«

»Nein! Du darfst dich jetzt nicht aufregen, schon gar nicht über deinen verrückten Sohn.«

»Esel, du gehst jetzt!« Ich bin erstaunt über die Bestimmtheit, mit der ich diese Worte ausspreche. Gleichzeitig nehme ich sie am Arm, ziehe sie hoch, führe sie zur Tür und dränge sie sanft hinaus. Sie wehrt sich kaum. »Jetzt bleibst *du* einen Moment draußen. Ich hole dich sofort«, sage ich ihr im Gang.

»Rege ihn um Gottes willen nicht auf, Jonny!«

»Ich schwöre es.« Zurück in Freds Zimmer, hocke ich mich vors Bett, ergreife seine Hand, die leicht und kraftlos ist.

»Fred, du musst dir keine Sorgen machen, ich werde alles zu deiner Zufriedenheit erledigen – bis du wieder zu Hause bist.«

»Ich weiß. Aber darum geht es mir nicht.«

Er atmet ein paarmal durch. »Ich weiß nicht, ob ich das hier überlebe.« Tränen treten in seine Augen. Dass er trotz allem, was ihm sein Leben lang angetan wurde, immer noch so natürlich reagieren kann!

»Red keinen Unsinn, in ein paar Tagen bist du wieder zu Hause.«

»Jetzt redest du Unsinn. Ich weiß wirklich nicht, was aus mir werden wird. Dann steht Klara allein da. Ich will deshalb, dass du mir versprichst, dass du Mutter nicht alleinlässt und nach Israel gehst.« Seine Wangen sind voller Tränen.

Jetzt verstehe ich, weshalb sie mit ihm allein sein wollte, obgleich man nicht mit ihm sprechen darf. Aber das ist ihr jetzt egal. Nicht genug, dass sie ihn damit in den Infarkt getrieben hat, für dieses Ziel ist sie sogar bereit, ihn ins Grab zu bringen. Ich muss es Fred versprechen, sonst bringt sie ihn damit um! Ich ergreife wieder seine Hand: »Fred, du hast mein Wort. Du musst dir keine Sorgen mehr darüber machen. Ich bleibe bei dir und Esel.« Er will antworten, kann es aber nicht, er schämt sich seiner Tränen. Ich auch.

Ich stehe auf, gehe zur Tür, öffne sie. Esel kauert auf der weißlackierten Holzbank, sie sieht darauf noch winziger aus, als sie ohnehin ist. »Esel, ich habe Fred versprochen, dass ich nicht nach Israel gehe. Ich werde es halten. Aber nur, wenn du mir schwörst, dass du mit ihm kein Wort mehr darüber reden wirst, sonst stirbt er wirklich.«

Sie steht auf. Sieht mich an. »Wirst du wirklich hierbleiben?«

»Ja!«

»Warte hier auf mich, ich komme gleich. Der Arzt hat gesagt, man soll nicht zu lange bei ihm bleiben.«

Verdammte Scheiße! Was sie nicht mit Gewalt fertiggebracht hat, gelingt ihr jetzt durch meine Angst und mein schlechtes Gewissen. Aber der Alte darf nicht sterben, unter gar keinen Umständen. Und wenn er erst wieder gesund ist, sehen wir weiter.

ANGEQUATSCHT

Alles hat sich gegen mich verschworen. Kaum ist die Freundschaft mit Rachel schön geworden, schon verwandelt sie sich in eine Zwangsjacke. Der befreiende Traum Israel ist vorläufig ausgeträumt. Fred wird wohl nicht abkratzen, aber mehrere Wochen im Krankenhaus und danach in Sanatorien verbringen müssen. Der Arzt sagt, dass er wahrscheinlich nicht wieder arbeiten darf, jedenfalls nicht in dem Ausmaß wie bisher. Und mit dem Abitur ist es auch Mist. In den letzten Tagen war ich krank, dadurch fehlt mir in Mathe einiges und in Physik sehr viel. Aber ich darf Fred nicht enttäuschen, sonst bekommt er womöglich noch einen Infarkt. Scheiße! Keine Frau, kein Israel, kein Abitur.

Beruhigt Euch, Reb Jid! Noch ist nichts verloren. Morgen ist erst mal Deutschabi. Da musst du dich nicht vorbereiten, lediglich fünf Stunden lang ein human-demokratisches Lied singen. Scheiß drauf! Danach hast du noch fast zwei Wochen Zeit, dich auf Mathe und Physik vorzubereiten. Genieße erst mal das schöne Wetter hier im Englischen Garten und lass dich nicht verrückt machen.

Die Tante nebenan hat keine schlechte Figur – aber ein nichtssagendes Gesicht. Denk nicht an Weiber, Ruhe! Erhol dich. Zu Befehl, Esel. Das Mädel im blauen Minikleid, das jetzt mit kräftigen Beinen direkt auf mich zustapft, ist allerdings wirklich klasse. Direkt auf mich zu? Sicher! Ohne mich zu kennen, wird sie zu mir kommen und mich anquatschen. »Also, du bist der berühmte Jonathan Rubinstein. Ich habe schon so viel von dir gehört, außerdem siehst du so irre aus, dass ich dich unbedingt kennenlernen muss.« Von wegen, sie geht zu der Frau, die neben mir auf der Wiese liegt. Sie quasseln. »Meine« hat eine angenehme dunkle Stimme und lacht dauernd. Wieder eine deutsche Gretel, große kobaltblaue Augen mit dem naiven Ausdruck einer Puppe. Sie hat irgendetwas Mütterliches, Vertrauenerweckendes an sich. Reb Jid, hört auf zu schwärmen, ruht Euch aus! Eine nette Frau. Eine verdammt nette Frau sogar! Schade, dass ich sie nicht kenne. Dann lern sie eben kennen, sprich sie einfach an! Aber ich habe noch nie eine Frau einfach so angequatscht.

Rubinstein! 21 Jahre alt und hat sich noch nie in seinem Leben getraut, eine Frau anzusprechen. Wird es wohl auch nie. Scheiße! Schieb das bloß nicht wieder auf den alles seligmachenden, alles entschuldigenden Antisemitismus.

Es ist nichts als verdammte Schüchternheit. Was kann dir schon passieren, wenn du sie anquatschst? Dass sie nicht reagiert. Im schlimmsten Fall lacht sie dich aus. Na und? Du wirst es überleben. Aber sie sieht nicht aus, als ob sie mich auslachen würde. Oder? Oder, schmoder. Quatsch sie endlich an!

Verdammt, aber wie? Was soll ich sagen? ›Schönes Wetter?‹ Das ist zu blöd. Wie stelle ich es überhaupt an, mit ihr zu quatschen und nicht mit ihrer doofen Freundin? Alles Ausreden!

Los, aufstehen! Ich stemme mich hoch, schlurfe die zehn Meter rüber. Sofort blickt mich das Puppenauge an, auch die Kuh neben ihr wendet sich mir zu. »Entschuldigen Sie, könnten Sie vielleicht einige Minuten auf mein Zeug aufpassen, ich bin gleich wieder da.«

»Sicher.« Gott sei Dank, es ist die Nette. Ihre Augen lächeln ironisch. Wahrscheinlich amüsiert sie sich über meine Schüchternheit.

»Danke, ich bin gleich wieder da.« Meine Stimme ist belegt.

»Ja, tschüss, bis gleich.«

»Bis gleich«, also war es ihr gar nicht so unrecht, dass ich sie angequatscht habe. Und ich Idiot hab mich noch nie getraut, eine Frau einfach so anzusprechen – ist doch eigentlich ganz leicht. Ich drehe mich um und gehe in Richtung Turm. Wie lange soll ich eigentlich fortbleiben? Fünf Minuten? Zu kurz. Zehn? Eine Viertelstunde wäre wohl richtig. Was tu ich inzwischen? Was denn wohl? Als Erstes pinkeln. Dann gehst du zum Chinesischen Turm, drehst eine Runde zum Monopteros, und schon ist die Zeit um.

Ob die überhaupt noch eine Viertelstunde bleiben? Verrückter! Wenn nicht, hätten sie es dir bestimmt gesagt. Also los: pinkeln und spazieren!

Sie sind immer noch da! Am besten gehe ich jetzt zunächst zu meinem Platz, später kann ich mich dann bei ihnen bedanken. Bist du vor lauter Schüchternheit vollkommen meschugge geworden? Jetzt gehst du zu ihnen!

»Danke schön.«

»Gern geschehen.«

Wieder antwortet sie – und freundlich. Los, sag was! »Sind Sie öfters hier im Englischen Garten?« Wahnsinnig originell!

»Hin und wieder, bei schönem Wetter.«

»Ja. Man hat viel Platz hier.« Sag endlich was einigermaßen Vernünftiges! »Studieren Sie?«

»Nein, wieso?«

»Weil Sie englische Bücher mit sich rumschleppen.«

»Nein, aber ich will ab Herbst in die Fachoberschule, und da dachte ich mir, es wäre nicht schlecht, ein wenig mein Schulenglisch aufzupolieren.«

»Gute Idee. Hätte ich auch tun sollen. Aber bei mir ist es jetzt fast zu spät. Ich mache ab morgen mein Abi.«

»Klasse, dann wünsche ich dir viel Erfolg.«

»Danke.« Sie hat mich geduzt. Sie quatscht mit mir, und ihre Freundin hält das Maul – was willst du mehr? Bleib am Ball!

»Wenn du auf die Fachoberschule gehst, dann wirst du ja auch bald das Abi machen.«

»Da mach ich mir noch keine großen Gedanken. Ich will erst mal mit meiner langweiligen Arbeit aufhören.«

Was heißt, »da mach ich mir keine großen Gedanken«? Jedes jüdische Mädchen ist fest davon überzeugt, den wichtigsten Beruf der Welt auszuüben, egal, was sie tut. Jedenfalls versteht sie es, dies allen weiszumachen. Und diese Aufgabe opfert sie blutenden Herzens nur, um eine jüdische Familie zu gründen.

»Was machst du denn für eine Arbeit?«

»Ach, ich jobbe bei einer Bank.«

»Und was willst du nach deiner Fachoberschule tun?«

»Weiß ich wirklich nicht so genau.«

»Aber wenn du diese Schule machst, wirst du doch irgendeine Absicht, irgendein Ziel haben.«

»Ja, irgendwas Soziales.« Verstehe – kein Tacheles.

Sie ist während meiner Fragerei ernst geworden. Mit einem Mal hellt sich ihre Miene wieder auf: »Und was willst du nach dem Abi machen?«

»Ja, weißt du – bei mir ist es komisch. Bis vor ein paar Wochen wollte ich noch nach Israel gehen – ich bin nämlich Jude. Und dort hätte ich erst mal drei Jahre zum Militär gemusst. Aber jetzt ist mein Vater krank geworden, und da werde ich wohl noch eine ganze Weile hierbleiben müssen.«

»Gefällt es dir nicht in Deutschland?«

»Ja, wie soll ich es sagen«, dass es ein Scheißland ist? »Es gibt hier einiges, was mir nicht gefällt. Und in Israel, da kann man noch seine Ideale durchsetzen.«

»Aber das kann man doch hier auch.«

»Wo denn?«

»Überall. In Krankenhäusern, in Pflegestätten, in Schulen.«

Ihre Naivität möchte ich haben. »Vielleicht hast du recht, ganz sicher sogar. Aber als Pädagoge bin ich ungeeignet.«

»Ich weiß auch nicht, ob ich als Lehrerin etwas tauge. Aber ich könnte es ja mal versuchen, nicht?«

Im Gegensatz zu unseren Mädchen hat sie noch nicht den Stein der Weisen gefunden. »Wie heißt du denn?«

»Susanne. Und du?«

»Jonathan.«

»Das ist aber ein schöner Name.«

»Es ist ein hebräischer Name. Auf Deutsch klingt es wesentlich simpler: Hans.«

»Wusste ich noch gar nicht.« Sie strahlt wieder. Los, verabrede dich mit ihr.

»Ich würde dich gern noch mal treffen und mich mit dir unterhalten. Aber jetzt muss ich nach Hause, denn meine Mutter wartet schon mit dem Essen.«

Genau! Die wartende Mamme wäre sicher auch für einen Kerl wie Kraxä ein triftiger Grund, eine Frau sitzenzulassen. Was soll ich tun? Ich bin eben kein Goj wie Kraxä, sondern der Jid Rubinstein. »Wann darf ich dich wiedersehen?« Falsch, du hättest ihr einen Termin vorschlagen sollen.

»Am Wochenende könnte ich es einrichten.«

»Gut, und wo?« Es klappt also doch.

»Was hältst du davon, wenn wir uns wieder an der gleichen Stelle treffen, also hier.«

»Und wann ist es dir recht?«

»So Samstag, gegen Mittag?«

»Fein, ich werde Samstag um zwölf hier sein.«

»Schön, ich freue mich schon.« Das merkt man deinen Puppenaugen auch an.

Die erste sympathische deutsche Frau, die du ansprichst, verabredet sich mit dir. Aber wird sie auch kommen? Sieht sie aus wie eine Lügnerin? Na also. Ich blicke sie nochmals an.

»Auf Wiedersehen, bis Samstag. Ich freue mich auch.«

DER MITLÄUFER

Mein Gott. Mussten die Typen im Kultusministerium das allerbanalste und heuchlerischste Thema als Abi-Aufsatz stellen, das sich denken lässt? »Olympia 1972. Herausforderung und Gelegenheit«. Du hast doch auch dieses Thema gewählt. Was ist mir schon übriggeblieben? Ein Gedicht von Ricarda Huch zu »interpretieren« oder irgendeinen Käse von Ingeborg Bachmann zu »erörtern«, den ich nie gelesen habe? Ich musste also die »Herausforderung« annehmen.

Ich, der Jude Jonathan Rubinstein, gebe mich freiwillig dazu her, zu »beweisen«, zu bescheißen, dass dieser neue demokratische Staat und seine tolerante Gesellschaft die Welt vom humanen deutschen Wesen überzeugen werden – an dem sie bereits zweimal beinahe erstickt ist. Die Kerle brauchen Schmeichelheiten. Da niemand anderer bereit ist, sie ihnen zu geben, zwingen sie den eigenen Nachwuchs dazu. Ist ja alles verständlich. Aber was tu ich dabei? Weshalb gebe ich mich dazu her, bei dieser kümmerlichen Selbstbefriedigung mitzumachen?

Rubinstein, zermartere dich nicht mit Selbstvorwürfen. Jetzt geht es nur um dich. Du musst das Scheißabi machen, koste es, was es wolle. Also musstest du in Deutsch ein Thema wählen, das du einigermaßen bewältigen kannst. Wenigstens technisch. Technisch bewältigen! Deine deutschen Mitbürger haben schon genug »technisch bewältigt«, unter anderem fast das gesamte europäische Judentum. Ja, deine deutschen Landsleute. Du sprichst ihre Sprache, lebst in ihrem Land und in ihrer Kultur, teilst ihre Staatsbürgerschaft – und auch ihren Opportunismus. Das Erschreckende an den Hitlerjahren waren ja nicht nur die Endlöser. Wie viele werden es schon gewesen sein? 10 000 Mann vielleicht.

Zehntausend von 80 Millionen. Das heißt, 99,99 Prozent der Deutschen haben sich nicht direkt an der Judenermordung beteiligt. Die meisten werden sie trotz eines »gesunden« Antisemitismus sogar abgelehnt haben.

Dagegen unternommen hat aber fast niemand etwas, obwohl fast jeder wusste, was los war.

Du teilst eine weitere Eigenschaft mit deinen deutschen Landsleuten: ihren Masochismus, ihr schlechtes Gewissen nach der Tat. Gewiss, was die Kerle mit den Juden gemacht haben, war einmalig. Aber die Türken haben den Armeniern Ähnliches angetan und die Japaner den Chinesen. Doch keiner hat sich nach vollbrachter Tat so zerknirscht gegeben wie die Deutschen. Und die Mimose Rubinstein ist sogar schon vor der Tat zerknirscht. »Tat« – was tust du schon Schlimmes? Du schreibst einen opportunistischen Aufsatz. Na und? Das haben unzählige Schüler auf der ganzen Welt schon vor dir gemacht. Musst du dich deshalb gleich mit den Nazis vergleichen?

Scheiße! Ich vergleiche mich ja gar nicht mit den Nazis,

sondern mit ihren widerlichen Mitläufern. Dass Millionen Schüler ebenfalls opportunistische Aufsätze geschrieben haben, ist ein schwacher Trost. Denn genau diese Typen wurden später Mitläufer.

Genug, Rubinstein! Du wirst jetzt schleunigst aufzeigen, dass an die Stelle des Hitler-Regimes ein demokratisches Deutschland getreten ist. Womit die Herausforderung der Olympischen Spiele bewältigt wäre – und mein Deutschabitur.

ANDERS?

Das darf doch nicht wahr sein? Ich warte zwei Tage lang wie ein Vergifteter darauf, sie wiederzusehen, zermartere mir den Kopf, ob ich ihr Blümchen mitbringen soll oder nicht, ob ich zu spät oder zu früh auftauchen soll, und sie schleppt ihre Freundin mit. Unseren Mädchen würde so etwas nie einfallen. Die kommen allein oder gar nicht.

Am liebsten würde ich wieder abhauen. Spiel nicht die beleidigte Leberwurst, das bringt überhaupt nichts! Mach das Beste aus der Situation. »Grüß dich. Na, wie geht's dir?«

»Prima. Und wie war's gestern im Abitur?«

»Mäßig. Wir hatten ein idiotisches Thema: Olympia 1972. Man sollte wohl schreiben, wie toll alles wird.«

Wieder dieses sanfte Grinsen. »Mensch, das muss langweilig sein.«

»Exakt.« Vielleicht rede ich anstandshalber ein Wort mit ihrer Freundin? »Grüß dich. Wie heißt du?«

»Angelika.« So sieht sie auch aus!

»Sag mal, Susanne, was hältst du von einem Spaziergang zum Kleinhesseloher See?«

»Eigentlich gern, Jonathan, aber Angelika und ich sind bei unseren Vermietern eingeladen, und da soll es nicht zu spät werden.«

Was soll denn das schon wieder? Zuerst schleppt sie die Freundin an, jetzt hat sie keine Zeit. »Wann musst du denn gehen?«

»Ich fürchte, schon bald.« Sie sieht mich von der Seite skeptisch an. »Es tut mir leid. Ich habe mich wirklich gefreut, dich wiederzusehen, ehrlich. Aber dann haben uns die Webers für heute zum Mittagessen eingeladen. Die fahren nämlich heute Nachmittag weg und haben uns gebeten, auf Stefan, ihren Sohn, aufzupassen.«

Das heißt, dass sie am Wochenende mit Babysitten beschäftigt ist. Scheiße! Fluch nicht, versuch's dennoch. »Ich möchte dich trotzdem gern sehen.«

»Sicher, ich auch.«

Mach gleich einen konkreten Vorschlag: »Was hältst du von heute Abend?«

»Gern, aber wir müssen doch auf den Stefan aufpassen. Hast du nicht Lust vorbeizukommen? Wir wohnen in der Thierschstraße.«

Dann darf ich den ganzen Abend mit ihrer Freundin verbringen. »Ihr werdet doch nicht zu zweit auf das Kind aufpassen müssen. Genügt es nicht, wenn Angelika bei ihm bleibt? Ich hol dich ab, wenn der Kleine eingeschlafen ist.«

»Wohin willst du denn?«

Na also! »Was hältst du von einem kleinen Schwabing-Bummel?«

»Lust hätte ich schon.« Ihre Augen strahlen. Oder kommt es mir nur so vor?

»Sag mal, Angelika, könntest du heute Abend auf Stefan aufpassen?«

»Ich weiß nicht.«

Wenn sie bis jetzt noch keinen Deppen aufgetrieben hat, der mit ihr samstags abends wegwill, wird sie ihn auch heute Nachmittag nicht mehr finden. »Ich glaube, das wird schon irgendwie klappen. Was hältst du davon, wenn ich dich gegen halb neun abhole? Wenn irgendetwas dazwischenkommt, können wir immer noch weitersehen.«

»Gut.« Ihre Stimme klingt ein wenig gepresst, so sieht sie mich auch an. Ich habe sie überrumpelt. Na und? Sonst würde sie den ganzen Abend mit ihrer Freundin zu Hause sitzen. Jetzt bleib dran: »Was haltet ihr von einer kleinen Runde: Chinesischer Turm – Haus der Kunst, von dort ist es für euch nicht mehr weit zur Thierschstraße.«

»Prima.« Ihre Augen leuchten wieder – sie stapft sofort los. Ich ziehe mit. Angelika zuckelt hinterher.

Weshalb hat sie sie nur mitgenommen? Kann es sein, dass sie sich nicht sicher war, ob ich kommen würde, und dann nicht allein dastehen wollte? Philosophiere nicht, quassle mit ihr. »Na, hast du inzwischen fleißig in deinen englischen Büchern gelesen?«

»Kaum. Donnerstag habe ich noch gefaulenzt und gestern gearbeitet. Ich beneide dich richtig, dass du noch zur Schule gehst. Aber jetzt bist du ja damit fertig.« Sie sieht mich halb lächelnd, halb grinsend an. »Und was wirst du jetzt tun?«

»Gute Frage. Ich weiß noch keine Antwort. Erst mal

ausgiebig Ferien machen. Vielleicht fällt mir dabei was Vernünftiges ein.«

»Das finde ich gut, dass du dich nicht von vornherein festlegst.« Jede jüdische Frau wäre hellauf entsetzt – und sie findet's gut. Es ist trotzdem alles Mist. Statt mit ihr hier auf einer Wiese unter dem knallig blauen Münchner Föhnhimmel zu liegen und zu knutschen, führe ich ein scheinintellektuelles Gequatsche, was wäre wenn, falls und so weiter und so fort. Gemach, Reb Jid! Bis jetzt läuft alles hervorragend. Du wirst sie heute Abend sehen, wahrscheinlich sogar allein. Sie mag dich, der Rest ist Routine. Jetzt hast du vor lauter spitzfindigem Überlegen fast das Entscheidende vergessen: »Wo wohnt ihr in der Thierschstraße?«

»In Nummer 46. Wieso?«

»Damit ich weiß, wo ich dich heute um halb neun abholen soll.«

Wieder dieser gequälte Blick. »Ich weiß doch noch nicht, ob es überhaupt klappen wird mit heute Abend.«

»Es wird, es wird.«

»Übrigens, du musst bei Weber läuten.«

»Weiß ich.«

»Woher?«

»Na, du hast doch erzählt, dass Familie Weber euch zum Mittagessen eingeladen hat.«

»Ach so, Mensch, bin ich doof.«

»Also dann, bis später.«

»Ja, bis später, Jonathan.«

»Esel, ich nehme heute Abend den Wagen.«

»Kommt nicht in Frage.«

»Und weshalb nicht, wenn ich fragen darf?«

»Weil Friedrich im Krankenhaus liegt.«

»Aber gerade weil er im Krankenhaus liegt, kann es ihn doch nicht stören, wenn ich das Auto benutze.«

»Doch! Weil er sich dann die ganze Zeit Sorgen machen muss.«

»Und weshalb muss er sich Sorgen machen, wenn ich das Auto nehme?«

»Weil du nicht fahren kannst! Es hat dir wohl nicht genügt, ein Auto kaputt zu fahren, jetzt willst du schon das nächste fertigmachen. Glaubst du, wir sind Millionäre?«

»Nein. Leider nicht, sonst würdet ihr euch lockerer benehmen – oder umgekehrt, wenn ihr locker wärt, dann hättet ihr Millionen gemacht. Aber das lässt sich leider nicht ändern. Los, gib die Schlüssel her.«

»Nur über meine Leiche.« Sie ballt ihre kleinen Fäuste.

Ich muss unwillkürlich auflachen. »Keine Sorge, Esel, ich will dich nicht killen.«

»Bei dir kann man nie wissen.«

»So, Esel, und jetzt sag mir ganz ruhig, warum du mir das Auto tatsächlich nicht geben willst. Vom Autofahren hast du nämlich keinen blassen Schimmer – und dass Friedrich Vertrauen in meinen Fahrstil hat, kannst du daran erkennen, dass er mir den Wagen für die Fahrt nach Ichenhausen gegeben hat. Also, was ist los?«

»Friedrich kann tun, was er will. Ich weiß, dass du leichtsinnig bist, und das ist im Verkehr gefährlich.«

»Ich dachte, du willst mir den Wagen nicht geben, weil Friedrich sich keine Sorgen machen soll. Jetzt erzählst du plötzlich, dass es dir egal ist, was er tut, und fängst an, von meinem Leichtsinn zu faseln.«

»Du bist leichtsinnig, und deshalb wäre es unverantwortlich von mir, dir den Wagen zu geben. Und wenn – Gott behüte – was passiert, setzt du damit das Leben von Friedrich aufs Spiel. Wo willst du überhaupt hin, heute Abend? Du solltest lieber so kurz vor dem Abitur zu Hause sitzen und lernen.«

»Und du solltest mich lieber am Arsch lecken.«

»Bist du verrückt geworden, so mit der eigenen Mutter zu sprechen?«

»Nein. Aber die ewigen Belehrungen und Befragungen meiner ›eigenen Mutter‹ gehen mir auf die Nerven.«

»Siehst du, dass du keine Nerven hast – und du willst, dass ich dir das Auto geben soll?«

»Rutsch mir den Buckel runter.«

»Wohin willst du gehen?«

»Das geht dich einen feuchten Kehricht an.«

»Warum hat Rachel Blum seit einer Woche nicht mehr angerufen?«

»Frag sie doch!«

»Du wirst lachen, das werde ich tun. Irgendetwas stimmt seit einigen Tagen nicht mehr mit dir. Du benimmst dich plötzlich wie ein Fremder. Rachel hat doch fast jeden Tag angerufen.«

»Wenn du es wagst, anzurufen, dann zerdeppere ich dir dein schönes Telefon.«

»Mehr musst du nicht sagen. Sie hat dir sicher den Laufpass gegeben. Sogar sie.«

»Wieso ›sogar sie‹?«

»Weil Rachel Blum als anständiges und gutmütiges jüdisches Mädchen bekannt ist.«

»Soso.«

»Was heißt soso?«

»Lass mich in Frieden.« Ich wende mich meinem Zimmer zu. Esel stellt sich mir in den Weg. »Ich lasse dich nicht durch, ehe du mir gesagt hast, was los ist mit dir und Rachel.« Ich schiebe sie einfach zur Seite, öffne die Zimmertür, trete ein, aber sie quetscht sich unmittelbar nach mir in den Raum. »Sag mir endlich, was los ist! Ich geh nicht früher aus dem Zimmer.«

»Bitte, wie du willst. Bekomm ich den Wagen?«

»Darüber reden wir später.«

»Nein, jetzt!«

»Also gut, du kannst ihn haben, aber nur heute Abend.«

»Ich dachte, ich bin leichtsinnig.«

»Mach mich nicht wahnsinnig, sag mir endlich, was mit dir und Rachel los ist.«

»Nichts.«

»Was heißt nichts? Hat sie mit dir aufgehört? Hat sie einen anderen Freund?« Was quält sie sich so? An das Geld der Blums kommt *sie* sowieso nie ran. Aber ihr »missratener« Sohn soll es wenigstens besser haben als sie und Friedrich.

»Esel, die Sache ist wesentlich einfacher, als du denkst. Sie geht nach Israel. Und ich, als braver Sohn, muss hierbleiben.«

Sie atmet hörbar auf. »Warum, meinst du, geht sie nach Israel?«

»Um einen Mann zu finden, wozu sonst?«

»Wozu muss sie noch nach Israel fahren? Sie hat doch dich.«

»Was heißt, sie hat mich? Ich will sie doch nicht heiraten.«

»Sag mal, bist du von allen guten Geistern verlassen? Wenn dieses Mädchen Interesse an dir hat, dann musst du sie heiraten.«

»Und warum, wenn ich fragen darf?«

»Das weißt du ganz genau, sie ist ein anständiges jüdisches Mädchen.«

»Und hat Geld.«

»Na und? Ist Geld eine Sünde?«

»Nein.«

»Eben! Also, nett ist sie, Geld hat sie, gerne hat sie dich auch – obwohl ich sie da nicht verstehe. Auf was wartest du dann noch? Sei einmal in deinem Leben mutig, sage ihr, dass du sie gernhast und dass sie dableiben soll, dann geht ihr noch eine Weile zusammen, und dann, mit Gottes Hilfe, werdet ihr heiraten.« Esel strahlt.

»Aber ich habe keine Lust, Rachel zu heiraten, auch nicht ›mit Gottes Hilfe‹.«

»Warum denn nicht, um Gottes willen?«

Schon wieder Gott! »Weiß ich nicht, ich habe keine Lust.«

»Hast du sie nicht gern?«

»Doch. Aber mehr nicht.«

»Was willst du mehr?«

»Eben mehr. Genau weiß ich es auch nicht. Aber es muss schon ein bisschen mehr sein als einfach mögen.«

»Suchst du die große Liebe?«

»Vielleicht.«

»Du suchst also die große Liebe, du Verrückter. So was

gibt es nur im Kino. Im Leben kommt die Liebe mit der Zeit, wenn man sich besser kennenlernt und viel gemeinsam durchgemacht hat.«

»Verstehe. Dann entwickelt sich so eine Liebe wie zwischen Friedrich und dir. Lieber bleibe ich unverheiratet.«

»Vater und ich lieben uns.«

»Diese Liebe suche ich nicht.«

»Welche dann?«

»Weiß ich nicht. Aber das, was zwischen Friedrich und dir oder zwischen Rachel und mir ist, genügt mir nicht.«

»Schau ihn an! Stellt auch noch Ansprüche. Wer, glaubst du, bist du überhaupt? Ein Nichtsnutz, wenn du es genau wissen willst.«

»Eben. Viel zu schade für Rachel.«

»Genau!« Endlich schreit sie.

»So, und jetzt verschwinde hier, ich möchte mich umziehen.«

»Was machst du jetzt?«

»Ich geh weg.«

»Mit wem?«

»Esel! Lass mich jetzt in Ruhe, sonst passiert was!«

»Sag mir, mit wem du gehst, sonst rühre ich mich nicht vom Fleck.«

»Dann ziehe ich mich eben in deiner Gegenwart um.«

»Gehst du wenigstens mit Rachel weg?«

»Nein!«

»Mit wem sonst?«

»Mit einer Schickse, verdammt noch mal.« Sie hat es wieder geschafft. Ich brülle und erzähle ihr genau, was sie wissen will.

»Das wirst du nicht tun!«, schreit sie mit sich überschlagender Stimme zurück.

Warum muss diese Frau jedes angenehme Gefühl und jede gute Stimmung in mir zertrampeln? Mir ist übel geworden. »Genug jetzt, Esel!«, tobe ich und schiebe sie aus dem Zimmer.

»Rühr mich nicht an, du Schläger!«

Auf dem Flur schreit sie weiter: »Das Auto kriegst du nicht. Ich soll ihm das Auto geben, damit er sich mit Schicksen rumtreibt. Nichts kriegst du! Hast du verstanden? Nichts, gar nichts!«

Ruhig bleiben, Rubinstein! Lass dich nicht provozieren.

Wenige Minuten später gehe ich ins Wohnzimmer, öffne die Kommodenschublade und greife mir die Autoschlüssel. Esel rennt auf mich zu. »Was hast du da herausgenommen?«

»Die Wagenschlüssel, wenn du nichts dagegen hast.«

»Gib sie sofort her!« Sie greift danach, ich ziehe meine Hand weg.

»Wenn du mir nicht sofort die Autoschlüssel gibst, rufe ich die Polizei – so wahr ich hier stehe«, brüllt sie.

Das wird sie zwar nicht tun. Aber die »aufmerksamen« Nachbarn wissen jetzt, dass bei »den Juden« heute wieder was los ist. Ich renne aus dem Haus, schwinge mich hinters Steuer und brause los. In deiner jetzigen Stimmung baust du garantiert einen Unfall. Esel wird sich bestätigt fühlen. Ich biege in die Thierschstraße ein. Parke in der erstbesten Lücke. Ich bin ohne Licht gefahren. Nicht schlimm, es ist noch einigermaßen hell. Erst drei viertel acht. Da kann ich noch eine Weile an der Isar spazieren gehen, um mich wieder einigermaßen zu beruhigen.

Verdammt, jetzt warte ich schon mindestens eine Minute vor der Haustür, und nichts rührt sich. Ob sie wohl weg sind? Ach was, die müssen doch auf den Rotzlöffel aufpassen. Oder will Suse mich einfach nicht sehen? Unsinn, dann hätte sie sich doch nicht mit mir verabredet. Was heißt hier verabredet? Ich habe ihr die Verabredung doch aufgedrängt. Was ist ihr schon übriggeblieben, als ja zu sagen. Nein, zum Beispiel. Wenn sie zugesagt hat, dann wird sie sich schon nicht verstecken. Warum macht sie dann nicht auf? Weil sie dein Geklingel nicht gehört hat, beispielsweise. Vor lauter Nervosität hast du sicher auf den falschen Knopf gedrückt oder zu kurz oder weiß Gott was. Du musst also nochmals klingeln. So, ganz ruhig, Rubinstein, den rechten Zeigefinger auf den Knopf über »Weber« und jetzt kräftig drücken ... so.

Im gleichen Moment schiebt sich Susannes Kopf aus der schweren Holztür.

»Na, na, wer wird denn so ungeduldig werden?«

Ich bin verdattert. Wieder diese schelmischen Puppenaugen, gepaart mit dem spöttischen Mund. Sie sieht klasse aus. Das honigblonde Haar, der reizende Nacken, der lange Hals. Los, sag was! »Grüß dich. Ich dachte, ihr hättet das Klingeln nicht gehört.«

»Doch. Ich höre noch ganz gut in meinen Jahren.« Sie lacht. »So, wo gehen wir hin, Jonathan?«

Vor lauter Streiten mit Esel bin ich nicht dazu gekommen, mir zu überlegen, wohin ich mit der Frau ziehen soll. Mir wird schon was einfallen. Zum Tanzen ist es jedenfalls noch zu früh. »Fahren wir erst mal los nach Schwabing, dann fällt uns schon was ein.«

»Prima. Ich mag auch kein langes Planen.«

»Was hältst du zunächst von einem Tee oder so was im ›Drugstore‹?«

»Prima.«

»Ganz nett ist es hier. Bist du öfter im ›Drugstore‹?«

»Ja, hin und wieder. Weißt du, ich war früher in so einer Clique, und da haben wir uns öfters hier getroffen.«

»Schön. Und was habt ihr sonst unternommen?«

»Rumgesessen, gequatscht und Partys organisiert.«

»So das Übliche.«

»Ja. Aber auf die Dauer stinklangweilig. Jetzt, wo die meisten von uns das Abi machen beziehungsweise schon gemacht haben und viele aus München weggehen, wird es wohl aus sein. Ist auch gut so! Wir hatten uns zuletzt so gut wie nichts mehr zu sagen. Und du? Was machst du in deiner Freizeit?«

»Wenig. Ein bisschen lesen, Konzerte und so. Ich bin noch nicht so lange in München. Und da habe ich noch nicht viele Freunde.«

»Jetzt hast du mich.«

»Ja.« Sie sieht mich ein wenig verlegen an, grinst aber gleich darauf. »Ja, das wäre ganz schön.«

Alles klar, Rubinstein! Was ist klar? Sie findet dich sympathisch – na und? Das hat die Taucher zunächst auch getan. Gemach, Reb Jid! Die Taucher ist einige Jahre älter und deine Lehrerin – deshalb hatte sie Angst. Hier ist alles offen. Es liegt alles in deiner Hand – und in ihrer. »Was hältst du davon, wenn wir ein bisschen zum Tanzen gehen? Hier in der Nähe gibt's einen Haufen Discos.«

»Gerne.«

Verdammt! Alle anderen Paare auf der Tanzfläche knutschen und drücken, nur wir tanzen wie »anständige Menschen«. Weil sie mich eisern auf Distanz hält – selbst bei den schwülstigsten Matratzenplatten. Und ich Feigling traue mich nicht, sie einfach an mich zu ziehen. Wenn ich's ganz vorsichtig versuche? Langsam, sehr behutsam – immer den Rückzug offenlassend – schiebe ich meine Wange gegen ihre. Ein kurzes Zurückzucken, dann bleibt sie. Ich spüre ihre warme Gesichtshaut, rieche eine Mischung aus Körpergeruch, Parfüm und Haarshampoo. Sie fühlt sich so angenehm an. Mir geht es gut.

»Ist doch ganz nett hier, nicht?«, krähe ich, als wir wieder am Tisch sind.

»Ja, ja.« Auch sie ist unsicher.

»Weißt du was, Susanne. Mit dir macht es echt Spaß, wegzugehen. Wir sollten das öfters tun.«

»Ja. Du hast ja jetzt viel Zeit.«

»Noch nicht.«

»Ich dachte, du hast gestern dein Abi gemacht?«

»Ja – aber nur in Deutsch. In zwei Wochen muss ich noch in Mathe, Englisch und Physik ran.«

»Mensch. Da hast du ja noch allerhand zu tun. Da solltest du nicht so lange hier rumsitzen, sondern pauken.« Originalton Esel – und unsere Mädchen. »Warte mal, wann, sagst du, hast du deine letzte Abi-Prüfung?« Sie fischt einen kleinen Terminkalender aus ihrer Handtasche.

»So in knapp zwei Wochen.« Susanne hat bereits den Kalender aufgeschlagen.

»Das heißt, am Wochenende, 13./14. Juni, hast du alles hinter dir.«

»Ja, am 11. ist das Physik-Abi, und danach ist Schluss.«

»Prima. Dann können wir uns ja an diesem Wochenende sehen.«

»An alter Stelle, zur gleichen Welle beziehungsweise Zeit?«

»Fein. Ich freue mich schon.«

»Ich auch.«

»Gehen wir allmählich?« Fehlt bloß noch, dass sie mir erzählt, dass ich jetzt viel Schlaf brauche.

Reb Jid, du musst sie jetzt küssen, es führt kein Weg vorbei. Sie muss wissen, dass du mehr von ihr willst, als gelegentlich zum Tanzen zu gehen. Aber warum kommt sie mir nicht irgendwie entgegen? Weil sie wahrscheinlich genauso viel Bammel davor hat wie du!

»Jonathan. Es war ein sehr schöner Abend.«

»Ja.« Was heißt »ja«? Tu was, Mann, ehe sie dir aus dem Auto steigt.

»Ja, es war wirklich sehr nett mit dir. Ich freue mich darauf, dich wiederzusehen.«

»Ich auch.«

Los, Kerl! Ich beuge mich vor und küsse sie auf die Wange. Sie reagiert überhaupt nicht. Bewegungslos verharrt sie sekundenlang auf ihrem Platz. Dann hellt sich ihre Miene wieder auf.

»Also dann, tschüss – bis zum übernächsten Samstag, Jonathan.«

»Servus.«

Sind die Schicksen wirklich so anders als unsere Mädchen? Ihr ist mein Abi ebenso wichtig wie zuvor der Rachel.

Sie ist zumindest so schüchtern wie unsere Frauen. Dass sie immer »ja« und »prima« sagt, ist auch nichts Besonderes – da steht ihr Rachel kaum nach. Und dass sie fast ständig gute Laune hat und ich mich in sie verliebt habe, hat nun wirklich nichts damit zu tun, ob sie zu uns oder zu ihnen gehört.

GRIECHENLAND

»Na du, wie geht es dir? Ich hab dich richtig vermisst in den letzten zwei Wochen.«

»Ich dich auch.« Sie mag mich noch immer. Und ich Idiot habe jeden Tag befürchtet, dass sie die Lust verlieren würde, mich wiederzusehen. Warum bin ich so unsicher? Die Taucher, die Mara und Ruchale haben mich doch auch gerngehabt. Weshalb soll Suse mich dann nicht mögen?

»Und was unternehmen wir heute Abend?«

»Wir gehen zu meiner Schwester.«

»Hat sie eine eigene Bude, oder wohnt sie auch bei deinen Eltern?«

»Nein, sie ist in Schwabing.«

»Weiß sie überhaupt, dass wir kommen?«

»Nein.«

»Du, ich weiß nicht, ob das richtig ist, die kennt mich doch gar nicht.«

»Keine Sorge, *die* Schwester freut sich bestimmt über unseren Besuch.«

»Meinst du?«

»Komm, steig ein, es wird dir bestimmt gefallen.«

Heute gab es ausnahmsweise keinen Kampf ums Auto mit Esel.

»Übrigens, wie ging es dir beim Abitur?«

»Ich hoffe sehr, dass es gereicht hat. Sonst sieht es bitter aus.«

Ich parke den Wagen in der Türkenstraße auf Höhe der Schellingstraße. Ein angenehmer, lauer Wind streicht durch die Straße. Vor den Schaukästen des Türkendolch-Kinos bleiben wir stehen.

»Warst du schon mal in einer Spätvorstellung im ›Türken‹, Susanne?«

»Nein. Wieso?«

»Weil es jedes Mal ein irrer Spaß ist. Die Zuschauer sind meist Studenten, Ausgeflippte oder Gaudivögel. Sobald das Licht ausgeht, geht's im Zuschauerraum los. Die meisten pfeifen, klatschen oder brüllen einfach so durch die Gegend. Viele nehmen Bierflaschen mit ins Kino, die sie später nach vorn rollen lassen. Auch Obstschalen, Tüten und weiß Gott sonst was fliegen durch die Gegend. Das Lustigste aber sind die Bemerkungen. Jede Szene wird lautstark kommentiert – sonst wird man ja nicht gehört. Es ist deshalb vollkommen unwichtig, in welchen Film man geht, Gaudi gibt's immer.«

Wir schlendern weiter Richtung Kunstakademie. Nach etwa hundert Metern bleibe ich stehen und öffne eine Lokaltür.

»Komm, Susanne.«

»Ich dachte, wir wollten zu deiner Schwester?«

»Sind wir auch. Der Laden heißt ›Meine Schwester und ich‹.«

»Blödmann, mich so reinzulegen.«

»Du wirst sehen, nicht nur der Name ist hier originell.«

Innen ist alles dunkel und stumpf: der verwaschene, glanzlose Holzboden, die Holzsessel und -tische. Der Raum wird von matten Deckenleuchten, Tischkerzen und gelbgrünem Licht aus dem Aquarium erhellt.

Wir schlängeln uns durch enge Tischreihen. Am schmalen Zweiertisch unterhalb des Aquariums nehmen wir Platz. Die Wasserschildkröten paddeln mit erstaunlicher Geschwindigkeit und Geschicklichkeit zwischen Pflanzen und Steinen hin und her.

»Die sind ja richtig fix. Nicht so langweilig wie Landschildkröten.«

»Ich liebe Landschildkröten aber mehr. Als Kind in Israel habe ich am liebsten mit ihnen gespielt.«

»Reagieren die überhaupt? Mir kommen Schildkröten so eintönig vor.«

»So eintönig, wie sie aussehen, werden sie wohl kaum sein. Schildkröten gehören zu den ältesten Tierarten. Sie müssen sich also trotz ihrer Langsamkeit fixer als andere Tiere auf die veränderte Umwelt eingestellt haben. Und weil sie so schonend und weise mit ihren Kräften umgehen, werden sie sehr alt. Das imponiert mir, denn ich lebe unheimlich gern. Auch ich möchte sehr alt werden.«

»Ich nicht.« Sie wird ernst.

»Weshalb?«

»Weil die Leute dann nicht mehr gesund sind und meist auch recht merkwürdig werden. Meine Oma, die war die letzten Jahre nicht mehr richtig im Kopf. Das war wirklich schlimm. Man konnte ihr kaum helfen. Ich musste öfters auf sie aufpassen, und wenn sie mir dann auf die Nerven ging, habe ich sie ordentlich gepiesackt. Das hat mir danach immer furchtbar leid getan, aber das nächste Mal war es wieder das Gleiche. Als sie vor einem Jahr starb, habe ich entsetzliche Gewissensbisse bekommen, aber da war es schon zu spät.«

Merkwürdig. Ich dachte, Eltern piesacken mit anschließenden Gewissensbissen wäre unsere Spezialität. Gottlob ist Fred nicht abgekratzt. Stimmt, aber im Moment hilft das nicht weiter. Du musst mit Suse quatschen! »Außerdem sind Schildkröten schön.«

»Jetzt veräppelst du mich.«

»Nur ein wenig. Ich finde Schildkröten schön, und dich finde ich schön und hab dich gern.«

Sie lacht. »Danke für den Vergleich. Ich weiß nicht, ob ich auf dieses Kompliment stolz sein soll.«

»Sicher. Ich hab dich gern.«

Ich nehme ihre Hand, streichle sie. »Susanne, ich möchte mit dir zusammen in den Urlaub fahren. Nach Griechenland oder Spanien, jedenfalls dorthin, wo es warm ist.«

Sie blickt interessiert auf unsere verschlungenen Hände. »Gut.« Ihre Augen bleiben gesenkt.

»Prima, wann hast du Urlaub?« Meine Stimme ist mit einem Mal rau.

»Ja.« Endlich blickt sie mich an. »Ja. Also, ich habe meinen Urlaub noch nicht angemeldet. Also ich könnte, glaube ich, sobald ich das beantrage, drei Wochen Ferien bekommen.«

»Ausgezeichnet! Was hältst du von Juli? Dann habe ich die Ergebnisse vom Abi und weiß, ob ich in die mündliche Prüfung muss. Alles in allem ist der Zirkus in der ersten Juliwoche vorbei. Danach könnten wir sofort losbrausen.«

»Ja.« Sie blickt wieder auf den Tisch.

»Was ist denn, hast du keine Lust?«

»Doch«, sie sieht mich wieder an, ihre Stimme bleibt leise. »Ich freue mich schon. Nur kommt das alles so plötzlich. So unvorbereitet.«

Verloren! Sie will es mir nur schonend beibringen.

»Das kam doch alles sehr überraschend. Ich freue mich trotzdem – sehr.« Sie blickt mir gerade in die Augen, lächelt wieder mit herabgezogenen Mundwinkeln.

»Prima. Und wohin fahren wir jetzt? Nach Spanien oder Griechenland?«

»Griechenland. Ich wollte mir schon immer die alten Tempel ansehen.«

»Also abgemacht? Griechenland, Anfang Juli.«

»Abgemacht.«

Geschafft, Rubinstein!

ESEL VERSTEHT

»Was ist mit dir los? Seit Tagen machst du ein Gesicht wie ein Bankrotteur. Vor dem Abitur hast du nie Zeit zum Lernen gehabt. Warst immer unterwegs. Und jetzt hockst du die ganze Zeit zu Hause rum und bist muffig. Wieso gehst du nicht mit Rachel weg? Nicht mal mit Peter? Was ist los mit dir?«

»Lass mich in Ruhe, Esel.«

»Nein! Zuerst wirst du mir sagen, was passiert ist.«

»Nichts.«

»Nichts, schmichts! Irgendwas stimmt nicht mit dir. Sonst warst du doch in den Ferien immer blendender Laune. Hast du dich überhaupt schon an der Universität wegen deines Betriebswirtschaftsstudiums erkundigt?«

»Nein.«

»Was heißt nein? Das Studienjahr wird doch bald beginnen, da muss man sich doch vorher anmelden. Frau Fuchs hat mir erzählt, dass Peter sich schon an der Universität erkundigt hat.«

»Die soll mich mitsamt ihrem Sohn am Arsch lecken!«

»Bist du jetzt vollständig übergeschnappt? Peter war doch immer dein bester Freund.«

Ich antworte nicht.

»Sag mir endlich, was los ist!«

»Hau ab, du alte Giftmischerin.«

»Du bist wirklich vollständig verblödet. Ich will jetzt wissen, was los ist. Ich werde dich vorher nicht in Frieden lassen. Sag es mir endlich!«

»Wenn du es genau wissen willst, ich habe irgendwie das Gefühl, dass ich durchs Abi gesegelt bin.«

»Gott, du Gerechter. Warum hast du das nicht früher gesagt?«

»Weshalb?«

»Weshalb? Bist du wirklich zu dumm, um das zu begreifen? Weil ich dann sofort mit eurem Direktor, Herrn Dr. Koch, gesprochen hätte.«

»Und was hätte das genützt?«

»Was das genützt hätte? Ich hätte mit ihm geredet wie mit der Frau Dr. Schneeberger. Ich hätte ihm gesagt, ›wir haben unser ganzes Leben nur Verfolgung und Leid gekannt. Jetzt liegt mein Mann auf Leben und Tod im Krankenhaus. Wenn mein Sohn jetzt wieder, mit 21 Jahren, durchfällt und er die ganzen Jahre umsonst gelernt hat, dann stirbt mein Mann noch vor Aufregung, und ich und mein Sohn gehen auch zugrunde. Haben Sie Erbarmen mit uns!‹« Die letzten Worte hat sie mit heiserer Stimme geschrien.

Mir ist übel geworden. Wird diese Nazi- und Verfolgtsein-Kotze nie ein Ende nehmen? Wird es immer so weitergehen, dass man, sobald man in der Klemme sitzt, an das schlechte Gewissen der Deutschen appelliert und um Gnade winselt, sich also moralisch noch tiefer stellt als das Herrenvolk?

»Ich werde jetzt Herrn Dr. Koch anrufen. Vielleicht kann er doch noch das Schlimmste abwenden.«

»Das wirst du nicht tun, Esel!«

»Halt den Mund, Schwächling! Meinst du, dass ich das gern tue? Diese Leute anzubetteln. Ich, Klara Rubinstein, der man die ganze Familie ausgerottet hat, muss die Deutschen um Gnade bitten, weil mein Sohn zu faul zum Lernen war. Und jetzt bist du sogar zu feige, dich um die Folgen zu kümmern. Dir ist es wohl lieber, wenn du durchfällst und alles zum Teufel geht, wofür du und deine Eltern seit 14 Jahren geschuftet haben? Wenn du Angst hast, dann geh aus dem Zimmer, während ich mit deinem Direktor telefoniere. Wenn es nur nicht zu spät ist – durch deine Feigheit!« Ihr Gesicht hat sich gerötet. Sie und ihresgleichen haben das Judentum mit unzerstörbarer Vitalität und Unerschrockenheit über Jahrtausende am Leben erhalten – nicht die vielgerühmten Rabbiner und Talmudgelehrten. Der Preis war die Kastration der Väter und Söhne.

Schon ist Esel am Telefon, sucht die Nummer in ihrem Notizbuch und wählt. »Geben Sie mir bitte Herrn Dr. Koch. Mein Name ist Rubinstein.« Sie bleibt ruhig. »Ja, Herr Dr. Koch, grüß Gott. Ich wollte Sie fragen ... Vielen Dank. Danke ... Nochmals vielen Dank. Sie wissen gar nicht, welche Freude Sie uns damit machen ... Natürlich werde ich das niemandem sagen ... Gut. Alles Gute und nochmals vielen herzlichen Dank. Auf Wiedersehen.«

Verdammte Scheiße! Möglicherweise war der Koch vor dreißig Jahren SS-Mann und hat ihre Familie umgenietet. Oder sein Bruder oder sein Vater oder sein Onkel oder sein Freund. Irgendjemand muss es doch getan haben! Und wegen mir musste Esel anrufen und »Vielen Dank, vielen Dank, nochmals vielen Dank« sagen. Für was? Für gar nichts! Und das alles nur, weil ich zu faul war, ein bisschen zu lernen, und mir anschließend vor Angst ins Hemd geschissen habe.

»Das wird die beste Medizin für Vater sein, wenn er Ende der Woche aus dem Krankenhaus kommt.«

Ich würde am liebsten losheulen. Aber seit meinem Geschluchze in der Schule kann ich nicht mehr weinen – auch wenn ich es will. Ich muss jetzt raus. Auf die Straße, an die Isar oder zum Teufel – Hauptsache raus. »Esel, sei nicht böse, aber ich muss jetzt allein sein.«

»Ich verstehe dich, mein Kind.«

IMPOTENT

»Du bist heute vielleicht ausgelassen, Jonathan.« Susanne schüttelt mit gespielter Entrüstung ihren Kopf. »Ja, seit drei Tagen weiß ich, dass ich das Abi geschafft habe, gestern ist mein Vater aus dem Krankenhaus rausgekommen, und heute ist meine Mutter zur Kur gefahren – lauter gute Sachen. Und dich sehe ich endlich auch wieder.«

»Das ist sicher die Hauptsache.« Sie lacht.

»Du weißt genau, dass ich mich irre freue, dich wiederzusehen.«

»Ich auch. Und was machen wir jetzt, Jonathan Rubinstein?«

»Was halten Sie von einem gepflegten Essen, Frau Andreesen?«

»Au fein.«

»Gut, gehen wir.«

»Und wohin?«

»Zu uns.«

»Aber dein Vater ist doch erst aus dem Krankenhaus gekommen. Der braucht sicher viel Ruhe.«

»Ruhe hat er dort schon genug gehabt. Der freut sich bestimmt, dich zu sehen.«

»Meinst du?«

»Da bin ich mir ganz sicher.«

»Gut. Vielleicht kann ich ihm ein wenig helfen ... Wo wohnt ihr übrigens?«

»Gleich um die Ecke, komm.«

»Fred, darf ich dir Susanne Andreesen vorstellen?«

»Angenehm, Sie kennenzulernen.«

»Vielen Dank. Ich hoffe, wir machen Ihnen nicht allzu viel Umstände, Herr Rubinstein.«

»Ganz und gar nicht. Ich freue mich sehr, eine so schöne Frau in meinem Haus begrüßen zu dürfen.« Eine leichte Röte überzieht Freds blasses Gesicht. So kenne ich ihn gar nicht, Esel wohl auch nicht. »Nehmen Sie bitte Platz. In einigen Minuten gibt es Essen. Hoffentlich mögen Sie es. Zuerst eine Kraftbrühe und danach ein Wiener Schnitzel mit Kartoffeln.« Endlich keine Vögel mehr.

»Ja, sicher. Kann ich Ihnen ein wenig in der Küche oder beim Auftragen helfen, Herr Rubinstein?«

»Bitte nicht. Ich bin so froh, dass ich wieder etwas Nützliches tun kann und dass ich mich nicht dauernd bedienen lassen muss.« Der Bursche ist wirklich rührend – wenn er nicht geeselt wird.

»Es hat ganz vorzüglich geschmeckt, Herr Rubinstein. Wo haben Sie so gut kochen gelernt?«

»Danke, Sie wollen mir schmeicheln.«

»Überhaupt nicht. So, und jetzt bleiben Sie sitzen, ich räume das Geschirr ab.«

»Das ist nicht nötig.«

»Doch, doch. Jonathan hat mir erzählt, dass Sie sich noch schonen müssen.«

»Gut, ich werde mich nach dem Essen ein wenig hinlegen.«

»Jonathan, magst du mir nicht beim Abspülen helfen?«

Komisch. Das erste Mal, dass ich so was mache. Ich wäre

nie auf den Gedanken gekommen – und wenn, Esel hätte mir nie erlaubt, in ihr »Reich« einzudringen. Sie würde auch nicht zulassen, dass eine Schickse unsere Wohnung betritt – und dass Fred sich darüber freut. Was soll's? Esel ist in Bad Mergentheim, und Susanne ist hier.

Ich bin mit Suse in meinem Zimmer. Fred wird nicht wie Esel alle zehn Minuten angeschissen kommen, um Blumen zu gießen oder uns Lejkach aufzuzwingen. Susanne hat sich neben mich aufs Bett gesetzt. Ich greife nach ihrer Hand, streichle sie.
»Schön hast du's hier.«
»Ja.«
»Du hast aber einen netten Vater.«
»Ja.« Reb Jid, Jasagen und Händchentätscheln genügen nicht. Du musst jetzt was Ernsthaftes tun, sonst darfst du mit ihr stundenlang über »deinen netten Vater« und anderes faseln. Aber was soll ich machen? Was denn wohl? Küssen! Aber wenn sie mehr will? Ich habe doch noch nie mit einer Frau geschlafen. Küssen! Ich beuge mich zu ihr, streichle mit der freien Hand ihre Wange. Dann küsse ich sie – auf den Mund. Sie weicht nicht zurück. Bald kommt mir ihre Zunge entgegen. Zärtlicher als die von Ruchale. Auch der Geschmack ist feiner, kaum wahrnehmbar. Wir umarmen uns. Ich lege mich auf sie. Mein Schwanz steht. Los, Mann, jetzt ist deine Stunde gekommen – endlich! Du musst an ihr rumspielen. Ich mache meinen Arm frei, schiebe ihn auf ihre Brust. Kein Widerstand – aber auch kaum Brust. Weiter! Ich lasse meine Hand tiefer gleiten, immer weiter, jetzt bin ich zwischen ihren Beinen. Sie

macht sich von meinem Mund los. »Nein.« Sehr überzeugend klang das aber nicht. Schon knutscht sie weiter. Ich stecke meine Hand in ihren Ausschnitt, taste mich vorsichtig vor. Susanne beugt ihren Kopf zurück. »Wieso fummelst du da rum?« Erschrocken ziehe ich meine Hand wieder heraus. Sie lacht. »Du könntest doch einfach die Bluse aufknöpfen, nicht?« Sofort hantiere ich an den Knöpfen. »Na, na, nicht so hastig, junger Mann.« Sie senkt ihre Stimme. »Sag mal, bist du sicher, dass dein Vater nicht hereinkommt?«

»Warte mal.« Ich schleiche zur Tür und verriegle das Schloss. Suse hat inzwischen ihre Bluse ausgezogen. Sie öffnet ihren weißen BH. Endlich sehe ich ihre kleinen Brüste. Ich streichle ihr Haar, ihre Brüstlein. Danach schiebe ich mich zu ihr aufs Bett und umarme sie. Wir küssen uns. Ich quetsche meine Hand in ihre Hose. Sie reagiert nicht. Aber mein Schmock. Er schrumpft. Schrumpft! Spinnt er? Was hat er denn? Wieso verkrümelt er sich gerade jetzt? Mach dir nichts draus, Rubinstein. In zwei Minuten ist er wieder der alte. Knutsche einfach weiter, dann ist alles wieder im Lot. Hoffentlich! Ich küsse sie, sanft, wild, aber mein Schmock reagiert nicht. Warum nicht? Beruhig dich, Reb Jid. Tu einfach, als ob nichts geschehen wäre. Was heißt, tu, als ob nichts geschehen wäre? Die Frau liegt halb ausgezogen da und wartet darauf, mit mir zu schlafen. Was mache ich nur mit ihr? Woher soll ich das wissen? Ich weiß ja nicht mal, was mit mir selbst los ist. Weshalb muss bei mir immer alles so kompliziert sein, lieber Gott? Warum kann bei mir keine einzige Sache glattgehen? Was tu ich jetzt nur? Am besten, du verschwindest erst mal für eine Weile. Ja, genau! Nur raus hier. »Du, Susanne ... ich muss mal kurz auf die Toilette.«

Sie setzt sich auf, sieht mich erstaunt an. »Jetzt?«

»Ja, eigentlich schon.«

»Dann geh eben.«

Leise öffne ich das Schloss, drücke die Türklinke hinunter und verschwinde im WC. Ich verriegle die Türe, reiße meinen Hosenverschluss auf und blicke ungläubig auf meinen geschrumpften Schwanz. Verflucht! Jahrelang habe ich auf diesen Moment gewartet. Nun, da es endlich so weit ist, lässt einen der eigene Schmock im Stich. Warum? Was hat der Kerl nur? Was ist mit mir? Impotenz? Ja, Impotenz!

Jetzt weiß ich wenigstens, weshalb ich mich bis heute nicht getraut habe, mit einer Frau zu schlafen. Weil ich irgendwie geahnt habe, dass ich impotent bin. Impotent! Aber wieso hat es dann bei Rachel geklappt? Was heißt geklappt? Du hast ein wenig rumgeknutscht. Aber als es ernst wurde, wie damals im Bordell bei der Nutte oder bei der Taucher, lief nichts! Und du hast dir vorgemacht, dass du sie aus Menschlichkeit, aus Rücksichtnahme nicht gebumst hast. Rücksichtnahme! Aus Rücksichtnahme auf deine Angst, weil du genau wusstest, dass du nichts zustande bringen würdest. Genau wie jetzt. Wie jetzt! Was soll ich jetzt tun? Was kannst du schon tun? Zurückgehen, was sonst? Und wenn sie fragt, was los ist? Keine Panik! Sie wird schon nicht fragen. Die hat bestimmt schon gemerkt, was sich bei dir abspielt – oder vielmehr nicht abspielt. Sie ist sicher taktvoll. Und falls nicht? Was kann sie dir schon tun? Anzeigen?

Pinkel erst mal und geh dann zurück zu ihr. Nicht mal dazu ist dieser Schmock jetzt vor lauter Aufregung fähig.

Ich ziehe das Wasser, um wenigstens einen hörbaren Grund für meine Flucht zu signalisieren.

Susanne hat sich inzwischen wieder angezogen. »Na?« Sie grinst mich an. Nicht mal unfreundlich. Wahrscheinlich hat sie Mitleid. »Was tun wir jetzt, Jonathan?«

Wenn ich das nur wüsste! Am liebsten würde ich einfach abhauen. Nicht schon wieder davonlaufen, Rubinstein! Ich gehe ans Bücherregal. »Sag mal, Suse, wer ist denn dein Lieblingsautor?« Wahrscheinlich fragt sie sich, ob ich übergeschnappt bin. Aber was soll ich sonst tun?

»Puh, habe ich mir gar nicht überlegt. Lass mal denken. Also ich lese gerne so die moderne Nachkriegsliteratur. Böll, Grass, Ingeborg Bachmann, Dürrenmatt und so.«

»Kennst du Franz Kafka?«

»Nur dem Namen nach.«

»Der hat meine Lieblingsgeschichte geschrieben. ›Vor dem Gesetz‹.« Ich schnappe mir den Kurzgeschichtenband ›Das Urteil‹, blättere die richtige Seite auf und komme zu ihr ans Bett. »Das ist so toll. Das musst du lesen, Susanne. Es ist nur wenig mehr als eine Seite.« Ich reiche ihr das Büchlein. Sie liest aufmerksam. Entsteht Kultur nur, weil man impotent ist? Liest und schreibt man, weil man nicht vögeln kann?

Susanne lässt das Buch sinken. »Das ist wirklich gut. Das habe ich mir noch gar nicht so klar überlegt, dass man für sein Recht eintreten muss.«

»Ich glaube sogar, dass die Geschichte eine Allegorie auf das Leben ist. Die Notwendigkeit, sich sein Recht und seinen Lebensweg zu erkämpfen.«

»Ist das nicht anstrengend, ein ganzes Leben zu kämpfen?«

»Ja, schon. Aber was will man denn sonst machen? Andernfalls ist man lediglich Zuschauer.«

»Mir macht es nichts aus, zuzuschauen.«

»Mir schon. Ich glaube, wir sollten alle für unsere Rechte und für unsere Bedürfnisse eintreten.«

»Vielleicht hast du recht.«

»Komm, wir gehen ein bisschen spazieren. Wir haben schon genug rumphilosophiert.«

»Wieso? Es macht mir riesigen Spaß, mich mit dir zu unterhalten. Kannst du mir das Büchlein leihen?«

»Sicher. Mir tut es auch gut, mit dir zusammen zu sein.«

»Na bitte, dann ist ja alles bestens.« Suse drückt mir ihre Lippen auf die Wange. »Jonathan«, sie tippt mit dem rechten Zeigefinger an ihre Schläfe, »da oben hast du eine ganze Menge Grips.«

Und in der Hose einen Schlappschwanz! Dennoch versteht es Suse immer wieder, meine Stimmung aufzuheitern.

»Wir können uns ja im Englischen Garten oder an der Isar weiter unterhalten.«

»Prima. Ich will mich nur noch bei deinem Vater bedanken.«

Fred ist inzwischen aufgestanden, sieht aber noch verschlafen aus.

»Herr Rubinstein, ich möchte mich ganz herzlich für Ihre liebenswürdige Gastfreundschaft und das ausgezeichnete Essen bedanken.«

»Sie können das öfter haben, Fräulein … äh …«

»Susanne. Sagen Sie einfach Susanne zu mir.«

Fred strahlt. Warum hat er nicht auch so ein nettes Huhn gefunden, sondern solch einen störrischen Esel? Damit du gezeugt wurdest, Rubinstein!

»Ja ... also Fräulein Susanne. Sie sind hier immer willkommen. Ich würde mich sehr freuen, wenn Sie uns bald wieder beehren würden.«

»Tu ich bestimmt. Auf Wiedersehen und nochmals vielen Dank.«

»Auf Wiedersehen.«

»Schalom, Fred.«

»Wiedersehen.« Er grinst mich verschwörerisch an. Der Alte hat sich richtig in Susanne verguckt. Ein Glück, dass Esel es nicht sehen kann.

SUBLIMIEREN

Fred ist wirklich klasse. Er hat mir schon wieder die Karre gegeben, diesmal um nach dem Abitur ein paar Tage auszuspannen. Wenn der Bursche wüsste, warum ich angespannt bin! Da mache ich mich die ganze Zeit lustig über ihn, verachte seine Schwäche. Und ich? Sogar im Bett bin ich ein Schwächling, ein Versager. Fred scheint zumindest auf diesem Gebiet Erfolg gehabt zu haben. Wie er sonntags Suse angesehen hat! Und immerhin hat er mich gezeugt. Der Typ muss irgendwie doch Mut haben – wahrscheinlich den Mut der Verzweiflung. Mit Esel ins Bett zu gehen! Mit so einer harten Hexe zu schlafen, das würde ich mich nie trauen. Fred hat's immerhin geschafft. Und ich? Nicht mal bei einem so lieben Mädel wie Susanne bringe ich etwas zustande. Genug, grämen hilft jetzt überhaupt nichts, Rubinstein.

Es gibt doch noch anderes außer vögeln. Zum Beispiel die Landschaft hier im Tölzer Tal. Die kühlen Wälder, die sanften Berge, der klare blaue Himmel. Verflucht noch mal, was geht mich der klare blaue Himmel an? Ich will vögeln und kann nicht! Reb Jid, was nicht geht, geht nicht. Du wirst wohl oder übel Bestätigung auf anderen Gebieten suchen müssen. Aber wo? In welchem Beruf? Geschichte hat dir doch schon seit je Spaß gemacht. Hier hattest du auch immer gute Ergebnisse, ohne einen Finger zu rühren. Soll ich etwa als vertrockneter Gelehrter enden? Bloß das nicht. Aber was sonst? Zum Kaufmann fehlt mir – leider – das Talent. Zum Gammler die physische Robustheit. Also was tun? Nur keine Panik, Reb Jid! Niemand zwingt dich, jetzt über deine Zukunft zu entscheiden. Genieße erst mal die Ruhe hier – was anderes bleibt dir im Moment sowieso nicht übrig.

Was hältst du von einem gemütlichen Nachmittagsschläfchen, Reb Jid? Wie ein Rentner. Na und? Ich schlafe nun mal gerne nach dem Essen. Soll ich wie eine Tarantel ununterbrochen nervös herumschwirren, nur weil ich nicht vögeln kann?

Es gibt kaum etwas Schöneres, als in einem frisch bezogenen kühlen Bett zu liegen und sich einen runterzuholen. Zuvor ein leichtes kribbelndes Ziehen in den Arm- und Beinmuskeln, dann, während des Wichsens, steigert sich die Spannung immer stärker, konzentriert sich zunehmend im Schmock, um sich schließlich in mehreren kurzen Ausbrüchen zu entladen. Danach, während man noch ein Pochen in den Schläfen spürt, strömt angenehme Wärme in alle Glieder – Entspannung. Die Stimmung hellt sich auf. Auch heute.

Was haderst du so, Rubinstein? Dein Schmock funktioniert doch. Das hat er soeben wieder eindeutig bewiesen – ebenso wie bei zahllosen Wichsereien zuvor. Die arme Frau Tiefenmoser wird beim Waschen des Bettlakens genauso zum Zeugen deiner Potenz werden wie Esel, die sich andauernd über deine »Bettbesudeleien« beschwert. Wenn dein Schwanz in Ordnung ist, dann spinnt dein Kopf. Aus lauter Angst vorm Bumsen – aus Angst, beim Vögeln zu versagen. Deshalb lief bei der Nutte nichts, ebenso wenig wie bei der Taucher oder jetzt bei Suse.

Scheißangst. Ich kann mich doch nicht ewig von dieser Angst unterkriegen lassen! Was kann dir schon passieren, selbst wenn du im Bett versagst? Nichts! Erst recht nicht bei Suse. Hat sie dich etwa am Sonntag fühlen lassen, dass du ein Schlappschwanz bist? Im Gegenteil! Sie hat dir sofort gesagt, wie gern sie sich mit dir unterhält. UNTERHÄLT! Sie unterhält sich gern mit mir, und ich will sie vögeln. Aber nicht mit Gewalt, Reb Jid! Sonst wird nichts draus – schon gar nicht zu Hause. Da siehst du ständig Esel durchs Zimmer schleichen und »Blumen gießen«, egal, ob sie daheim ist oder nicht. Du musst Suse aus München rauslocken. Am besten, du machst mit ihr einen Ausflug. Wenn sie schon bereit ist, mit dir nach Griechenland zu fahren, weshalb soll sie nicht eine Wochenendfahrt mit dir unternehmen? Fred wird dir mit Freuden seine Karre leihen.

Keine Sorge, Rubinstein. Du wirst dein Leben nicht im Dienst der Wissenschaft aushauchen und vorläufig auch nicht als israelischer Zelot. Erst mal wirst du es dir hier gemütlich machen, danach wird sich alles schon irgendwie finden.

DIE SCHICKSE

»Nicht, dass der Besuch bei deiner Mutter genauso 'ne Veräppelung ist wie damals mit ›deiner‹ Schwester.« Suses Stimme ist ungewöhnlich hell, sie muss das Fahrgeräusch übertönen.

»Ausnahmsweise nicht. Wir fahren wirklich zu Esel.«
»Wie bitte nennst du deine Mutter?«
»Esel. Du hast richtig gehört.«
»Du bist eine unmögliche Type. Nennt seine Mutter Esel. Und er selbst fühlt sich als Schildkröte. Oh, nein!«

Die Frau hat blendende Laune. Sie weiß gar nicht, was auf sie wartet – und auf mich. Weshalb bin ich nur auf die Idee gekommen, Esel zu besuchen? Weil Suse so am einfachsten aus München herauszulocken war. Besuch bei der Mutter klingt besonders vertrauenerweckend. Aber gerade Esel? Du weißt haargenau, dass sie ein Affentheater inszenieren wird, sobald du mit einer Schickse bei ihr aufkreuzt. Ich muss das Mädel vorbereiten, sonst gibt's eine Katastrophe. »Hoffentlich bist du von meiner Mutter nicht enttäuscht.«

»Was redest du denn jetzt wieder für einen Unsinn?«

»Ernsthaft. Meine Mutter ist wirklich ein wenig kompliziert. Sie hat im Krieg fast alle Familienangehörigen verloren. Sie wurden von den Nazis ausgerottet. Und deshalb ist ihr Verhältnis zu den Deutschen ein wenig zwiespältig. Solange ihr die Leute fremd sind, reagiert sie ablehnend. Erst wenn sie die Menschen näher kennenlernt und Vertrauen zu ihnen hat«, oder was von ihnen braucht, »kann sie ganz charmant sein.« So ernst habe ich Suse noch nicht gesehen. Scheißnazis. Nicht nur, dass sie unsere Leute ermordet haben. Auch ihr eigenes Volk haben sie zu ewigen Schuldgefühlen verurteilt – jedenfalls diejenigen, die ein Gewissen haben.

»Jetzt sei nicht traurig. Es wird schon nicht so schlimm werden, wie ich befürchte. Aber ich wollte dich auf jeden Fall warnen. Und außerdem bin ich ja dabei. Es kann also gar nichts passieren. Und jetzt will ich, dass du wieder deine gute Laune zurückgewinnst.«

»Kommt schon noch.« Sie ist immer noch verstört.

»So, die Autobahn haben wir hinter uns. Jetzt sind es noch etwa 70 Kilometer. Das schaffen wir leicht in einer Stunde.«

»Ja.«

Reb Jid, du musst sie trösten. Ich lenke die Karre an den Straßenrand. Nehme ihren Kopf zwischen meine Hände, beuge mich zu ihr, will sie küssen …

»Nein!« Sie faucht wie ein Katzenvieh. »Ich möchte jetzt ein wenig allein sein. Du hast doch nichts dagegen, wenn ich für eine Weile allein durch die Wiese da gehe?«

»Hallo. Da bin ich wieder.« Sie küsst mich trocken auf den Mund. »Und außerdem habe ich einen Strauß Feldblumen gepflückt – für deine Mutter. Meinst du, dass sie sich darüber freut?«

»Sehr sogar. Du hast genau ihren Geschmack getroffen. Esel ist ein Blumennarr.«

»Deine Mutter wird mir richtig sympathisch.«

»Mal sehen. Jetzt brausen wir aber los, damit wir rechtzeitig zum Mittagessen in ihrem Kurhotel sind.«

»Frau Rubinstein ist schon zu Tisch. Wenn Sie so lange hier im Empfangsraum Platz nehmen möchten.«

Aufgeblasener Vogel. Kaum hat so 'n Kerl 'ne Uniform an, und sei es eine Portiersmontur, fühlt er sich einem überlegen.

»Nein, wir möchten nicht hier Platz nehmen, sondern am Speisetisch meiner Mutter. Wir sind nämlich seit heute früh unterwegs und deshalb wahnsinnig hungrig.«

»Tut mir leid, aber ich habe strikte Anweisung, unsere Kurgäste unter keinen Umständen bei Tisch zu stören.«

»Sie sollen niemand stören, sondern uns sagen, wie wir zu meiner Mutter kommen.«

»Gut. Jawohl. Am besten, ich gehe gleich voraus.«

Na bitte! Ein klarer Befehl, und die Burschen parieren aufs Wort. Immer noch.

»Frau Rubinstein, verzeihen Sie mir, dass ich Sie beim Essen störe. Aber Ihre Kinder wollten unbedingt sofort zu Ihnen.«

Esel hält im Essen inne, hebt ihren Kopf. Sie mustert Suse und mich. »Meine Kinder? Gut, Herr Dauser. Danke schön.«

Das kann ja heiter werden.

»Wie kommst du denn hierher?«

»Mit dem Auto. Fred war so freundlich, es uns zu leihen.«

»Er scheint vollständig verrückt geworden zu sein, wenn er dir den Wagen für so eine lange und gefährliche Fahrt leiht. Oder hast du ihn so lange gepiesackt, bis er sich nicht anders zu helfen wusste, als dir das Auto zu geben?« Auch ihre Tischnachbarn scheinen nicht für sie zu existieren.

Falsch, Reb Jid! Gerade weil sie Publikum hat, zieht sie ihre Show ab. Damit die Typen und natürlich die Schickse sehen, was für einen schlimmen Sohn sie hat. Dass Susanne nicht eine von »unseren« Mädchen ist, hat sie auf den ersten Blick erkannt. Ich Idiot musste ihr damals sagen, dass ich mit einer Schickse weggehe. Jetzt hat die Schickse mich offenbar auch noch zu dieser »gefährlichen und langen Fahrt« verleitet.

»Esel, ich möchte dir Susanne Andreesen vorstellen.« Suses Miene hellt sich auf. »Guten Tag, Frau Rubinstein. Erlauben Sie mir, dass ich Ihnen einige Feldblumen gebe.«

»Danke.« Esel macht keine Anstalten, den Strauß anzunehmen. Nach einigen Sekunden lässt Susanne die Blumen sinken.

»Esel! Willst du nicht die Blumen nehmen, die Susanne dir mitgebracht hat?«

»Später, bei Tisch kann ich den Strauß doch nicht halten.«

»Esel, wir sind sehr hungrig von der langen Fahrt. Willst du uns nicht zu Tisch bitten?« Susanne schüttelt ihren Kopf.

»Wir sind hier nicht in einem Hotel, sondern in einem

Kurheim. Ich werde trotzdem die Bedienung fragen. Setzt euch doch erst mal hin.«

»Ist aber nicht nötig, Frau Rubinstein.«

»Was reden Sie da? Sicher ist es nötig! Mein Jonny hat einen empfindlichen Magen. Wenn er nicht regelmäßig zu essen bekommt, kann er sich, Gott behüte, noch ein Geschwür holen. So, und jetzt setzen Sie sich auch hin. Ach ja, übrigens, Herr Berthold«, sie wendet sich zum Tischnachbarn, »das ist mein Sohn und seine, seine ...«

»Freundin«, wieder diese Knabenstimme.

Esel sieht mich höhnisch an. »Fräulein Christa, Fräulein Christa, können Sie bitte meinem Sohn und seiner, seiner ...« Wenn sie jetzt »Schickse« sagt, dann klebe ich ihr eine – vor allen Leuten. Verrückter! Wie kann sie hier »Schickse« sagen. Außer ihr und mir sind doch alle Gojim. Sie provoziert dich, und du Trottel fällst voll drauf rein. Lass doch du sie hängen. »... seiner Bekannten etwas zu essen geben? Die sind extra aus München gekommen, um mich zu besuchen.«

»Aber selbstverständlich, Frau Rubinstein.«

Verstehe. Esel hat der Kellnerin wie üblich gleich zu Beginn ordentlich was zugesteckt und kann sich so jede Extrawurst schnappen. Clever ist sie, die alte Hexe, das muss man ihr lassen.

»Wissen Sie, Herr Berthold, mein Sohn hat gerade sein Abitur gemacht – endlich. Ich hatte schon Angst, dass er es nie schaffen wird.«

Hexe. Drachen.

Berthold hebt sein Greisenhaupt. Der Bursche dürfte an die siebzig sein. Ein schwerer Mann. Breite Schultern, große fleischige Flossen und Würstchenfinger, ein mächtiger Schädel mit einer Knollennase im breiten Gesicht. Nur die Lippen sind schmal, die blauen, wachen Augen ungewöhnlich klein. Auf das Gezeter von Esel und mir hat er überhaupt nicht reagiert.

»Guten Tag«, sagt er ruhig, während mich seine flinken Äuglein aufmerksam mustern.

»Guten Tag«, echot seine Frau.

»Hattet ihr eine schwere Fahrt?«

»Nein, überhaupt nicht.«

»Was erzählst du! Ich weiß es. Ich bin mit dem Zug gefahren. Man fährt stundenlang. Es ist anstrengend.«

»Wenn du sowieso alles besser weißt, wieso fragst du dann?«

»Weil ich will, dass du dich nach dem Essen ordentlich ausruhen sollst.«

»Jetzt lass uns doch erst mal in Ruhe essen.«

»Jonathan! Rede nicht so brüsk mit deiner Mutter.«

Deine Ratschläge haben mir gerade noch gefehlt. Aber falls du glaubst, dass du damit bei Esel auch nur das Geringste bewirken kannst, bist du schiefgewickelt.

»Du hast recht, Susanne.«

»Sieh einer an! Auf die eigene Mutter hört er nie. Aber Ihnen scheint er aufs Wort zu gehorchen ... Und jetzt nach dem Essen musst du dich ausruhen, du bist von der Fahrt erschöpft.«

»Überhaupt nicht. Ich möchte lieber mit Susanne spazieren gehen.« Und mich dabei gleich nach einem Zimmer umsehen.

»Aber Jonathan, wenn deine Mutter meint, dass du dich

ausruhen musst, dann tu es doch. Die Fahrt hat wirklich lange gedauert. Während du dich bei deiner Mutter ausruhst, kann ich ja so lange spazieren gehen.«

»Kommt überhaupt nicht in Frage! Entweder wir ruhen uns beide bei Esel aus oder überhaupt nicht!«

»Du scheinst zu glauben, dass das hier eine Jugendherberge ist. Ich kann doch nicht einfach fremde Leute mit aufs Zimmer nehmen.«

»Susanne ist keine ›fremden Leute‹, sondern meine Freundin, verstanden!«

»Jonathan, bitte. Ich möchte euch nicht stören. Und deiner Mutter Ungemach bereiten.«

»Ich auch nicht. Wir gehen jetzt spazieren, Esel, und sehen uns dann nachmittags irgendwann mal ...«

»Das kommt überhaupt nicht in Frage! Kommt beide mit. Ich werde schon irgendwas für euch finden.«

Auf dem Weg in ihr Zimmer nimmt mich Esel im Aufenthaltsraum beiseite. »Fräulein Susanne, Sie haben doch nichts dagegen, dass ich mit meinem Jungen allein rede.«

»Sicher nicht. Ich warte so lange.«

Esel zieht mich in eine Ecke. »Sag mal, bist du vollkommen verrückt geworden, hier mit einer Schickse aufzutauchen? Statt froh zu sein, dass ein jüdisches Mädchen wie Rachel Blum dich gerne hat, treibst du dich mit so einer dummen Pute herum.«

»Genug, Esel!«

»Es ist noch lange nicht genug! Wenn du dich mit ihr herumtreiben musst, bitte. Aber für was schleppst du sie hier an? Denkst du überhaupt nicht daran, was du deiner Mutter für eine Schande machst?«

»Weshalb Schande, wenn ich fragen darf?«

»Weil sie eine Schickse ist, du Tunichtgut!«

»Na und? Die ganzen Typen hier sind doch auch Gojim. Die werden sich durch eine Schickse wohl kaum aus der Ruhe bringen lassen. Eher schon von einem schwarzhaarigen, krummnasigen Judenmädel …«

»Du sprichst wie ein Nazi.«

»Ich habe nur gesagt, was die meisten Deutschen denken.«

»Was die denken, ist mir egal. Aber an unserem Nebentisch sitzt ein Ehepaar aus Israel. Herr und Frau Frankfurter. Reizende Menschen. Ich habe ihnen nur das Beste über dich erzählt, und jetzt kommst du mit einer Schickse an! Ich habe mich in Grund und Boden vor ihnen geschämt.«

»Da gibt es nichts zu schämen.«

»Überhaupt nicht! Mein Sohn kommt mit einer Nazi-Tochter an, und ich soll wohl noch stolz darauf sein.«

»Woher willst du wissen, dass ihr Vater Nazi war?«

»Was denn sonst? Alle waren sie Nazis oder bei den Soldaten oder bei der SS oder der SA oder sonst was.« Sie hat Mühe, nicht zu schreien.

»Esel, ich verstehe nur eine Sache nicht. Weshalb lebst du hier, und warum zwingst du deinen Sohn, auch in diesem Nazi-Land zu leben.«

»Es hat keinen Sinn, mit dir zu reden. Komm, ruh dich wenigstens aus.«

Esel schreitet entschlossen in Richtung ihres Zimmers. Ich gehe zu Susanne, nehme sie in den Arm. »Na, habe ich dir zu viel versprochen, als ich dich vor meinem Esel gewarnt habe?«

»Unsinn!« Der Versuch zu grinsen misslingt ihr dennoch.

Esel ist nach einigen Schritten stehen geblieben. Sie blickt sich um. »Na, was ist? Kommt ihr jetzt oder nicht?«

»Mach schon, Jonathan, wir können deine Mutter nicht warten lassen.«

»Sie hat dich doch auch warten lassen.«

»Ach, du.« Wir schließen zu Esel auf. Ihr Zimmer ist geräumig und hell. Dem Bett gegenüber steht eine breite Couch. Esel geht sogleich ans Fenster, zieht die Vorhänge zu. »So, legt euch hin und ruht euch aus.«

Suse hält noch immer ihre Feldblumen in der Hand. »Frau Rubinstein, haben Sie vielleicht eine Vase?«

»Sicher. Geben Sie her.« Endlich nimmt sie den Strauß.

»Danke. Ich stelle sie ins Wasser. So, und jetzt legt euch endlich hin. Es ist schon fast zwei.«

Susanne steht unentschlossen in der Zimmermitte.

»Leg dich doch auf die Couch, Suse.«

»Und du?«

»Ich hocke mich in den Sessel.«

»Das kommt nicht in Frage, Jonny. Du musst dich ausruhen. Du kannst dich zu mir legen.«

»Danke. Dann schlafe ich lieber im Stehen.«

»Jonathan, du sollst nicht immer so frech mit deiner Mutter reden.«

»Siehst du! Sie kennt dich erst seit kurzem und merkt schon jetzt, wie ungezogen du zu deinen Eltern bist. So ist er immer! Glauben Sie mir, Fräulein Susanne.«

»Wieso frech? Nur weil ich keinen ödipalen Drang verspüre, meiner Mutter beizuliegen, bin ich doch nicht frech. Im Gegenteil, ich bin eine sittlich gefestigte Persönlichkeit.«

Suse lacht. Sogar Esel schmunzelt, aber nur kurz. »Hör mir auf mit deinem ödipalen Drang! Leg dich zu deiner … deiner Bekannten. Deckt euch zu und schlaft endlich!«

Ich schnappe mir die Wolldecke am Fußende von Esels Bett, warte, bis Suse sich umständlich ausgebreitet hat, decke sie vorsichtig zu, um dann mit einem Sprung an ihre Seite zu flanken.

Nachdem Esel im Bad verschwunden ist, greife ich unter der Decke nach Suses Hand. Sie kommt mir sofort entgegen, ist angenehm warm. Ich küsse Susanne auf die Wange. Mein Schmock reagiert sofort. So schlimm kann es mit deiner Impotenz nicht sein, Reb Jid. Suse wendet mir ihr Gesicht zu. Wir küssen uns. Das Entriegeln des Badezimmerschlosses lässt uns auseinanderfahren. Ich drücke Suses Hand fester als zuvor.

Esel hat einen dunkelblauen bodenlangen Morgenmantel angezogen. Sie sieht zu uns herüber. Wir grinsen sie an. »Ihr sollt endlich schlafen und euch ausruhen.« Sie selbst legt sich ins Bett, starrt kurz die Decke an und rollt sich schließlich zur Wand. Sofort küssen wir uns wieder. Ich stecke meine Hand in Suses Bluse, spüre ihre warme, zarte Haut. Wir küssen uns noch heftiger. Ich nestle an ihrem Hosenknopf. Zaghaft versucht sie, mich abzudrängen, gibt es aber auf, als es mir endlich gelingt, den Knopf zu öffnen. Langsam schiebe ich meine Finger nach unten. Die glatte

Haut ihres Bauches ist heiß. Ich taste mich weiter vor, unter dem Gummi ihres Slips hindurch, weiter. Jetzt fühle ich ihre Schamhaare. Weiter.

Nun macht sich Suse an meiner Hose zu schaffen. Geschickt öffnet sie den Knopf, schiebt den Reißverschluss nach unten und lässt ihre Hand in meine Unterhose gleiten. Mit ihren Fingern umfasst sie meinen Schmock, spielt mit ihm.

»Was macht ihr denn da?«

Esel hat sich rumgedreht. Sie blickt uns aufmerksam an. Mein Schmock sinkt bei jedem ihrer Worte ein Stück weiter in sich zusammen. Suses Hand verharrt zunächst regungslos in meiner Hose, dann schleicht sie sich davon. Hexe. Eifersüchtiger Esel. »Nichts!« »Ihr sollt schlafen und nicht rumblödeln.« »Blöd ist nur deine ewige Nachschnüffelei.« »Wer schnüffelt hier nach? Ich werde mich doch umdrehen dürfen – in meinem Zimmer.«

Und zwar genau im richtigen Moment. Lass es gut sein, Reb Jid. Sie möchte dich mit allen Mitteln so lange provozieren, dass du loslegst und dich vor Suse bloßstellst. Du musst ruhig bleiben und abwarten. Nachher gehen wir sowieso in ein Hotelzimmer. Wieso nachher?

»Esel, weißt du was, wir wollen deine Mittagsruhe nicht länger stören. Wir gehen lieber ein wenig spazieren und besorgen uns bei dieser Gelegenheit gleich ein Quartier für heute Nacht.«

»Wieso? Ihr könnt doch hier schlafen.«

»Nein danke. Ich hab's lieber ohne Wachhunde.«

»Ich bin für dich also nicht mehr als ein Hund. Schämst du dich denn überhaupt nicht mehr? Die eigene Mutter mit einem Tier zu vergleichen! Noch dazu vor fremden Leuten!«

»Susanne ist nicht fremd.«

»Für mich schon!«

»Gut, dann werden die fremden Leute sofort dein Zimmer verlassen. Komm, Suse!«

»Das lassen Sie sich gefallen, Fräulein Susanne?«

»Entschuldigen Sie, Frau Rubinstein, wie meinen Sie das?«

»Wie ich es meine? Sie lassen es zu, dass Jonathan seine Mutter in Ihrer Gegenwart beleidigt und beschimpft und auch noch Ihnen vorschreibt, wann und wohin Sie zu gehen haben?«

»Ja, äh. Also ich finde, Jonathan hat wirklich einen lockeren Ton Ihnen gegenüber.«

»Lockeren Ton nennen Sie das? Was würden denn Ihre Eltern sagen, wenn Sie sie als Hunde bezeichnen würden?«

»Das hat er doch überhaupt nicht so gemeint. Er wollte nur ein bisschen witzig sein.«

»Witzig sein nennen Sie das? Jetzt verstehe ich genau, warum mein Sohn Ihnen so nachläuft. Weil Sie alles machen, was er will, und weil Sie auch noch alles verteidigen, was er sagt und tut. Und außerdem wollen Sie wohl noch mit ihm allein in einem Zimmer übernachten? Schämen Sie sich eigentlich nicht? Meinen Sie, dass Ihre Eltern so was zulassen würden?«

Inzwischen habe ich meine Hose wieder zugeknöpft. Ich reiße die Decke zurück. »Nun ist es aber genug, Esel! Wenn du noch ein Wort in diesem Ton zu Susanne sagst, dann lassen wir uns nicht mehr bei dir sehen.«

»Meinst du, du kannst mich bedrohen?« Esel schreit jetzt ungeniert.

»Im Gegenteil, Esel. Und damit ja nicht der geringste Verdacht aufkommt, dass ich dich bedrohe, werden wir umgehend das Weite suchen.«

»Geh, wenn du es eilig hast. Sofort! Aber um den Anstand zu wahren, kannst du wenigstens jetzt zum Kaffee hierbleiben.«

»Nur unter der Bedingung, dass du uns diesem Ehepaar aus Israel vorstellst.«

»Du weißt ganz genau, dass das nicht geht.«

»Und warum nicht, wenn ich fragen darf?«

»Weil Fräulein Susanne eine ... keine Jüdin ist.«

»Na und? Sprechen die nur mit Juden?«

»Nein, aber ...«

»Kein Aber! Ich will die Leute kennenlernen. Wenn ich schon nicht nach Israel gehen darf, dann möchte ich wenigstens Israelis kennenlernen.«

»Gut, ich will es versuchen, wenn sie nichts dagegen haben.«

»Herr Frankfurter, ich möchte Ihnen meinen Sohn vorstellen.«

»Es freut mich sehr, Sie kennenzulernen. Ihre Mutter hat schon viel von Ihnen erzählt. Nehmen Sie doch Platz. Und wer ist das nette Fräulein, das Sie mitgebracht haben?«

»Das ist Susanne Andreesen. Meine Freundin.«

»Setzen Sie sich doch zu meiner Frau, Fräulein Andreesen. Sie können uns sicher viel über die Jugendlichen im heutigen Deutschland erzählen.«

Komischer Bursche. Anfang sechzig. Sieht aus wie eine Maus. Klein gewachsen, schmales graues Gesicht auf einem dürren Hals, spitze Nase, fast farblose, früher gewiss volle Lippen. Und zu allem Überfluss lispelt er auch noch leicht. Aber seine Augen. Bei Männern achte ich sonst kaum drauf. Diese Klunker sind jedoch unübersehbar. Dunkelbraun, fast schwarz, klar – mit einer Ausstrahlung, die mir Vertrauen einflößt. So was habe ich noch nie bei einem Fremden gespürt. »Sie sprechen ein so gutes Deutsch. Sind Sie öfters in Deutschland?«

»Es ist das erste Mal nach dem Krieg, Herr Rubinstein.«

»Das heißt, Sie hatten keine Lust mehr, nach Deutschland zu kommen. Und jetzt mussten Sie wohl hierher zur Kur fahren?«

»Sie haben im Großen und Ganzen recht. Aber allein wegen der Kur wären wir nicht hergekommen, obgleich ich sagen muss, dass die Ruhe und die Anwendungen hier meiner Frau und vor allem mir sehr gut bekommen. Der entscheidende Grund unserer Deutschlandfahrt ist vielmehr ein bevorstehender KZ-Prozess.«

»Sind Sie als Zeuge geladen?«

»Ja, aber ich hoffe, es wird nicht nötig sein, vor Gericht zu erscheinen. Nur wenn es sich ganz und gar nicht vermeiden lässt, werde ich aussagen. Es wäre mir sehr peinlich und unangenehm, über dieses grauenvolle Geschehen berichten zu müssen. Ich glaube, unsere Toten haben nach all dem, was ihnen vor ihrer Ermordung angetan wurde, das Recht, in Frieden zu ruhen. Und ich glaube, dass ein Großteil der Aufmerksamkeit, die dieser Prozess schon jetzt erregt, mehr der Gier nach Sensationen entspringt als echter

Anteilnahme. Deshalb werde ich, wenn es mir irgendwie möglich ist, einen Auftritt vor Gericht vermeiden.«

»Verzeihen Sie mir, wenn ich Sie das frage. Aber wenn Sie so denken, weshalb kommen Sie dann überhaupt nach Deutschland und sind bereit, unter Umständen doch auszusagen?«

»Wie gesagt, wenn es sich nicht umgehen lässt. Das heißt, wenn Leute verurteilt werden sollen, nur damit die deutsche Justiz ihre angebliche Bereitschaft und Fähigkeit unter Beweis stellen kann, die Verbrechen der Nazis zu verfolgen.«

»Gehören nicht alle diese Gangster hinter Schloss und Riegel oder besser noch erschossen? Die Deutschen haben nicht umsonst die Todesstrafe abgeschafft.«

»Sehen Sie, Herr Rubinstein, was damals passiert ist, war so furchtbar, dass es nicht gesühnt würde, selbst wenn Sie jeden Verantwortlichen hundertmal erschießen würden. Dadurch würde kein Toter wieder lebendig.«

»Wozu also überhaupt ein Prozess?«

»Um zu verhindern, dass sich dieser wahr gewordene Alptraum wiederholt. Indem man vermeidet, dass diese Verbrechen vergessen werden.«

»Verzeihen Sie, Herr Frankfurter, ist Ihre Haltung nicht ein wenig widersprüchlich? Einerseits sagen Sie, dass es Ihnen äußerst peinlich wäre, in dem Prozess aufzutreten, dass Sie einen Sensationsprozess befürchten und dass man die Toten ruhen lassen soll. Andererseits finden Sie den Prozess aus erzieherischen Gründen notwendig, damit sich dasselbe nicht wiederholen kann.«

Frankfurter lächelt. »Sie sind wirklich ein gescheiter

Mann, Herr Rubinstein – Ihre Mutter kann stolz auf Sie sein. Ja, Sie haben vollkommen recht – ich nehme eine sehr zwiespältige, inkonsequente Haltung zu diesem Prozess ein. Vielleicht ist das nur mit dem Widerspruch zwischen Gefühl und Verstand zu erklären. Alles in mir sträubt sich dagegen, auf großer Bühne über diese Katastrophe zu berichten. Andererseits weiß ich aber, dass dieser Prozess sinnvoll ist, wenn es gelingt, auch nur einige Menschen zum Nachdenken zu bringen. Um Sühne geht es mir dabei aber nicht. Damit ist niemandem geholfen, dadurch wird höchstens neue Bitterkeit geschaffen. Sie wissen es vielleicht nicht, aber selbst unter den SS-Wachmannschaften im KZ gab es mitunter Leute mit menschlichen Regungen, die manchen von uns gerettet haben.«

Seit Frankfurter zu erzählen begann, beschäftigt mich eine Frage zunehmend. Auch wenn Suse verstört sein wird, ich muss mit ihm darüber sprechen. »Herr Frankfurter, hassen Sie eigentlich die Deutschen?« Mein Herz klopft wild.

»Ich glaube, man macht es sich zu leicht, wenn man kollektiv hasst. Vielleicht haben Sie aus meinen Worten bereits herausgehört, dass ich nicht einmal die SS-Leute pauschal hasse – schon gar nicht alle Deutschen. Um ehrlich zu sein, ich bin unfähig zum Hassen. Zum Zorn, zur blinden Wut, ja. Ich habe mit ansehen müssen, wie meine Geschwister zur Vergasung selektiert wurden, ich habe bis auf einen Onkel meine ganze Familie verloren. Wie oft habe ich mir in Auschwitz und dann auf den unendlichen Todesmärschen nur eines gewünscht, nur um eine Sache gebetet: Herr der Welt, lass mich an eine Waffe kommen. Damals hätte ich sie benutzt und bedenkenlos auf unsere Peiniger geschossen. Aber nach der Befreiung war ich wie leer, nicht nur körperlich, sondern auch seelisch total erschöpft. Da war nicht mal mehr Platz für Hass. Und, wie konnte man Leute hassen, die nicht mehr waren als ein Häufchen Elend und Angst, sobald sie ihre Uniformen auszogen. Die im Gegensatz zu uns nicht einmal das gute Gewissen des unschuldigen Opfers hatten, sondern das schlechte des schuldigen Täters. Nein, ich kann keine Menschen hassen.«

Nach kurzem Schweigen wendet er sich Suse zu, lächelt sie an und sagt: »So, aber jetzt haben wir genug vom Vergangenen geredet. Sprechen wir lieber von der Zukunft. Was haben Sie beide vor?«

»Ich glaube, das wissen wir noch nicht so genau.«

»Jonathan soll Betriebswirtschaft studieren.« Esel ist wieder auf dem Posten.

»Nein!«

»Warum nicht?«

»Weil ich keine Lust dazu habe.«

»Haben Sie schon mal dran gedacht, sich mit Zeitgeschichte und Politik zu beschäftigen, Herr Rubinstein?«

»Sie meinen als Beruf?«

»Ja.«

»Aber was kann man nach einem Geschichts- oder Politikstudium tun?«

»Wenn man gut ist, findet sich immer etwas Interessantes, und Sie sind gut, das merkt man rasch, wenn man mit Ihnen spricht.«

»Herr Frankfurter, setzen Sie bitte meinem Sohn keine

Flausen in den Kopf. Er lässt sich leicht beeinflussen. Wir sind nicht vermögend, deshalb soll er einen Beruf lernen, bei dem er eines Tages auf eigenen Beinen stehen kann.«

»Machen Sie sich keine Sorgen um Ihren Sohn, Frau Rubinstein. Ich bin sicher, er wird seinen Weg finden und gehen. Da bin ich sogar ganz sicher.«

»Ich auch.« Suse ist sichtlich verlegen wegen ihrer spontanen Bemerkung.

»Sehen Sie, da sind wir schon zu zweit, Fräulein Andreesen.« Er blinzelt mir zu. »Wir Männer sind heute egoistisch gewesen und haben euch Frauen gar nicht zu Wort kommen lassen. Mich würde sehr interessieren, wie Sie über alles denken, Fräulein Andreesen. Vielleicht finden Sie morgen Zeit, wieder mit uns zusammenzusitzen? Meine Frau und ich würden uns jedenfalls sehr darüber freuen. So, ich will Sie nicht länger aufhalten. Sie wollen sicher raus an die frische Luft.«

»Auf Wiedersehen.«

»Schalom.«

»Jonathan, wann kommst du wieder her?«

»Gegen Abend, Esel.«

»Ich sage Bescheid, dass sie für euch was zum Essen herrichten sollen.«

»Nicht nötig, wir tauchen später auf.«

»Nein! Kommt rechtzeitig zum Essen. Du weißt doch, dass du einen empfindlichen Magen hast und regelmäßig essen musst.«

»Schon recht, Esel, Schalom.«

»Kommt rechtzeitig!«

»Ja.«

»Auf Wiedersehen, Frau Rubinstein.«

Sobald wir aus dem Haus sind, küsst mich Susanne schmatzend auf die Wange. »Mann, du warst klasse. Ich bin richtig verliebt in dich.« Sie hakt sich bei mir unter.

»Ich in dich auch.« Ich fühle mich frei und stark. »Komm, Suse, jetzt suchen wir uns erst mal eine Bleibe.«

»Ja.«

WAHNSINN

»Dieses Hotel sieht nicht schlecht aus. ›Königshof‹ klingt auch gediegen.«

»Gut, fragen wir hier nach einem Zimmer.«

»Nein, warte einen Moment.«

»Wieso?«

Wieso, wieso? Weil ich Angst habe, weil ich schüchtern bin. Wenn du jetzt schon zu schüchtern bist, ein Hotelzimmer zu reservieren, wie willst du dann den Mut aufbringen, mit der Frau zu schlafen? »Komm, Suse!«

Wir betreten die Empfangshalle. Tiefe Teppiche, dunkle holzgetäfelte Wände. Kein Hotelgast. Hinter dem Empfangsschalter steht ein blonder untersetzter Bursche in blauer Uniformjacke, vertieft in Rechnungen oder sonstigen Bürokram. Wir treten ans Pult. Er blickt auf, seine blassen Lippen verziehen sich zu einem schiefen Lächeln. »Womit kann ich den Herrschaften dienen?« An seinen Augen werden Lachfältchen sichtbar. Typische Vertreter des honorig-verkalkten Kurpublikums, von denen er und sein Brotherr leben, sind wir gewiss nicht.

»Wir möchten ein Zimmer.« Wieder diese hohe Bubenstimme, gleich wirst du piepsen, Rubinstein.

»Ein Doppelzimmer?«

»Sicher. Sonst hätte ich gesagt, wir wollen zwei Zimmer.«

»Gewiss. Sind Sie verheiratet?«

»Nein!«

»Dann kann ich Ihnen leider kein Doppelzimmer geben.«

»Weshalb denn nicht?«

»Das ist laut Gesetz verboten.«

Laut Gesetz verboten. Und weil du eine Uniform trägst, fühlst du dich als Arm des Gesetzes. »Dann sind wir eben verheiratet – für das Gesetz.« Jetzt müsste mich Franz Kafka sehen.

»Bitte missverstehen Sie mich nicht«, sein überlegenes Grinsen ist einem ratlosen Ausdruck gewichen. »Ich habe diese Vorschrift nicht gemacht. Aber ich muss mich daran halten.« Verstehe – und wenn die Vorschrift es von dir verlangen würde, täglich 5000 Juden nach Auschwitz zu schicken, würdest du es heute genauso tun wie dein Vater und dein Onkel und dein ganzes mieses Volk dreißig Jahre zuvor.

»Was Sie in das Anmeldeformular schreiben, ist Ihre Sache. Aber wenn Sie sich nicht als Ehepaar eintragen, mache ich mich strafbar, wenn ich Ihnen ein gemeinsames Zimmer gebe.«

»Schon gut. Sie sind soeben Zeuge einer Blitztrauung geworden. Na, wie fühlt man sich als Frau Rubinstein, Suse?«

»Auch nicht anders als zuvor.« Sie lächelt säuerlich.

»Möchten Sie ein Zimmer mit oder ohne Bad?« Der Kerl hat sich wieder gefangen.

»Mit Bad natürlich. Wir sind saubere Deutsche, verstanden?«

»Jonathan!«

»Schon gut.«

Unten konnte ich groß rummotzen, aber bald bin ich mit ihr allein im Zimmer, und dann schlägt die Stunde der Wahrheit. Da hilft kein noch so großer Mund, da kommt es allein auf einen zuverlässigen Schmock an. Ich fühle das in brenzligen Situationen obligate Kribbeln in den Fingern.

»Du, Jonathan, das mit dem Doppelzimmer war aber nicht vereinbart.« Wenn sie es doch ernst meinen würde, um Himmels willen! »Ach, du. Du musst deshalb nicht gleich verlegen werden, so viel habe ich auch nicht dagegen.«

Warum denn nicht, du dumme Pute?

»307 ist hier, Jonathan.«

Weshalb bin ich denn hergekommen? Um die verrückte Esel zu sehen? Doch nur, um mit Suse zu schlafen! Und das wirst du jetzt gefälligst tun, statt zu jammern. Ich schließe die Tür auf.

»Mensch, klasse ist es hier. Ganz schnieke und elegant.«

Das Zimmer ist wirklich nicht ohne. Fast so groß wie unsere Wohnung in München. Durch die breiten Doppelfenster dringt viel Licht. Ebenso wie im Foyer ist auch hier alles in dunklen Farben gehalten: der Teppichboden, die beiden aneinandergeschobenen breiten Betten, die Nachtkästchen, der Schmink- und der Schreibtisch, die Sesselgarnitur, der Wandschrank, sogar die Tapeten sind hellbraun. Du sollst hier keine innenarchitektonischen Studien betreiben, sondern die Frau anmachen, Reb Jid!

Suse hat sich in einen der breiten Polstersessel geflatscht und sieht mich erwartungsfroh an. »Na, du?« Reiß dich zusammen, Bursche, und vergiss endlich deine Angst! Ich schlurfe auf sie zu, bücke mich zu ihr runter und küsse ihre Haare. Sie beugt den Kopf zurück. Ich bin genau über ihrem Mund, küsse ihn, sofort kommt sie mir entgegen. Ich nehme ihr Gesicht in meine Hände. Erst jetzt spüre ich, wie kalt meine Finger sind. Vor lauter Angst hatte ich vergessen, wie schön es ist, sie zu küssen. Sanft, ruhig. Kein Gebeiße und Gestöhne wie bei Ruchale. Ich werde ruhiger. Vor was hatte ich nur die ganze Zeit Angst? Vor diesen sanften Lippen, vor dieser feinfühligen Zunge? Mein Schmock ist ebenfalls bester Laune. Los, Mann, auf was wartest du noch? Ich ziehe sie vorsichtig hoch, will sie zum Bett schieben. Mit einem Ruck macht sie sich frei, steht mir mit leicht geröteten Wangen gegenüber, lächelt. »Das würde dir so passen. Doppelzimmer, kurz küssen und dann ab ins Bett. So leicht mache ich es dir aber nicht, Jonathan. Erst musst du mich mal kriegen.« Sie schwirrt hinter das Bett. »Los, fang mich doch, du Schürzenjäger.«

Ich hopse hinterher. Gerade als ich sie fassen will, springt sie aufs Bett, ergreift ein Kissen und schleudert es gegen mich. Ich bekomme sie zu fassen, da landet das zweite Kissen an meinem Kopf. Wir balgen uns lachend auf dem Bett. Schließlich umarmen wir uns, küssen uns. Ich fühle Wärme, Geborgenheit, die sich mit meiner Erregung vereinen. Wir umarmen uns immer heftiger, ziehen uns gegenseitig aus, versinken ineinander. Wir werden ein

Wesen, das sich in zunehmender Leidenschaft aufbäumt und schließlich erschöpft und gelöst zurücksinkt. Langsam entspanne ich.

»Mensch, Jonathan, was ist mit dir los, du strahlst ja wie ein Honigkuchenpferd.«

»Ja, mir geht's auch so gut, so gut. Weißt du, ich habe mich noch nie so gefühlt. Einfach glücklich. Ja, das ist Glück.«

»Du bist ja ein Romantiker. So kenne ich dich gar nicht.«

»Ich mich auch nicht. Ich bin jetzt wirklich wunschlos glücklich. Zum ersten Mal in meinem Leben. So muss es immer bleiben.«

»Spinner. Aber du bist ein netter Spinner, du.«

Suses Augen glänzen. Ich streichle ihre Wange, ihren Hals, ihre Arme. Erst jetzt wage ich es, bewusst ihren Körper anzusehen. Im milden Nachmittagssonnenlicht scheint ihre Haut noch heller, der rosa Schimmer noch zarter. Ihre kleinen Brüste verschwimmen im breiten Brustkorb, lediglich die feinen graurosa Brustwarzen stechen ab. Zwischen ihren starken Beckenknochen senkt sich die Haut straff wie ein weites Oval. Die Schamhaare sind noch heller als ihr Haupthaar. Während ich ihren Körper betrachte, spüre ich wieder Erregung, sanft und warm. Wir umarmen uns erneut, lieben uns. Ich fühle mich von einem warmen Strom immer weiter nach oben getragen, während ihre Zunge sanft in meinem Mund spielt und ich ihr leises Stöhnen höre. Die Spannung in mir nimmt stetig zu, ehe sie sich lange entlädt. Ich öffne die Augen, sehe ihren leicht verschwommenen Blick, der sich rasch aufhellt. »Na, du zärtlicher Doofmann?«

»Von mir aus. Ich bin glücklich. Wie geht es eigentlich dir?«

»Schlecht!«

»Was fehlt dir?«

»Da wird man einfach in ein Hotelzimmer gelockt und dann noch ordentlich missbraucht. Das ist schlimm, nicht?«

»Sehr schlimm.«

»Eben. Ich hoffe, es bleibt dabei.«

»Ja, das will ich auch. Ich will einfach die Zeit anhalten, dass es immer so bleibt wie jetzt.«

»Apropos Zeit. Es ist höchste Eisenbahn, dass wir bei deiner Mutter zum Abendessen antanzen.«

»Abgelehnt!«

»Du hast doch deiner Mutter versprochen, dass wir zum Abendbrot vorbeikommen. Sie hat extra für uns zusätzliche Mahlzeiten bestellt, und da willst du so ohne Weiteres wegbleiben? Das kannst du nicht tun. Da mache ich nicht mit.«

»Nur keine Aufregung. Ich sage ihr ja telefonisch ab, dann muss sie sich keine Sorgen machen.«

»Es geht nicht ums Sorgenmachen.«

Hast du eine Ahnung. Vor allem damit hält mich Esel stets bei schlechtem Gewissen.

»Es geht darum, dass du deiner Mutter etwas versprochen hast und es jetzt einhalten musst.«

O du heilige deutsche Einfalt. »Aber Suse, es ist jetzt so schön. So eine einmalige Stimmung. Wir sind zum ersten Mal zusammen. Sobald wir dieses Zimmer verlassen werden, ist diese Stimmung dahin. Was schadet es denn, wenn ich der Esel jetzt absage, wir die ganze Nacht zusammenbleiben und erst morgen zum Frühstück bei ihr auftauchen?«

»Du bist vielleicht ein sentimentaler Tropf mit deiner ›einmaligen Stimmung‹. Sicher ist es jetzt sehr schön. Aber nach dem Abendessen kommen wir ja wieder her, und dann ist es wieder genauso schön. Es ist jedes Mal schön. Mit dir ganz besonders.«

Dumme Nuss! Muss sie mir gerade jetzt erzählen, dass es »jedes Mal« schön ist, und mich obendrein zwingen, meine furchtbare Esel zu besuchen. »Scheiße.«

»Was sagst du da, Jonathan?«

»Scheiße! Aber was soll's? Du willst zu Esel, bitte. Dein Wunsch ist mir Befehl.«

»Jetzt sei nicht gleich beleidigt. Ich würde auch ganz gern hierbleiben. Aber du hast es deiner Mutter versprochen, und deshalb musst du es auch halten.«

»Jawoll!«

»Jawohl, Jonathan Rubinstein, da musst du gar nicht sauer sein.«

Ich springe aus dem Bett, gehe ins Bad. Verdammte Scheiße! Noch vor einer halben Stunde habe ich geglaubt, fortan glücklich bleiben zu können. Prompt kommen mir Esel mit ihrem jiddischen Mamme-Besitzanspruch und Suse mit ihrem deutschen Pflichtgefühl dazwischen.

Gemach, Reb Jid! Was regst du dich so auf? Bis vor wenigen Stunden hast du geglaubt, impotent zu sein, nie, nie in deinem Leben vögeln zu können. Jetzt warst du mit einer lieben Frau zusammen, die dich mag, und schon passt dir wieder nichts. Was ist denn dabei, kurz Esel zu besuchen? Du wirst dir eine halbe Stunde lang ihr Gequassel anhören, dir dabei ordentlich den Bauch vollschlagen und dich dann mit deiner Donna wieder ins Bett begeben. Außerdem hast du wirklich keine Alternative. Wenn du weiter den Beleidigten spielst und dich mit ihr rumstreitest, machst du nur alles kaputt und gewinnst nichts. Sie hat nun mal ihr deutsches Pflichtgefühl. Unsere Mädchen haben den jiddischen Heiratstrieb, das ist viel unangenehmer. Also nimm dich zusammen. Jawoll!

Ich trete wieder ins Zimmer. »Fräulein Andreesen, sind Sie immer noch nicht fertig?«

»Wenn Sie mich eher ins Bad gelassen hätten, Herr Rubinstein, wäre ich schon bereit. Komm, mach zu, ich bin wirklich gleich fertig.«

»Wieso kommt ihr erst jetzt?«

»Es hat eben länger gedauert.«

»Was hat länger gedauert?«

»Beispielsweise ein Zimmer zu finden, auszupacken, sich umzuziehen, wieder frischzumachen …«

»Sag mal, für wie blöd haltet ihr mich eigentlich? Meint ihr, ich weiß nicht, wozu ihr hierher gekommen seid? Meint ihr, ich habe nicht gemerkt, was ihr in meinem Zimmer angestellt habt – in meiner Gegenwart! Euch ist wirklich nichts heilig. Sogar im Zimmer der Mutter müssen sie sich vergnügen. Dann geht man fort, mietet sich ein Hotelzimmer und amüsiert sich weiter – und die arme Mutter lässt man stundenlang warten. Und das alles nennt man dann einen Besuch bei der Mutter. Nur damit Vater dir den Wagen gibt! Wahrscheinlich hast du ihm auch das Geld für euer Hotelzimmer abgepresst. Feine Gesellschaft seid ihr zwei. Bravo!«

»Frau Rubinstein, mein Zimmer zahle ich selbst. Dafür brauche ich niemandem Geld abzupressen.«

»Sie vielleicht nicht. Aber mein Sohn! Statt zu arbeiten und Geld zu verdienen, liegt er seinen Eltern auf der Tasche.«

»Aber er ist doch bis jetzt zur Schule gegangen.«

»Was wissen Sie schon, Fräulein ... Fräulein ...«

»Andreesen.«

»Ja, ich habe Ihren Namen vergessen. Ist auch nicht so wichtig.«

»Er ist *doch* wichtig, Esel, und jetzt benimm dich endlich wie ein Mensch, sonst kannst du allein weiter räsonieren.«

»Sehen Sie, wie er mit seiner Mutter umspringt?«

»Sie sind ja auch nicht gerade freundlich zu Ihrem Sohn.« Suses Gesicht hat sich gerötet.

»Das müssen Sie schon mir überlassen, wie ich mit meinem Sohn umgehe«, schreit Esel. Der alte Berthold bleibt ungerührt. Seine Frau reckt dagegen neugierig ihren Kopf vor, um kein Wort zu versäumen. Von ihrem nach vorne gereckten Altweiberhals hängen tiefe Hautfalten herab. Auch an den Nebentischen verstummen die Gespräche. Sicher kriegen auch die Frankfurters unseren Zank mit. Alles muss diese verdammte Esel zerstören! Hoffentlich begreift Suse jetzt endlich, wohin schiere Pflichterfüllung führen kann. Eben! Was geht dich der ganze Mist an? *Sie* wollte ja herkommen, nicht ich.

»Fangt endlich an zu essen.« Esel hat sich wieder gefasst.

»Danke, Frau Rubinstein, ich habe keinen Appetit.«

»Wozu sind Sie dann hergekommen?«
Logisch!
»Um Jonathan zu begleiten, und weil ich geglaubt habe, dass Sie auch mich zum Abendessen eingeladen haben.« Ihr Gesicht glüht.
»Wenn Sie keinen Hunger haben, müssen Sie doch nicht herkommen.«
»Ich geh ja schon.«
»Ich auch.«
»Du bleibst hier!«
»Tut mir leid, auch mir ist der Appetit vergangen.«
»Da sehen Sie, was Sie machen. Sie wissen, dass der Junge wegen seines empfindlichen Magens regelmäßig essen muss. Aber Sie zwingen ihn wegzugehen. Und Sie wollen seine Freundin sein?«
»Ich will gar nichts sein.« Suses Stimme ist am Brechen. Sie springt auf. Auch ich erhebe mich. Nehme sie bei der Hand.
»Tschüss, Esel.«
»Du bleibst hier!« Sie schreit wieder ungehemmt.
»Nein, meine Liebe.«
»Dann warte wenigstens einen Moment, dass ich dir etwas einpacken lassen kann.«
»Nein!«
»Das werden Sie noch bereuen, Fräulein, herzukommen, ohne eingeladen zu sein, und mir dann einfach meinen Sohn wegzunehmen.«
»Sie können Ihren Sohn gern behalten.«
»Da siehst du, was sie von dir hält. Und du läufst ihr nach wie ein Hund.«

Ich ziehe Suse hinter mir her, will nur noch die Tür erreichen, weg von Esel und den Leuten, die uns alle anstarren.

Kaum haben wir das Haus verlassen, reißt Suse sich los, läuft davon. Ich renne hinterher. Hole sie ein, lege den Arm um sie. Sie schiebt ihn weg. »Lass mich zufrieden.« Tränen schwimmen in ihren Augen.

»Darf ich wissen, was ich falsch gemacht habe?«

»Nichts«, heult sie. »Lass mich nur in Frieden, Jonathan, das ist alles.« Sie läuft wieder los. Ich folge ihr. »Lass mich in Ruhe! Kannst du nicht verstehen, dass ich allein sein will?«

»Doch.«

»Dann verschwinde!«

»Ich wollte dir doch nur helfen.«

»Danke, das hat deine Mutter schon besorgt.«

»Darf ich erfahren, was das mit mir zu tun hat?«

»Nichts!«, schreit sie. Die Tränen rollen über ihre geröteten Wangen. »Nichts. Aber ich habe das alles satt. Ich will alleine sein. Bitte.«

»Gut. Ich warte im Hotel auf dich.«

Sie läuft weiter. Vielleicht ist es wirklich besser, ich lasse sie erst mal allein. Mir bleibt auch nichts anderes übrig.

Seit zwei Stunden liege ich nun im dunklen Hotelzimmer und warte auf diese unmögliche Frau. Ob sie einfach den nächstbesten Zug nach München genommen hat? Kaum. Sie wird doch ihr Zeug nicht einfach dalassen. Vor allem wird der Stolz ihr verbieten, mich die Hotelrechnung allein bezahlen zu lassen – besonders nachdem sie gegenüber Esel den Mund so voll genommen hat. Sie wird also früher oder später hier auftauchen. Und falls nicht, kann ich auch nichts tun – jedenfalls heute nicht mehr.

Verdammt, jetzt ist es schon nach elf. Ob ich einfach pennen soll? Ich bin viel zu aufgeregt. Aber was soll ich denn tun? Zum Lesen habe ich auch nichts dabei. Vielleicht doch versuchen zu pennen?

Es klopft. Ohne zu warten, öffnet sie die Tür, geht zum Bett.

»Hallo, da bin ich wieder.« Ihre Augen sind immer noch gerötet.

»Klasse.«

»Was hast du inzwischen getrieben?«

»Gewartet.«

»Schön doof. Ich habe mir inzwischen zwei Schoppen Frankenwein genehmigt.«

»Und mich lässt du inzwischen hier verdursten.«

»Stimmt! Ich habe dich heute verhungern und verdursten lassen.«

»Genau. Und dafür folgt die Strafe auf dem Fuß.« Ich packe sie am Handgelenk, ziehe sie zu mir hinunter und küsse sie auf den Mund. Ich spüre den säuerlichen Geschmack ihrer Weinfahne. Sie macht sich los. Lacht. »Nicht schlecht. Aber um ganz ehrlich zu sein, der Frankenwein war eine Spur herber.« Ihre Augen glänzen wieder. Ich umarme sie. Wir küssen uns. Ich spüre erneut die warme Geborgenheit unseres Zusammenseins. Bald vereinigen wir uns, lassen schließlich erschöpft voneinander ab.

»Mann o Mann, du bist ja ein Unersättlicher.«

»Und du?«

»Vielleicht auch. Wer weiß?«

Wir streicheln uns. Allmählich werden ihre Bewegungen fahrig, ihr Atem regelmäßig. Schließlich schläft sie ein. Ihre Züge sind völlig entspannt. Die sanft nach unten gezogenen Mundwinkel erinnern an einen Säugling.

Meine euphorische Nachmittagsstimmung ist vorbei. Das Bumsen hat nichts verändert. Und ich hatte mir davon eine Lösung all meiner Sorgen erhofft! Nur neue Scherereien. Esel wird nicht ruhen, ehe sie mein Verhältnis zu Suse kaputt gemacht hat. Auch an meiner Lage als Jude in Deutschland hat sich nichts geändert. Jeder kann ein Mörder gewesen sein. Sogar jeder Arzt. Der selbe Kerl, der mich heilt, hat vielleicht Esels Geschwister zu Tode gespritzt. Und ich verliebe mich möglicherweise in seine Tochter und zeuge Kinder mit ihr. Deutsche Kinder? Jüdische Kinder?

Rubinstein, du hast wirklich Talent, dich zu jeder Zeit, an jedem Ort und mit jedem Menschen verrückt zu machen. Sogar jetzt, während du die erste Nacht mit einer Frau verbringst. Solange du hier bist, lebst du zwangsläufig unter Mördern. Da hilft auf die Dauer auch kein Hass. Weil du alle für etwas hassen müsstest, was nur wenige getan haben – mit der Duldung vieler.

Mein Hass ist absurd. Das ist mir spätestens durch die Begegnung mit Frankfurter klar geworden. Wenn nicht einmal dieser Mann alle SS-Leute hasst, welches Recht habe ich Rotznase, ein ganzes Volk zu hassen? Wie kann ich jetzt überhaupt weiterhassen – ich liebe doch eine Deutsche! Aber irgendjemand aus ihrer Mischpoche* war be-

---

* Jiddisch = Familie.

stimmt dabei, wenn nicht in der SS, dann in der SA oder in der Partei oder in irgendeinem anderen Kack. Gibt es keinen Ausweg? Ist man als Jude in Deutschland zum Wahnsinn verurteilt?

ALPTRAUM

Dicht gedrängt stehen wir im Güterwagen. Alles ist grau und dreckig. Kinder heulen, Alte wimmern, Frauen und Männer streiten und keifen, andere glotzen apathisch vor sich hin. Die Gesichter der Männer sind unrasiert, schmutzig, erschöpft. Wenige Frauen nur trösten ihre weinenden und schreienden Kinder. Eine davon, im gestreiften grünroten Kopftuch, sieht Esel ähnlich, auch ihre Kinder – es ist Esels Familie. Meine Glieder verkrampfen sich. Wir werden in ein Vernichtungslager transportiert. Esel und Fred fehlen! Sie sind in Palästina. Peter und Mottl dagegen sind in meiner Nähe. Auch sie verdreckt, abgehärmt, apathisch. Mich schüttelt es vor Kälte und Angst. In der Ecke, in der einige Mütter mit ihren Kindern stehen, fällt mir eine groß gewachsene blonde Frau auf. Ihr Gesicht hat trotz der feuchten schreienden Angst, die den Wagen beherrscht, trotz Hunger und Strapazen seine Ruhe und Güte bewahrt – es ist Suse. Sie spielt mit Kindern, die meine Gesichtszüge tragen. Ich will mich zu ihr drängen. Da ertönt ein ohrenbetäubendes Knirschen, wir werden alle nach vorn gerissen. Mit einem Ruck kommt der Zug zum Stehen. Pfeifen. Hundegebell. Kommandos. Die breiten Holzschiebetüren werden zurückgerissen. Licht und Kälte fallen in den

Wagen. Die ausgezehrten Gesichter erscheinen gespenstisch.

»Raustreten! Raus, sofort raus und in Viererreihen antreten!«, brüllt es aus Dutzenden Kehlen und aus unsichtbaren Lautsprechern. Ich will mich zu Suse und den Kindern umwenden, werde aber aus dem Wagen gestoßen. Ich falle zu Boden. Meine Brust schmerzt. Ich versuche mich zu erheben, da trampeln Füße über mich. Vergeblich bemühe ich mich, erneut aufzustehen. Ein Schäferhund an der Leine eines groß gewachsenen SS-Mannes mit steinernen Gesichtszügen schnappt mit fletschenden Zähnen nach mir. Ich krieche auf allen vieren davon. Endlich gelingt es mir, aufzustehen. Ich will mich umwenden, meine Familie suchen, werde aber wieder vorwärtsgestoßen. Meine Brust wird zusammengepresst, ich kann nur mit Mühe atmen. Gewiss habe ich mir einige Rippen gebrochen. Gerade jetzt – vor der Selektion. Erneut drehe ich mich um. Suse und die Kinder sind nirgends zu sehen. Irgendwo müssen sie doch stecken. Ich werde von der Menschenmasse weiter vorwärtsgeschoben. Erstmals wage ich, nach vorne zu blicken. Suse steht hinter einem Kordon von SS-Männern! Ich will aufschreien, aber kein Ton kommt aus meiner Kehle. Meine Brust droht zu zerspringen, ich bekomme keine Luft, schlage um mich. Von fern höre ich meinen Namen rufen. Es ist Suses Stimme. »Jonathan!«

Ich spüre Suses warmen Mund auf meiner Wange, ihre Hand auf meiner Brust.

»Jonathan!«

Ich will Luft, mich befreien. Suse hält meinen Kopf in ihrem Arm.

»Jonathan!« Ihre Stimme ist besorgt. »Was ist denn los mit dir? Du hast furchtbar gestöhnt und um dich geschlagen.«

»Entschuldige.« Meine Stimme ist heiser, aber ich bekomme endlich wieder Luft. »Ich habe schlecht geträumt.«

»Von deiner Mutter?«

»Nein, von dir.«

»Was habe ich dir denn Schlimmes getan?«

»Ich habe dich gesucht und nicht gefunden.«

»Na, wenn das kein Grund für einen Alptraum ist.« Sie lacht und küsst mich auf die Wange. Ich greife behutsam um ihren Nacken und ziehe sie zu mir.

Wir umarmen uns.

»Weißt du, es war ein furchtbarer Traum. Ich habe so etwas Grauenhaftes noch nie geträumt.«

»Was denn?«

Ich erzähle ihr den Traum.

Sie sieht mich irritiert an. »Keine Sorge, so schnell wirst du mich nicht los.« Sie umarmt mich fest.

»Das ist gut, Suse. Du kannst dir nicht vorstellen, wie gut mir das tut. Besonders jetzt.«

»Vielleicht doch, Jonathan.«

»Nanu? Ein ernster Ton aus deinem stets fröhlichen Mund?«

»Auch ich bin nicht ununterbrochen fröhlich und albern. Und du hattest wirklich einen ganz furchtbaren Traum, der auch mich erschreckt hat. Träumst du so was öfter?«

»Früher schon. Als ich vor ein paar Jahren mit der Schulklasse im KZ Dachau war, haben fast alle blöde Witze gemacht, vor allem, als wir die Gaskammer besichtigten.

Ich habe genau wie die anderen aus Verlegenheit Späße gemacht. Zu Hause hat mich Esel, die uns nach Dachau begleitet hatte, gescholten. Ihre Familie sei vergast worden, und ich würde in der Gaskammer Spaße treiben. Ich wäre ebenso gefühllos wie die Deutschen. Nachts träumte ich, ich würde gemeinsam mit anderen in der Kammer, in der wir am Vormittag waren, vergast. Ich hatte dabei die gleichen Beklemmungen wie heute. Der Traum wiederholte sich, auch die Beklemmungen. Erst nach einigen Monaten waren die Alpträume endlich verschwunden. Bis heute!«

»Du hast doch heute mit Herrn Frankfurter über diese furchtbaren Sachen gesprochen, und abends habe ich dich stehen lassen und bin weggelaufen.«

»Du bist ein feinfühliger Mensch, weißt du?«

»Ja. Aber die meisten glauben, dass ich nur albern bin.«

»Genug jetzt mit dem ernsthaften Gequatsche! Es lebe das Vergnügen!« Ich drücke sie fest an mich.

»Du wirst doch nicht schon wieder wollen?«

»Doch.«

»Prima.«

Esel ist in ihrem Zimmer. »Na, hat dich deine Schickse stehen lassen? Jetzt ist deine Mutter wohl gut genug? Du darfst nicht allein mit dem Auto die weite Strecke nach München zurückfahren, hörst du! Am besten, du lässt den Wagen hier stehen, und Friedrich holt ihn in den nächsten Tagen ab.«

»Ich muss dich enttäuschen, Esel. Susanne hat mich nicht verlassen. Sie wartet im Hotel auf mich. Ich war einfach der Meinung, es wäre das Beste, ihr weitere Beleidigungen zu ersparen.«

Der Glanz in ihren Augen ist einer stumpfen Härte gewichen.

»Red nicht so geschwollen daher! Wer bist du schon? ›Beleidigungen ersparen‹! Wer hat hier wen beleidigt? Das möchte ich mal genau wissen. Kommt daher und sagt mir, wie ich dich zu erziehen habe. Wer ist sie denn schon? Eine dahergelaufene Schickse – und die will mir vorschreiben, wie ich dich zu behandeln habe. Wenn das keine Beleidigung ist! Soll doch ein Unabhängiger entscheiden, wer im Recht ist. Komm, gehen wir zur Familie Frankfurter und fragen sie, wer beleidigt worden ist.«

»Ich werde niemanden fragen.«

»Dann werde ich es tun!«

»Du wirst gar nichts tun!« Ich spüre, wie mir das Blut in den Kopf schießt. »Sobald du jemand anderen in die Sache ziehst, bin ich weg, verstanden?«

»Aha! Einen Rest Schamgefühl besitzt du also doch noch. Du weißt ganz genau, dass ich im Recht bin, hast aber Angst, dass auch andere Leute erfahren, wie du dich zu deiner Mutter benimmst.«

»Recht hast du. Gibt es noch andere Weisheiten, die du mir mitteilen willst?«

»Du musst gar nicht so überlegen tun. Meinst du, weil du dein Abitur mit Ach und Krach und nur mit meiner Hilfe geschafft hast, bist du schon wer? Jetzt werde ich dir eine Weisheit sagen, eine einzige. Trenne dich sofort von dieser Schickse! Jetzt ist es noch Zeit. Diese Frau wird dich zugrunde richten – so wahr mir Gott helfe. Sie wird dich vom Judentum entfernen, sie wird dich in die Gosse ziehen und dich dann stehen lassen. Du bist ihr ja schon jetzt hörig. Für ein Wort von ihr würdest du deine Eltern mit Haut und Haaren verkaufen. Und warum das alles? Nur weil sie mit dir schläft. Das können auch andere Frauen. Aber eine anständige Frau wartet damit, bis sie verheiratet ist, und bleibt ihrem Mann treu. Rachel Blum ist so ein Mädchen. Aber das da, das treibt sich mit jedem Mann rum wie eine Hure. Wer ihr am meisten bietet, mit dem steigt sie ins Bett. Heute bist du es, morgen ...«

»Leck mich am Arsch, du Sau.« Ich brülle aus Leibeskräften. Packe die Vase auf dem Tisch, in der noch Suses Blumenstrauß steckt, und werfe sie an die Wand, dann stürze ich aus dem Zimmer, schleudere die Tür mit aller Gewalt zu. Ich laufe die Treppe hinunter. Unten zwinge ich mich, ruhig zu gehen – wie ein Verbrecher nach der Tat –, und verlasse das Haus.

ABSCHIED

Sonntagnachmittag. Wir sind vor Suses Haus angelangt.

»Schade, dass du heim musst. Ich wäre so gern auch diese Nacht mit dir zusammengeblieben.«

»Es ist besser so, Jonathan. Ich muss morgen schon um Viertel vor acht in der Bank sein. Du dagegen hast Ferien und kannst ausschlafen. Ich beneide dich.«

»Ja, sicher. Aber wer wird mich aufwecken, wenn ich schlecht träumen sollte?«

»Und wen wirst du so nett dafür belohnen?« Sie lächelt. Plötzlich wird ihre Miene ernst. Sie gibt mir einen trockenen Kuss auf den Mund. »Jonathan, es war sehr schön mit dir, sehr, sehr schön. Und ich habe dich lieb – sehr sogar. Aber ich glaube, es ist besser, wenn wir uns erst mal eine Weile nicht sehen, vielleicht niemals mehr. Bitte, sei mir nicht böse, das hat überhaupt nichts mit dir zu tun.«

»Womit sonst?« Meine Glieder verkrampfen sich.

»Mit mir. Bitte frag nicht weiter.« Ihre Stimme ist gepresst.

»Hast du einen Freund?«

»Unsinn!«

»Was ist es dann?«

»Bitte, frag mich nicht.«

»Doch!«

»Nein.«

»Das ist ja wie im Kindergarten, doch, ja, nein. Ich glaube, ich habe ein Recht zu erfahren, weshalb du dich von mir trennen willst, obwohl wir uns so lieb hatten und noch haben.«

»Jonathan, ich kann es dir nicht sagen. Bitte verstehe mich. Es ist nicht, weil ich dich nicht lieb genug habe. Ich will dich ja wiedersehen, aber es geht nicht.« Sie umarmt mich.

Ich streichle ihre Haare. Langsam spüre ich meine Kraft zurückkehren.

»So, jetzt möchte ich endlich wissen, was wirklich los ist. Du kannst doch nicht einfach abhauen, ohne mir den Grund zu sagen. So schlimm kann das Problem doch nicht sein, dass wir es nicht zusammen lösen könnten.«

»Doch!« Sie hält den Kopf immer noch abgewandt.

»Stell dir vor, ich würde dich ohne Erklärung einfach sitzen lassen.«

»Du hast recht.« Mit einem Ruck dreht sie ihren Kopf herum, sieht mir gerade in die Augen. »Bitte! Mein Vater war bei der SS.«

Wie nach einem Boxhieb gegen den Magen bleibt mir augenblicklich die Luft weg. Nach einigen Sekunden komme ich wieder zu Atem. Sag was, sofort! »Aber das hat doch nichts mit dir zu tun.« Wieder diese helle Kinderstimme.

»Und ob es etwas mit mir zu tun hat. Ich bin seine Tochter. Das wird dich mit der Zeit verrückt machen. Sieh dich an, wie blass du geworden bist. So muss es jedem von euch ergehen, wenn er es erfährt. Auch Herrn Frankfurter, der dir so imponiert. Der kann große Sprüche von Vergebung und Versöhnung von sich geben. Aber wenn sein Sohn mit der Tochter eines SS-Mannes befreundet wäre, würde er wahrscheinlich nicht anders reagieren als deine Mutter gestern.«

»Aber Esel hat doch gar nichts gewusst.«

»Sicher hat sie was gewusst. Warum hasst sie die Deutschen? Wegen der SS, die ihre Familie umgebracht hat. Sie sieht in jedem Deutschen einen Mörder oder dessen Kind. Vielleicht hat sie bei meinem Vater zufällig recht gehabt. Er war zwar ›nur‹ bei der Waffen-SS. Ob er an Judenmorden beteiligt war, weiß ich nicht. Er hat nie darüber gesprochen. Auch als wir das Dritte Reich im Geschichtsunterricht behandelten und ich ihm zugesetzt habe.

Als wir uns kennenlernten, habe ich geahnt, dass es Schwierigkeiten geben könnte, aber du warst mir gleich sympathisch. Außerdem war ich neugierig, ich kannte keinen Juden. Ich habe nicht gewusst, dass es so hart werden würde.«

»Aber *du* warst doch nicht in der SS!«

»Sicher. Aber das spielt beispielsweise für deine Mutter keine große Rolle. Und mein Vater? Ich weiß nicht, aber ich stelle mir vor, dass er auch nicht begeistert wäre zu erfahren, dass ich mit einem Juden befreundet bin. Wir hätten also die ganze Zeit Druck von unseren Familien. Und du hast ja gesehen, wie ich auf Druck reagiere.« Ihre Stimme bricht, sie heult und verbirgt erneut ihr Gesicht. »Ich laufe einfach davon, ich Feigling.«

Ich nehme sie in den Arm. Wie kann ich sie trösten? Mir selbst ist elend. Reiß dich zusammen, Kerl! Wenn du ihr jetzt nicht hilfst, ist alles aus. Ich küsse sie auf die tränennasse, salzige Wange.

»Susanne! Nimm dich ein wenig zusammen, bitte. Mit Heulen erreicht man gar nichts.« Wenn das der Führer sehen könnte. Der Jude Rubinstein predigt der Tochter seines SS-Mannes Andreesen Disziplin. »Suse, es geht doch um uns, nicht um unsere Eltern. Wir haben uns doch lieb, oder?«

»Sicher.« Sie legt ihren warmen Arm um meinen Hals. »Aber das ändert doch gar nichts. Ich könnte diesen Kampf einfach nicht durchhalten. Und das war erst der Anfang! Stell dir vor, wenn ich jetzt noch Druck von meiner Familie bekäme, an der ich ziemlich stark hänge. Ich würde dich aufgeben, ich kenne mich.«

»Aber du hast doch mich! Ich werde dir helfen!«

Sie blickt mich wieder an. »Du? Dass ich nicht lache! Das geht über deine Kräfte. Du bist von deiner Mutter abhängiger, als du es dir selbst eingestehst. Wenn diese furchtbare Frau – entschuldige, aber für mich ist sie furchtbar ...«

»Auch für mich.«

»Wenn deine Mutter mit ihrer unerschöpflichen Energie Tag für Tag gegen mich ankämpft, wirst du sehr schnell kapitulieren. Dieser Frau bist du nicht gewachsen.«

»Dann ziehe ich eben von zu Hause aus.«

»Jonathan!« Sie schreit mich mit schluchzender Stimme an.

»Jonathan, wieso machst du dir ständig was vor? Du bist nicht so stark und gefühllos. Du bist deiner Mutter nicht gewachsen. Du bist von ihr abhängig, glaub es mir. Und die Vergangenheit ist auch in dir noch sehr lebendig. Du musst dich nur mit einem Mann wie Herrn Frankfurter unterhalten, und schon träumst du, dass du vergast wirst. Du kannst diese Vergangenheit nicht über Bord schmeißen, nur weil du mich kennengelernt hast.«

»Will ich auch gar nicht.«

»Eben. Drum lass uns Schluss machen.«

»Nein!«

»Sei nicht störrisch wie ein Kind.«

»Das hat mit Kindsein überhaupt nichts zu tun. Stimmt, es hat mich schockiert, zu erfahren, dass dein Vater in der SS war. Und es mag richtig sein, dass ich in gewisser Weise von meiner Mutter abhängig bin. Aber in einem ähnele ich ihr ganz gewiss: Wenn mir etwas wichtig ist, kämpfe ich dafür. Und du bist mir verdammt wichtig.«

»Und was ändert sich dadurch? Nichts! Wenn ich dich so reden höre und mich an die Szenen bei deiner Mutter erinnere, kann ich mir gut vorstellen, dass auch du kämpfen kannst. Nicht so rücksichtslos wie deine Mutter, aber sicher auch nicht ohne. Du wirst um mich kämpfen, das glaube ich dir. Und deine Mutter wird um so verbissener gegen mich wettern. Nur – ich, ich würde das nicht aushalten. Ich bin kein so starker Mensch wie du und deine Mutter.«

»Ist unsere Beziehung nicht wert, dass sie verteidigt wird?«

»Ich weiß nicht. Ach was, doch, nur ich kann das nicht. Und ich glaube, trotz allem guten Willen würdest du gegenüber deiner Mutter rasch den Kürzeren ziehen. Du bist nämlich ein sehr feinfühliger Mensch, was man von deiner Mutter nicht behaupten kann.«

»Soll das heißen, dass du mich nicht wiedersehen willst?«

»Das soll es nicht heißen. Sicher will ich dich wiedersehen. Nur im Moment geht es eben nicht.«

»Wann dann?«

»Das weiß ich nicht.«

»Was heißt das?«

»Dass ich es einfach nicht weiß.«

»Verstehe ich nicht.«

»Bist du so schwer von Begriff? Sobald sich unsere Gefühle abgekühlt haben.«

»Spinnst du?«

»Wieso?«

»Was ist das für eine Logik, zu warten, bis die Gefühle weg sind, und sich dann erst wiederzusehen?«

»Das ist meine Logik. Meine deutsche Logik, wenn du so willst.«

»Ich sehe hier weder Logik noch etwas Deutsches.«

»Es ist mir egal, was du siehst. Ich weiß, dass ich es nicht aushalten würde, dauernd von deiner Mutter – und wahrscheinlich auch von meinen Eltern – fertiggemacht zu werden. Aber ich möchte dich als guten Freund behalten.«

»Dann musst du ganz auf mich verzichten.«

»Das will ich aber nicht.«

»Dir wird nichts anderes übrigbleiben, Suse.«

»Jonathan. Mach es mir nicht so schwer, es ist nämlich zwecklos. Absolut zwecklos! Ich bin zu schwach für euch, auch für dich. Das ist mir spätestens durch dieses Gespräch klar geworden. Du würdest mich vollständig beherrschen. Das würde mir wenig ausmachen, aber es würde dann doch alles scheitern – an unseren Eltern und an der Vergangenheit. Bitte, lass uns in Frieden auseinandergehen. Und noch etwas: Danke! Danke, Jonathan, für alles. Trotz allem bin ich sehr froh, dich kennengelernt zu haben. Mach's gut.« Sie küsst mich auf die Wange, reißt die Tür auf und springt heraus.

»O. k. Warte, ich gebe dir dein Zeug.« Ich reiche ihr die Tasche vom Rücksitz durch die offene Tür. »Servus. Lass es dir gutgehen, Suse.« Meine Stimme ist rau.

»Tschüss, Jonathan.« Sie winkt kurz, dann wendet sie sich um und verschwindet hinter der Haustür.

Ich und zu stark! Warum begreift sie nicht, wie sehr ich sie brauche?

EIN DEUTSCHER JUDE

Zu Hause werfe ich mich aufs Bett. Ich habe zu nichts mehr Kraft, bin wie gelähmt. Ich spüre schneidenden Schmerz in meinen Gliedern. Mein Nacken ist verkrampft. Zunehmender Druck auf meiner Brust hindert mich am freien Atmen. Mir wird immer kälter. Meine Zähne klappern. Das Zittern breitet sich auf Arme und Beine aus, ich kann es nicht unterdrücken. Es schüttelt mich, ich weine. Endlich! Endlich kann ich heulen. Jetzt, da alles verloren ist, kann ich heulen.

Jahrelang waren der Deutschenhass und mein unruhiger Schmock meine unerschöpflichen Energiequellen. Israel und eine Geliebte sollten mich erlösen.

Da tauchen Suse und Frankfurter auf, nehmen mir meinen Hass und meine Begierde. Prompt raubt mir Esel Suse. Wofür ich gelebt habe, ist dahin – Israel und Suse. Mir bleiben Deutschland und Esel.

Wie immer werde ich schließlich tun, was Esel will: studieren und heiraten. Eine jüdische Frau natürlich – die mich bald so weit haben wird wie Esel Fred. Fehlen nur noch ein neurotisches Kind wie ich, das mich dann ordentlich vermöbelt, und irgendein idiotischer Job, vielleicht am Bankschalter statt im Lager von »Silberfaden & Ehrlichmann«. Dann bin ich ein Versager wie Fred. Schlimmer, denn im Gegensatz zu ihm erkenne ich, wohin der Weg führt: ins Nichts.

Mich schüttelt es. Ich weine hemmungslos. Ich versuche mich zu beherrschen, werde aber immer heftiger geschüttelt und gebe winselnde Laute von mir. Wieder will ich die Kontrolle über mich gewinnen. Umsonst. Das Zittern nimmt zu. Ebenso mein Schluchzen.

Fred klopft an die Tür. »Was ist denn los?«

Ich versuche mich zu beruhigen. Es gelingt mir nicht.

»Was ist denn los mit dir?«

Ich will antworten, es geht nicht.

»Mach auf!«, schreit er.

Ich bin unfähig aufzustehen.

»Mach sofort auf! Hörst du?« Er hat Angst. Angst um mich – und Angst vor Esel.

Ich kann nur heulen.

»Wenn du nicht sofort aufmachst, schlage ich die Tür ein.«

Es ist umsonst. Ich kann nicht aufstehen.

»Mach sofort auf, sonst breche ich die Tür auf!«

Er zögert kurz, lauscht meinem Schluchzen, endlich schlägt er das Glas des Türfensters ein, greift nach dem Schlüssel, sperrt auf, stürzt auf mein Bett zu. »Was ist denn los? Was ist los mit dir?«

Ich will antworten. Ich muss, weil mir die Antwort auf seine angstvolle Frage immer deutlicher wird, bis mein Bewusstsein vollständig davon ausgefüllt ist:

Ich bin ein deutscher Jude!

INHALT

Rubinsteins Versteigerung   9
Umsonst im Puff   13
Eselei   17
Klassenbann   22
Zionismus   24
Mörder   36
Jüdische Party-Logik   42
Gott sei Dank   49
Dressur   54
Fliegender Wechsel   63
Die Einladung   70
Hosenspritzer   77
Der Untertan   83
Unverdaulich   88
Gehopse   92
Schabbesgäste   94
Der ewige Jude   102
Gewissen   111
Das Grab   116
Wehrlos   131
Der Heiratsantrag   139
Infarkt   145
Angequatscht   151

Der Mitläufer 157
Anders? 159
Griechenland 173
Esel versteht 177
Impotent 181
Sublimieren 188
Die Schickse 191
Wahnsinn 209
Alptraum 222
Abschied 227
Ein deutscher Jude 233

RAFAEL SELIGMANN
Deutschland wird dir gefallen
Autobiographie
461 Seiten. Gebunden
Mit 43 Abbildungen
ISBN 978-3-351-02721-6

Kein Musterjude

Als der zehnjährige Rafael Seligmann aus Israel nach München zieht, ist er plötzlich Analphabet. Deutsch ist seine Muttersprache, aber er kann sie zunächst weder lesen noch schreiben. Doch kommt er nie auf die Idee, seine jüdische Identität zu verleugnen – auch nicht, als er feststellt, dass die israelische Militärgesellschaft nicht die seine ist. Mit wachsender Bindung an die deutsche Sprache und Kultur findet er seine Heimat in der Mehrheitsgesellschaft, nutzt aber die Sonderstellung, um seine Beobachtungsgabe zu schärfen. So wird er zu einem unverwechselbaren Romancier und Publizisten, der sich konsequent allen Erwartungshaltungen verweigert und dadurch als deutscher, jüdischer Autor und Chronist eminente Bedeutung erlangt hat.

»*Seligmann ist ein temperamentvoller Querdenker. Er widersetzt sich jeder Festlegung.*« F.A.Z.

»*Seligmann ist aufklärerisch, verdammt aufklärerisch sogar.*« DIE ZEIT

Mehr Informationen erhalten Sie unter www.aufbau-verlag.de
oder in Ihrer Buchhandlung

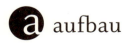